O Verdadeiro Amor

O Verdadeiro Amor

O Verdadeiro Amor

Obra Psicografada pelo médium Rogerio Antonio Gozzo

Pelo espirito de: Cigano Phelippe

Copyright © 2020 by Rogerio Antonio Gozzo

Diagramação   Rogerio Antonio Gozzo
Capa   George de Moura
Revisão   Sylvimari Ap. França Gozzo
Gislaine França Chirelli

G725o _Gozzo, Rogerio Antonio
   O Verdadeiro Amor / Rogerio Gozzo 1ª Ed. – São
Paulo – SP - Esta obra é uma produção independente
   264 f.; 9 pol.

   ISBN: 9798563918863
   Copyright [2020] by Rogerio Antonio Gozzo
       Todos os direitos autorais estão reservados ao
autor da obra
1 Romance Brasil   2 Psicografia   3 Romance espirita

                       CDD-133.93

Índice para catálogo sistemático:
1. Romance espirita psicografados: Espiritismo 133.93

O Verdadeiro Amor

Sumário

O Verdadeiro Amor

Prefácio

Fiquei encantada quando fui convidada a escrever o prefácio deste livro.

Já conhecia a história em breve resumo e muito me surpreendeu quando li o livro.

A história de Phelippe e Markarita é uma história encantadora de verdadeiro amor, onde nunca em vida terrena conseguiram viver em plenitude um amor imensurável, tão grandioso e num pacto de sangue juraram amor por toda a eternidade.

Mesmo nos maiores sofrimentos essa paixão somente serviu para crescer e amadurecer e uni-los ainda mais.

Sedimentada o verdadeiro amor, esta história é de grande valia para que todos possam aprender que o diálogo e a sinceridade e perdão são a base do crescimento e da evolução.

É uma história de amor verdadeiro e nos faz acreditar que nada é mais forte que o amor.

É uma história que se passa em duas épocas e as consequências dos atos e atitudes quando se deixa essa vida e do outro lado os infortúnios da falta de diálogo verdadeiro.

Sylvimari Aparecida França Gozzo

Fase I

Capitulo 1

O nascimento e o protetor

Em uma estrada no interior da Espanha uma chuva forte e um deslizamento de terra provoca um acidente, levando carruagem e as pessoas que ali estavam para o fundo do barranco, muitos choros, gritos, um casal se dá a mão e falecem, para muitos o ali era o final, mas para quem veio a conhecer este casal ali era o início de uma longa vida.

Para entender melhor vamos voltar em 1838, em um vilarejo cigano perto de Marselha, ali um menino de apenas cinco anos está ansioso para o nascimento de um bebê. O casal amigo de seus pais havia prometido que se nascesse uma menina ela seria prometida a ele, Samantha e Juarez o casal que esperam o bebê, torcem para que as famílias continuem unidas por serem amigas há tantos anos e famílias tradicionais na comunidade Cigana.

Pablo sempre muito atencioso com todos, procura saber como Samantha está se sentindo e conta os dias para o nascimento. Ramirez um músico cigano ensina Pablo a tocar violino todos os dias pela manhã.

– Pablo por que está tão ansioso para o nascimento desta criança? Você nem sabe se vai nascer um menino ou uma menina.

– Mestre Ramirez, pode parecer bobagem, mas sei que vai nascer uma linda menina, que será minha esposa e que irei amá-la eternamente.

– Cuidado para não se iludir garoto, pois você pode ter uma surpresa quando a criança nascer.

Pablo segue sua rotina de aprendizado na música e na dança, mesmo tendo somente cinco anos, é um jovem cigano bonito que chama a atenção por onde passa.

Seus pais confeccionam peças em bronze para vender, um artesão de primeira. Ruanito pai de Pablo faz uma peça especial para o filho dar de presente para aquela que um dia será sua esposa, uma pulseira com pedras vermelhas toda trabalhada em dourado.

Ruanito e Estelita são amigos desde a infância de Juarez e Samantha. Amigos em todos os momentos inclusive nas festas onde se fartam comendo muito frango, e bebendo muito vinho.

Samantha e Estelita conversam sobre Pablo.

– Este menino vale ouro, sempre atencioso com todos e já aprendendo a profissão de artesão do pai, Ruanito tem muito que se orgulhar.

– Pablo é um cigano especial com tão pouca idade fez questão de aprender desde cedo a tocar violino e a dançar. Vendo seu pai trabalhando, foi aprendendo praticamente sozinho a confeccionar as peças na fundição.

– É verdade que ele pediu para aprender a jogar Runas?

– É sim, mas falei que tudo tem o seu tempo e sua hora, que ainda era cedo para aprender.

– Juarez, ficará muito feliz se essa criança vier uma menina e ela for realmente amada por Pablo.

– Ruanito fala muito nisso, só espero que ninguém se magoe se não nascer uma menina.

– Shirla disse que é uma menina, ela nunca erra, trouxe ao mundo praticamente todos da aldeia.

– É verdade, vamos deixar que Santa Sara traga o que for melhor para todos.

Ruanito e Juarez estão próximos escutando a conversa e se manifestam com uma caneca de vinho levantada acima da cabeça.

– E que venha uma criança bela e com muita saúde.

Todos em volta participam do brinde e vibram boas energias para o bebê.

Em uma tarde enquanto Samantha colocava a roupa para quarar a beira do rio, ela sentiu um liquido escorrendo em suas pernas percebendo que a bolsa havia estourado, e gritou de emoção.

– Está na hora, o bebê vai nascer!

Todas as mulheres em volta foram recolhendo as roupas e indo em direção da vila cigana. Os homens do lado de fora da casa esperam ansiosos o desenrolar do parto, enquanto as mulheres preparam Samantha para o parto, Estelita pede para as moças da vila providenciarem água quente e panos limpos e pede para os rapazes avisarem a Juarez que está na cidade vendendo seus produtos.

Estelita vai atrás de Shirla para fazer o parto.

As crianças encontram Juarez negociando com os comerciantes que revendem seus produtos, todos chegam eufóricos e falando todos juntos sem se conter.

– Se acalmem meninos, o que aconteceu, vocês estão falando todos juntos não consigo entender nada do que estão falando, fale um de cada vez.

– A Dona Estelita pediu para avisá-lo que a Dona Samantha entrou em trabalho de parto, por isso viemos correndo.

– E por que não falaram antes?!

– Miguel toma conta de tudo, preciso correr até a vila. – Miguel é um cigano que trabalha para Juarez – Mande avisar a todos que hoje é um dia de muita festa e alegria.

– Vou de cavalo que é mais rápido. Marquito, pega a carroça e leve os rapazes de volta para a aldeia.

Quando estão passando perto do barracão de Ruanito. Marquito para, para avisar do nascimento.

– Ruanito, a Samantha entrou em trabalho de parto, o bebê vai nascer.

– Pai eu quero ir, quero estar perto quando ela nascer.

– Pablo, nós ainda não sabemos ainda se será uma menina ou menino.

– Eu sei que é a minha futura esposa, sempre soube.

– Está bem, pode ir, mas não atrapalhe, você fica fora da casa aguardando a notícia.

– Pode deixar, eu não vou atrapalhar.

– Marquito você é o mais velho do grupo, fique de olho em Pablo. Não quero que tenha uma decepção – Se referindo ao fato de não saberem o sexo da criança.

– Pode deixar Ruanito eu não vou sair de perto dele.

– Quando acabar as peças que o cobre está derretendo, eu irei até lá, avise meu amigo.

Pablo sobe na carroça e pede para Marquito ir logo.

– Vamos rápido Marquito quero estar lá quando ela nascer.

Durante o trajeto Marquito conversa com Pablo, até para diminuir um pouco a ansiedade que ele está.

– Por que tem tanta convicção que é uma menina, e que ela vai gostar de você e você dela?

– Quando a Samantha foi até em casa falar para os meus pais que estava grávida, eu vi do lado dela uma linda moça, cheio de pulseiras nos braços e com um cabelo que eu nunca vi igual, e sei que é assim que ela vai ficar quando ficar moça.

– E por que acha que ela vai gostar de você?

– Ela já gosta de mim, quando eu a vi, ela olhou para mim com um lindo sorriso e os olhos dela pareciam duas estrelas brilhando para mim.

– Que Santa Sara abençoe que esteja certo.

Juarez chega à aldeia e todos estão do lado de fora da barraca onde mora, e as mulheres barram a entrada dele.

– Você fica aqui fora esperando, lá dentro você só vai atrapalhar.

– Mas Mercedes eu preciso saber de minha esposa e do bebê!

– Elas estão bem meu irmão, quando o bebê nascer eu lhe avisarei.

Os ciganos mais velhos já vêm chegando com garrafas de vinho para festejar o nascimento de mais uma criança.

– Vamos festejar, vamos beber, pois este é um momento de alegria, e criança que nasce na alegria é mais iluminada e feliz.

Alguns ciganos se aproximam com o violino e outros instrumentos, começam a tocar e alguns ciganos começam a dançar.

Quando Marquito chega com a carroça, Pablo desce correndo e vai em direção de Juarez.

– Já nasceu, já nasceu!?

– Calma Pablo, está mais afoito que eu para ver o bebê.

– Não vejo a hora de vê-la.

– Pablo disse que viu uma moça muito bonita ao lado de Dona Samantha, quando ele contou que estava grávida – Disse Ramirez.

– Juarez já pensou nos nomes – Disse Heitor, um velho cigano.

– Já sim, mas somente iremos divulgar após o nascimento do bebê.

Todos já estão na aldeia quando ao entardecer com o sol brilhando no horizonte, todos escutam o choro do bebê. Estelita e Mercedes saem da barraca para dar a notícia.

– É uma menina, parabéns Juarez, pode entrar e ver a sua filha e sua esposa.

– Posso entrar também?

– Pablo se acalme você ainda é apenas um garoto, a preferência é da família, depois você pode entrar.

Não contente com a ordem, mas sabendo que tinha que obedecer seu pai, Pablo ficou esperando do lado de fora, e o tempo para ele parecia uma eternidade. Juarez entra na barraca chorando feito uma criança, dá um beijo na testa de Samantha (Os ciganos não trocam afetos em público) e vira para o lado onde nos braços de Shirla está o recém-nascido.

– Como é linda a nossa menina, obrigado por mais este presente.

– Ela tem os olhos verdes iguais aos seus.

– Vou levar lá fora e mostrar para o nosso povo.

– Hoje não – Intervém Shirla – já vai cair o sereno da noite, as duas precisam descansar agora somente amanhã o povo poderá vê-la.

– Eu gostaria que alguém a visse – disse Samantha para Shirla, como se estivesse pedindo autorização, já que a parteira era a responsável por cuidar do bebê aquela noite.

– Está falando de Pablo.

– Estou sim, ele contava os dias para a chegada deste dia.

– Está bem, mas, somente ele por hoje.

Quando aquele jovenzinho de apenas cinco anos entrou na tenda, foi direto ver o bebê no colo de Shirla. O Bebê abriu os olhos e mais incrível é que tanto Pablo, quanto o bebê, ficaram com os olhos brilhando um para o outro, cada um parecia ter uma estrela em cada rosto emanando seu brilho em direção ao outro. Sem conseguir falar nada Pablo saiu da tenda e foi em direção aos seus pais.

– Ela é simplesmente linda, é o bebê mais lindo que já nasceu nesta aldeia.

– Todo bebê quando nasce é lindo – Disse Estelita.

– Mas mãe, os olhos dela brilharam para mim.

– Talvez porque vocês dois sejam almas gêmeas – Disse uma idosa cigana.

– Como posso saber se ela é mesmo a minha alma gêmea?

– Isso, somente o tempo dirá meu menino.

Todos na aldeia fazem uma grande festa, para comemorar a chegada de mais uma cigana, que durou a noite inteira acabando somente ao amanhecer do dia, com muita fartura de comida e bebida.

Ao amanhecer do dia, Samantha recebe a visita de Ruanito e Estelita para conhecer a jovem cigana.

– Viemos conhecer a mais jovem cigana da aldeia.

– E, segundo Pablo, a mais bela que já nasceu – Disse Ruanito.

– Ela está dormindo, não dormiu direito por causa do barulho da festa que durou a noite toda.

Samantha retira uma peça de renda que cobria o bebê para proteger de insetos, e fala para Estelita pegar o bebê no colo.

– Não é por menos que Pablo ficou deslumbrado, ela realmente parece uma boneca.

– Agora que estamos todos aqui – Disse Shirla se referindo aos pais de Pablo e do Bebê – devemos anunciar o nome dela.

– Será Gatiucha, –disse Juarez.

– Um belo nome, muito forte, mas preciso falar algo para vocês.

– Gatiucha ou Samantha estão com algum problema? Algo deu errado no parto? Perguntou Juarez muito preocupado.

– As duas estão ótimas meu amigo, eu preciso falar sobre Pablo e Gatiucha. Ontem presenciei algo que há muitos anos eu não via, no instante em que Pablo entrou na tenda e olhou para Gatiucha, os dois foram cobertos por uma linda luz incandescente, que chegou a ofuscar a vista e no final eu ainda pude ver um laço de união muito forte entre os dois. Vocês acertaram ao prometer uma para o outro em casamento se nascesse uma menina, pois os dois tem laços antigos de amor, não me recordo de ter visto algo parecido nos últimos cinquenta anos.

– Mas Shirla já é possível afirmar que os dois são almas gêmeas? – Perguntou Estelita.

– Para mim não tenho dúvida disso, como explicar a certeza de Pablo que seria uma menina, ele nunca duvidou em nenhum momento e sempre afirmou que sabia que este nascimento seria de sua futura esposa, não se esqueça de que ele só tem cinco anos e não tem conhecimento para afirmar algo por vidência, mas por intuição, e intuição é uma energia muito forte, muitos ciganos já adultos não tem o mesmo entendimento que Pablo tem.

– Realmente o Pablo sempre foi muito atencioso e vinha sempre perguntar como estava indo a gravidez, realmente é diferente dos ouros ciganos na faixa de idade dele.

– Eles devem ser criados e educados de forma a não alimentar em excesso a esperança do casamento, mas observar como eles vão agir com o passar do tempo.

– Mas se são almas gêmeas e estão prometidos em casamento porque essa cautela? – Questiona Samantha.

– Quando Pablo veio ver o bebê ontem logo após o nascimento, uma forte luz brilhou em volta deles, mas, ao mesmo tempo em que brilhou a luz, um pequeno ponto escuro apareceu rápido entre os dois e não identifiquei o que era, mas com certeza a união dos dois terá um momento de dificuldade a ser enfrentado e eles devem estar preparados para isso, somente sendo criados sem a certeza que tudo será muito fácil irão se preparar para enfrentar os problemas que surgirão no caminho deles por isso devemos estar atentos à criação dos dois.

Um instante de silencio predomina na tenda onde todos têm uma expressão de preocupação com relação ao que poderá ser este ponto escuro que apareceu em meio a tanta luz. O silencio é quebrado por Ruanito.

–Mas não vamos para de festejar o nascimento dessa bela cigana, com certeza saberemos na hora certa que aparecer às dificuldades como conduzir a situação.

– Vamos aproveitar que é um momento de alegria e vamos fazer uma grande festa no sábado, vão vir os nossos irmãos de várias aldeias, irei providenciar os frangos e bebidas. – Disse Juarez empolgado com o nascimento de Gatiucha.

– Vou colher as frutas para a festa. – Disse Estelita.

E começaram os preparativos para a festa de apresentação de Gatiucha a todos os ciganos. Uma grande festa aconteceu com centenas de ciganos, dezenas de carroças chegando para a grande festa que durou três dias e três noites com muita fartura de comida, fruta e bebida. Gatiucha foi presenteada por todos os ciganos, assim como Juarez e Samantha.

Alguns dias após a festa, Gatiucha e Samantha já fora do resguardo, os ciganos começaram a desmontar as tendas para buscar novos lugares para ficarem instalados como era de costume e seguiram sentido ao oriente.

Muito tempo se passou e como de costume cigano, eles fazem várias paradas, ficam por algum período em um local e logo depois voltam a levantar o acampamento e seguir viagem novamente. Durante todo este período Pablo tem acompanhado o crescimento de Gatiucha, e às vezes vai ajudar o seu pai nas confecções das peças sempre em uma fundição improvisada dentro de uma tenda.

Em uma das paradas onde fizeram o acampamento, os ciganos estão na região da Itália, e como sempre, Pablo não perde Gatiucha de vista às vezes até de forma exagerada. Pablo nunca parou com as aulas de música com Ramirez, e sempre estava se dedicando cada vez mais, mas já não queria ajudar tanto o pai na tarefa artesã de confeccionar as peças, para não ficar longe de Gatiucha. Um cigano mais velho que se juntou a eles durante as viagens tem observado o comportamento de Pablo, e resolveu conversar com Ruanito e Juarez.

– A dedicação, e o amor deste menino, é muito bonito, com quantos anos ele está?

– Ruarez o Pablo já está com sete anos e Gatiucha está com dois anos, porque a pergunta?

– Porque não é comum um garoto nesta idade ficar cuidando de uma criança desta maneira, isso é pode ser bom, mas ao mesmo tempo pode ser ruim para os dois, pois ele acaba sufocando ela, e isso poderá impedir ela de interagir com outras pessoas.

– Eu já havia pensado nisso e conversado com Juarez.

– O Ramirez disse que Pablo se dedica muito nas aulas de violino e que pensa em tocar somente para Gatiucha.

– É aí que pode iniciar um problema para os dois, ele quer cuida tanto dela, que se afastara sem perceber das obrigações e aprendizado cigano, e não terá um relacionamento de amizade com ninguém.

– Então qual seria a melhor maneira de criar os dois com limites, sendo que são apenas crianças, e o Pablo é extremamente apaixonado pela Gatiucha. – Perguntou Ruanito.

Ruarez que já tinha muita experiência com criança faz uma sugestão aos dois.

– Vamos analisar como os dois estão convivendo com os outros ciganos?

– Na realidade eles não estão convivendo com os outros ciganos, Pablo só se dedica a música à dança e a Gatiucha, ele toma conta dela o tempo todo, inclusive se alguém fica perto dela, ele não se distancia dela por nada.

– A Gatiucha por sua vez acaba não brincando com as outras crianças. – Completou Ruanito.

– Já analisaram que as obrigações ciganas de cada um não estão sendo realizadas como se deve? Ao homem cigano, deve seguir aprendendo os trabalhos artesãos e de negócios, os objetos que fazem do cigano um bom negociante e aprender desde cedo a lidar com o trabalho e negociar com os clientes; a mulher cigana tem a obrigação de seguir com as tradições, como arrumar a mesa, organizar a tenda, aflorar a intuição da leitura da sorte, seja ela a leitura da mão, o tarô, runas borra de café, qualquer que seja, além disso, eles têm de conviver com os ciganos da idade deles em separado, eles precisam ter infância como todos os outros.

— E o que a sabedoria de Ruarez nos orienta a fazer nesta situação?

— Como todo cigano, nós estamos sempre mudando de lugar, conhecendo e apresentando os nossos descendentes aos membros das aldeias, sempre viajamos juntos com nossa família.

— Exatamente aí que quero chegar, vocês sempre estão viajando juntos, e não estão deixando que as duas crianças cresçam nos conhecimentos e nas tradições ciganas, é visível o amor dos dois com tão pouca idade, mas é necessário que este amor se solidifique dentro deles de verdade, sempre juntos como estão o amor confunde e pode ser que eles não saibam qual é o verdadeiro sentimento de amor, porque eles não ficam um dia longe um do outro, e este sentimento pode atrapalhar mais do que parece nesta idade.

— Está sugerindo que os dois sejam criados separados um do outro para terem certeza do que sentem um pelo outro? – Questionou Juarez.

— Não somente para aflorar e terem certeza do que sentem um pelo outro, mas também para aprenderem a conviver com outros ciganos e aprenderem as tradições, porque esta raiz tem que ser fortalecida, e se eles são realmente almas gêmeas, com a distância este sentimento não ficará perdido e vocês terão a certeza que esta será uma união abençoada pelos Deuses. Hoje da forma como estão convivendo, um irá sufocar demais o outro e este sentimento tão maravilhoso que é o amor, poderá ficar perdido em ciúmes demasiado, e não permitir a convivência com os ciganos da aldeia, isso não trará a eles o aprendizado da vida, não saberão nunca como enfrentar os problemas e as dificuldades, porque nunca irão viver isso.

Juarez e Ruanito ficam pensativos e olhando para os filhos sem saberem de que forma eles irão reagir estando longe um do outro e preocupados com a reação da separação.

— O mais correto seria cada grupo seguir viagem em direções diferentes somente se reencontrando após alguns anos, para que eles possam ter uma infância e juventude normal igual a todos os outros.

— Alguns anos? Eu achei que estávamos falando de um período curto.

— Juarez, somente o tempo para ensinar a eles o verdadeiro sentimento do coração, a raiz de vocês é no ocidente e está indo para o oriente em andança, se separarem na próxima viagem e voltem a se reencontrar somente onde vocês têm raízes, este período será muito importante para todos. As crianças vão poder aprender os costumes e as artes ciganas, e conviver com as outras crianças, quando se reencontrarem conversem sobre o sentimento dos pequenos ciganos, e se acharem por bem marquem o casamento, e selem a união dos dois.

— Vamos conversar com as nossas esposas sobre este assunto, não será uma conversa fácil e vamos tomar a decisão mais correta.

— Que Santa Sara ilumine a mente de vocês para a sabedoria plena na conversa e decisão que vão tomar.

Alguns dias depois todos estão reunidos na tenda de Juarez e Samantha como de costume, mas naquela tarde após refletir muito, Ruanito achou por bem iniciar a conversa sobre Pablo e Gatiucha.

— Samantha e Estelita nós precisamos conversar seriamente sobre Pablo e Gatiucha.

— Aconteceu algo de errado? Perguntou Samantha preocupada.

— Ao longo desses anos nós prometemos continuar a união de nossas famílias através de nossos filhos, e esta é nossa vontade real. Mas eu e Juarez conversando com Ruarez, fomos alertados de algo importante.

— E o que ele disse. — Interrompeu Estelita

— Ele conversou e nos mostrou que estamos criando os dois de forma que não seguirão as nossas tradições, e que se continuarmos assim nenhum dos dois vão dar sequência nos costumes e tradições ciganas — Disse Juarez — além disso, ele nos mostrou que os dois estão crescendo longe dos outros ciganos da idade deles.

– Pablo é muito ciumento e não permite que ninguém se aproxime de Gatiucha. – Disse Samantha.

No mesmo instante os quatro olharam para fora e viram Pablo e Gatiucha brincando debaixo de uma arvore sozinhos, as outras crianças estavam brincando em grupos separados inclusive por faixa de idade. Pablo além de brincar sozinho tomava conta de Gatiucha com muito carinho, mas quando algum garoto chegava perto dele, ele sempre dava um jeito de isolar Gatiucha dos outros ciganos.

– Ruarez observou que Pablo e Gatiucha passaram a ter uma convivência permanente e que isso vai sufocar um ao outro, podendo até mesmo prejudicar o amadurecimento dos dois, até nos sentimentos.

– Já tem uma solução em mente meu marido?

– Sim Estelita, conversamos com Ruarez, vamos seguir viagem em direções diferentes, a ausência de convivência um do outro vai ser boa para eles, no começo vão sofrer um pouco, mas vão aprender a viver longe e será nesta distância que o amor deles irá responder se são realmente almas gêmeas ou não, se o sentimento deles é forte o bastante par enfrentar a primeira dificuldade da vida.

– Mas, e o casamento deles que tanto combinamos para quando crescerem?

– Samantha a distância entre eles poderá provar a eles e a nós o verdadeiro sentimento que sentem isso mostrará se são realmente almas gêmeas, será bom para que eles possam crescer em contato com outros ciganos, o que não fazem por sempre estarem juntos. Mesmo porque não se trata de uma separação definitiva, é apenas por um período.

– E quanto tempo é este período Juarez, vamos ficar longe de nossos amigos quase irmão, sabe que fomos criados juntos e nunca ficamos longe, nenhum de nós quatro precisou ficar longe um do outro para saber o que realmente sentimos um pelo outro.

– Concordo com a Samantha será um pecado deixar os dois longes um do outro por alguns meses apesar do ciúme que sentem.

– Pensamos nisso por muitos dias antes dessa conversa e demoramos a entender o que Ruarez estava nos passando, Pablo e Gatiucha não convivem com outros ciganos, Pablo não tem ido mais aprender o oficio de artesão, está somente se dedicando a Gatiucha e a música.

– E se continuarem assim quando crescerem não saberão nada das nossas tradições, Gatiucha nunca vai aprender a cuidar de uma tenda, do seu marido, e nem de como usar os dons ciganos. – Completou Juarez – E o período que achamos por bem, não será de alguns meses.

– Não? Por quanto tempo vocês estão pensando em afastar um do outro inclusive a nós.

– Estelita, nós vamos seguir em rumo diferente deles e iremos nos encontrar em Marselha, mas antes iremos para o sudeste e para o ocidente, nós temos a obrigação de levar Pablo para o nosso povo conhecer.

–Quanto tempo Ruanito!

– De três a quatro anos, será melhor a todos, iremos estar nos comunicando através de correspondência ao longo da viagem.

– Na verdade não ficaremos longe um do outro, vai ter como estar enviando carta através dos mensageiros.

– E como vamos falar para os dois que não vão se vê por todo este período de tempo?

– Já pensamos nisso, iremos seguir viagem antes de Juarez e Samantha, vamos estar próximos sempre em média sete dias de distância, assim se for necessário teremos como nos reunir logo. Mas isso somente acontecerá em caso de extrema necessidade assim, evitaremos o encontro entre Pablo e Gatiucha.

– E quando iremos partir? – Pergunto Samantha.

– Daqui a dois dias, Ruanito e Estelita sairão no dia seguinte, seguindo por outra estrada.

– Que Santa Sara concorde com esta decisão, por que eu não concordo nenhum pouco – Disse Estelita demonstrando aborrecida com a decisão do marido.

No dia de partir Juarez e Samantha procuraram disfarçar ao máximo para evitar que Pablo e Gatiucha percebessem que iriam ficar separados, mas foi inevitável, Pablo percebeu que algo de diferente estava acontecendo, procurou ficar o máximo possível junto de Gatiucha. Estelita e Samantha não aprovando a decisão dos maridos, mas como todo cigano fica a decisão a cargo deles. Quando Ruanito chamou Pablo para ir para a Carroça ele questionou.

– Mas iremos sem eles – Se referindo a Samantha, Juarez e Gatiucha.

– Nós vamos seguir a frente iremos nos encontrar depois.

– O senhor está tentando me enganar, eu já percebi que não iremos ficar juntos.

– Pablo, escute seu pai, nós somente queremos o melhor para você e Gatiucha, acredite um período breve, longe um do outro, irá fazer bem a vocês dois.

– Desculpe a franqueza Juarez, o senhor quer me dizer que ficar longe de quem a gente ama faz bem? Então por que vocês vivem juntos com as esposas e não vivem separados?

– Pablo meu filho, você ainda é um garoto quando crescer vai entender e valorizar ao que estamos fazendo agora.

– Eu não vou sem Gatiucha.

Gatiucha fica assustada sem entender o porquê Pablo, seu pai e Ruanito estão brigando e se aproxima de Pablo.

– Samantha leve Gatiucha para dentro da tenda.

Samantha contrariada em fazer o que o marido pede, mas se sentindo obrigada por ser uma cigana, acaba pegando Gatiucha e levando para dentro da tenda, neste momento Ruanito pega Pablo pelo Braço e as duas crianças começam a chorar e gritar um pelo outro, em uma cena muito triste de descrever, uma separação que jamais será esquecido por eles e por quem assisti, pois percebem ali, que está separando duas crianças inocentes pela idade, mas muito apaixonadas, paixão esta que ninguém consegue ver a explicação para tanto em tão pouca idade, mas real nos fatos.

Pablo é colocado a força na carroça enquanto sua mãe o segura e seu pai conduz a carroça sem olhar para traz, se tivesse feito iria ver a grande maioria da aldeia emocionada com a separação das crianças, ninguém se atreve a opinar sobre os fatos, mas a grande maioria reprova o comportamento dos pais naquele instante, se condoendo pelas crianças.

Capitulo 2

O Amadurecimento e o reencontro

Um ano se passou desde a separação das crianças, durante a viagem dos grupos muitas novidades aconteceram com as famílias. No primeiro ano Pablo e Gatiucha ganharam novos irmãos, Samantha teve um menino Chavier e Estelita mais um menino Joanes, devido a gravidez a viagem acabou atrasando um pouco mais que o esperado, pois não tinham como seguir viagem com a gestação das mulheres poderia pôr em risco a vida delas e dos bebês.

Pablo de início ficou muito rebelde, não entendia o porquê da separação dele e Gatiucha, se sentia como se tivessem tirado algo de dentro dele. Com o tempo acabou aceitando a situação, mas sem nunca deixar de pensar em Gatiucha. Foi aprendendo a arte de artesão e já iniciava a fazer suas próprias peças, sempre muito caprichoso, suas peças começavam a se destacar perante as peças fabricadas pelo seu pai, voltou a frequentar as aulas dadas nas aldeias pelos ciganos mais velhos e não perdia mais as aulas de violino.

Juarez e Samantha ensinavam a Gatiucha os afazeres ciganos e ela ajudava a olhar o seu irmão, mesmo com pouca idade era comum ver Gatiucha com o olhar perdido sempre lembrando com carinho de Pablo, ela muitas vezes ficava olhando para o horizonte como se esperava que em algum momento Pablo aparecesse, era visível que sentia falta de Pablo.

Pablo já tocava violino muito bem muitas vezes ficava sozinho tocando violino pensando em Gatiucha. Sempre que tinha festas em reuniões ciganas os mais velhos pediam para ele tocar durante as festas o que o ajudava a se distrair um pouco da saudade que sentia de Gatiucha.

Com o passar do tempo Pablo foi crescendo um menino bonito e alto, como artesão sempre fazia brincos, pulseiras e colares e as ciganas sempre o cortejavam com o objetivo de ganhar alguma peça dele. Sempre fiel aos seus sentimentos, sempre deixou bem claro que suas obras eram para serem comercializadas, com exceção de algumas peças exclusivas e especiais que ele fazia e guardava em uma caixa aveludada para presentear uma cigana muito especial.

– E quem é esta cigana, Pablo porque você não deu este presente para ela ainda? – Perguntou uma das ciganas da aldeia.

– Não entreguei porque ela não é desta aldeia, mas quando eu a reencontrar entregarei os presentes Samira.

– Com tanta cigana bonita aqui, precisa esperar encontrar esta cigana misteriosa para você dar os presentes?

– Vou esperar o tempo que for necessário para dar os presentes, pois quero mostrar a ela que eu nunca a esqueci, além do mais, ela é misteriosa para vocês, para mim não.

Mais alguns anos se passa, os grupos foram seguindo suas viagens, sempre que possível Juarez e Samantha se comunicavam com Ruanito e Estelita através de correspondências que eram levadas pelos mensageiros das aldeias, mas sempre de forma que as crianças não percebessem onde o outro grupo estava para evitar que os dois se reencontrassem como havia combinados.

Samantha esperava o terceiro filho, quando já estavam em viagem para Marselha, devido a problemas da gravidez, eles ficaram mais tempo que o programado em um vilarejo. Gatiucha já com seis anos, e sempre lembrando e falando daquele que foi seu grande amigo e lembra com tanta ternura, não sabe explicar o sentimento que sente por Pablo, sabe que é diferente e que nunca o esqueceu.

Enquanto ajuda Samantha com os afazeres do lar e a cuidar de Chavier, Samantha conversa com a filha.

— Minha filha, por que quando as outras ciganas estão tocando castanholas e dançando, você fica pensativa com o olhar perdido, parecendo que procura por algo?

— É que eu fico pensando em Pablo, eu nunca parei de pensar nele e fico pensando será que ele ainda lembra de mim?

— Mas ele já deve estar um moço, já pensou que é possível que ele tenha se interessado por outra cigana?

— Sei que ele não está interessado em ninguém, eu sinto o pensamento dele em mim em muitos momentos.

Samantha sabe que o que Gatiucha diz é verdade pelas correspondências que chegaram de Estelita, e fica impressionada com a convicção de Gatiucha falando de seus sentimentos e da certeza que Pablo ainda pensa nela com o mesmo carinho. O passar do tempo somente serviu para fortalecer a convicção dos sentimentos de Pablo e Gatiucha, apesar dela ter apenas três anos quando foi separada de Pablo, os sentimentos e as lembranças demonstram e comprovam para Samantha e Juarez que existe um sentimento diferente entre os dois, pois era muita pouca idade para um sentimento tão forte durador, na realidade todos achavam que o longo período em que ficariam afastados iria fazer com que um esquecesse um pouco do outro, principalmente Gatiucha devido à idade dela na época, nunca acharam que se interessaria por outro cigano, mesmo porque ela não está em idade que normalmente as meninas se interessem pelos meninos, mas o que ninguém imaginaria era que os sentimentos de um pelo outro se fortalecesse com a distância e com o tempo.

Ruanito e Estelita ficaram muito tempo sem tocar no nome de Gatiucha e nem por isso Pablo teve uma demonstração diferente de sentimentos com relação a Gatiucha, aos onze anos ele está ficando um cigano bonito e muito vaidoso, está sempre com anel e corrente no pescoço e braços, sempre muito paquerado pelas ciganas e muito cortejado com proposta de casamento das outras famílias ciganas, chega a provocar um certo ciúmes por parte dos ouros ciganos, principalmente, por ser um dos poucos que toca violino com muita qualidade e gosta muito de dançar, o que acaba sempre atraindo muita atenção, mas Pablo demonstra sempre um ar triste, pois a saudades de Gatiucha é grande e ele nunca esqueceu e nunca entendeu o porquê foram separados daquela forma.

Certo dia um casal levou sua filha até a tenda de Ruanito e Estelita, para apresentar sua filha e oferecê-la em casamento a Pablo, que foi taxativo em sua resposta.

– Esperei anos a minha amada nascer, mesmo estando longe não por nossa vontade, mas por vontade de nossos pais, eu nunca deixei de pensar, amar, e lembrar com carinho de Gatiucha, se alguém algum dia ou em algum instante duvidou deste amor, fique sabendo que eu nunca tive dúvidas e nunca deixei de sentir amor por ela, muito pelo contrário o tempo e a distância só fizeram crescer o que sinto dentro de meu peito por ela.

Ramirez que acompanhou o mesmo grupo onde viaja a família de Pablo, além de dar aulas de violino, também é responsável por cuidar dos grupos de crianças da aldeia, eles conversam sobre o grupo que irá se juntar a eles, se referindo ao grupo onde está a família de Gatiucha, sempre que houve os nomes dos outros ciganos, Pablo fica triste em um canto solitário e toca o violino com melodias leves e suaves, demonstrando que sente a ausência de alguém, todos em volta em muitos momentos ficam parados ouvindo aquela música suave que vem do violino de Pablo e sentem no ar as vibrações de amor que elas representam.

No outro grupo Samantha entra em trabalho de parto, uma gestação difícil e um parto muito complicado onde quase perde a vida, dá à luz a um menino Giuliano, Shirla que já havia feito os partos anteriores de Samantha ficou muito preocupada com este parto, Samantha acabou por perder muito sague e Shirla foi taxativa com Juarez.

– Samantha quase perdeu a vida neste parto, eu aconselho a ficar de repouso por um período mais longo, ela está muito fraca, e o bebê também não nasceu muito forte parece que vai demorar a se reestabelecer por completo, quando o grupo seguir viagem é melhor permanecer na aldeia se não quiser perder a sua esposa.

– Foi tão grave assim?

– Ela somente sobreviveu por que ela é uma guerreira, se fosse muitas aqui da aldeia teria morrido no parto.

– Quanto tempo nos aconselha a ficar de repouso?

– É melhor esperar duas estações do ano para poder seguir viagem, mesmo porque não sabemos como ela irá se recuperar, eu não seguirei viagem com o grupo vou ficar para o caso de vocês precisarem de algo.

Juarez decidiu então ficar para preservar sua esposa, terá de se atrasar para o encontro combinado, mas será por um motivo justo.

A viagem do grupo onde está Pablo chega enfim a Marselha, já com doze anos Pablo é um artesão reconhecido pelos ciganos, se aperfeiçoou e podemos afirmar que era mais eficiente e talentoso que seu pai.

Ao chegarem a Marselha, Ruanito e Estelita recebem notícias do outro grupo, e ficam sabendo que Samantha e Juarez não estão vindos ao encontro deles, pois a última gestação havia sido muito complicada e como a criança havia nascido muito doente precisariam ficar um período maior que o planejado no acampamento, iriam seguir viagem somente quando todos estivessem bem.

Gatiucha já uma mocinha, ajuda sua mãe a cuidar dos irmãos e do lar, mas gosta de ver seu pai em negociação com os cientes e fornecedores, um negociante de respeito Juarez sempre leva a família para acompanhar em seus negócios, como não tem o dom de artesão, negocia as mercadorias dos produtores locais por onde se instala. Gatiucha desde cedo começou a pegar gosto pela arte de negociar.

– Papai quando chegar a hora certa o senhor me ensina a arte de negociar?

– Gatiucha, para que quer saber a arte de negociar? Esta é uma tarefa para os homens, a cigana cabe à leitura da sorte, a preparar a comida, a cuidar do lar e de seu marido.

– Mas eu quero aprender mesmo assim, eu gosto de ver o senhor negociando os objetos e mercadorias.

– Está bem quando for maior eu ensino a arte de negociar.

– Vou ajudar a cuidar de Giuliano, ele está muito arteiro hoje.

Gatiucha leva seu irmão caçula para dar banho, após um período muito fraca devido ao parto, Samantha somente agora após o aniversário de um ano de Giuliano, está em condições de seguir viagem. Durante este período, Gatiucha e Giuliano ficaram muito apegados ao outro o que foi muito importante para que Samantha pudesse se reestabelecer.

— Juarez agora que me sinto melhor, acho que devemos seguir nossa viagem para Marselha, nós já deveríamos estar junto de nossos amigos.

— Você ficou muito doente quando Giuliano nasceu, para ser muito sincero, eu achei que você não iria resistir você ficou seis meses de cama, e ninguém descobriu o que você tinha, não era só por consequência do parto.

— Nunca senti tanta fraqueza, foi algo que espero nunca mais sentir, mas agora já estou me sentindo mais forte, quando quiser seguir viagem já estou me sentindo pronta.

— O próximo grupo que vai para aquela direção, vai seguir viagem daqui a dez dias, tem certeza que está em condições de seguir viagem?

— Estou sim, obrigada por não ter viajado antes, acho que não teria resistido. E os meninos por onde estão?

— Giuliano está com Gatiucha e Chavier está brincando com os outros meninos.

— Gatiucha foi um anjo para nós, se não fosse ela nem sei como o Giuliano teria sido cuidado neste período.

— Ela é uma menina de ouro, merece ser muito feliz e ter uma ótima família quando casar.

Após os dez dias o grupo seguiu sua longa viagem com destino a Marselha, mas como o grupo sempre parava muito para acampar e ficava estabelecida em vilarejos ao longo do percurso, esta viagem ainda iria durar um ano, durante este período Gatiucha iniciou o aprendizado de negociar com seu pai, sem nunca deixar de cuidar de seus irmãos, Giuliano acabou ficando mais apegado a Gatiucha que a sua própria mãe.

Em Marselha, Pablo está ansioso para chegada do grupo, ficou sabendo de seus pais que eles irão se encontrar em Marselha, onde seu pai acabou por construir um galpão para a produção de suas peças, e construiu também algumas casas com o dinheiro que ganhou neste período, pois Ruanito e Estelita pretendem fixar residência em Marselha, onde terão condições de aumentar a produção de suas peças e poder aumentar muito as vendas e já tem até planos para quando Juarez chegar a Marselha.

Um pouco mais de um ano se passou após o início da viajem de Juarez e Samantha para Marselha, Gatiucha está ansiosa por chegar logo não consegue conter suas emoções, ao mesmo instante Giuliano fica irritado com a ansiedade dela.

Em Marselha já é primavera, o campo amanheceu florido, os pássaros voavam e cantarolava por entre as árvores, o sol parecia ter um brilho diferente naquela manhã, o que a princípio era uma aldeia cigana já se transformara em uma vila, no lugar de tendas foi construído casas, algumas de madeira e outras de barro, mas a vila já começava a tomar forma e seus moradores queriam que ali fossem firmadas suas raízes, como o grupo era grande, decidiram não mais viajarem pelos lugares, mas fixar sua residência onde poderiam dar conforto e condições boas de vidas a todos.

Ruanito construiu um grande galpão onde além de sua oficina, ali também funcionará uma escola onde os ciganos poderão aprender a arte de artesão Pablo além de fabricar as peças, já ensina os novos ciganos como confeccionar as peças e objetos para serem vendidas depois.

O que Pablo nunca deixou de fazer foi criar e fazer as peças exclusivas e guarda-las em uma caixa forrada com veludo preto para quando reencontrar Gatiucha.

Joanes sempre brinca próxima a oficina de Ruanito, mas Estelita não se preocupa muito com o filho, pois sabe o quanto o menino é apegado a Pablo e ele está sempre de olho no irmão, Ruanito sabe que Pablo amadureceu rápido e cuida bem da oficina, e sempre que pode, viaja para vender as peças produzidas por eles.

— Pablo, irei de ficar uns dias fora, vou viajar para comercializar as nossas peças, deixo em sua responsabilidade como o homem da casa cuidar da oficina, sua mãe e seu irmão.

— Pode viajar tranquilo papai, vou tomar conta de tudo em sua ausência.

— Joanes está muito à vontade, somente brincando com os outros meninos e até agora não teve vontade de aprender nada de música e nem ficar na oficina.

– Deixa ele pai, uma hora vai despertar nele a vontade de aprender alguma coisa.

– Pablo você se sente feliz por ter começado muito cedo a tocar violino e ao ofício de artesão?

– Me sinto sim, sei que muita gente te criticou porque eu deixava de brincar para ficar sempre aprendendo algo, na verdade, nos últimos anos ficar trabalhando e tocando foi bom para mim para que eu não ficasse pensando o tempo todo em Gatiucha.

– Você entendeu os motivos pelo qual vocês ficarão afastados por todos esses anos?

– Mais ou menos, porque para conviver com a ausência dela, eu me foquei mais na música e no trabalho, quase não convivo com os outros ciganos como vocês queriam que eu fizesse.

– Com a Gatiucha foi muito parecido, segundo as cartas de Samantha e Juarez, ela acabou convivendo um pouco mais com as ciganas pelas aldeias que passaram. Mas vocês ainda são jovens e tem uma longa vida pela frente e vão poder matar as saudades quando se vir novamente.

Pablo olha para a caixa aveludada onde guarda as peças que fez especialmente para Gatiucha durante todos esses anos que não se veem e uma expressão triste estampa o seu rosto, neste instante Estelita entra na oficina e fica com o coração apertado quando vê o jovem triste.

– Para quem já esperou por mais de sete anos, o sentimento continua o mesmo?

– Muitos duvidam do sentimento que eu sinto por ela, mas é sincero, quando me lembro dela sinto como uma dor no peito e tenho vontade de correr para encontrar ela, mas não sei nem onde ela está, como está, mas sinto que nunca me esqueceu.

– Continua com a mesma convicção de quando se afastaram?

– Com a mesma de quando ela nasceu, sempre soube que esse amor existe.

– Por que tanta certeza assim? Você está com quinze anos, não se veem a mais de sete anos?

– Não sei, mas sempre soube que nosso amor iria durar enquanto existirmos, mesmo que nossos sentimentos precisem atravessar fronteiras.

– Juarez ficou só escutando a conversa e pensando se tinha feito o correto em deixar os dois, longe um do outro por todo esse tempo.

– Pablo toma conta da oficina que preciso conversar com a sua mãe sobre a viagem.

Juarez e Estelita saem do galpão onde funciona a oficina, como tem muitos ciganos próximos, Juarez sai em silencio e não fala nada para Estelita, que estranha o comportamento do marido.

– Juarez por que me chamou para conversar e está mudo?

– Preferi conversar a sós com você, é sobre Pablo, estou pensando se fizemos bem em separa os dois um do outro.

– Fizemos não! Você fez, eu e a Samantha fomos totalmente contra lembra? E por que somente agora está pensando nisso já se passaram sete anos, e somente agora você resolveu pensar em seu filho e no que ele sente?

– Lembro sim, mas fico preocupado com este sentimento dele, é muito jovem ainda e só tem pensamentos para ela, tenho receio de como será a reação deles quando se encontrarem novamente. Ele já sofreu bastante neste período, as vezes alguma cigana se aproximava dele eu achava que seria bom, mas sempre despistava as meninas, por conta deste sentimento, como podemos saber se é sincero dos dois lados, como ele sempre fala. Será que quando se reencontrarem não será uma desilusão para os dois?

– Eu acredito no amor deles, eles são novos e eram crianças quando o separamos, mas eu acredito que o que sentem é verdadeiro.

– Diz como se soubesse dos sentimentos dos dois.

– A Samantha nas cartas sempre falou sobre Gatiucha falando e pensando em Pablo, ela era mais criança que ele quando se separaram como não acreditar no que sentem, se esta distância era para dar certeza de algo, me deu mais veracidade do sentimento de amor que eles sentem.

– Isso me faz ter certeza que errei em aceitar afastar os dois por todo este tempo.

– Muito pelo contrário, este período foi bom para os dois também deu a eles a certeza do que sentem. Quando o marido viaja a esposa fica sempre ansiosa para quando ele vai voltar.

– Mas entre nós é diferente somos adultos.

– Coração apaixonado não sabe idade, só sabe o que sente.

– Juarez fica pensando por um tempo enquanto arruma a mala para sua viajem, e percebe que suas ausências do lar precisam diminuir e toma uma decisão.

– Estelita quando eu voltar eu irei começar a ensinar, a alguns ciganos a negociar as nossas peças, assim poderei me dedicar mais tempo a casa e a oficina.

– Não sabe como me alegra ouvir isso.

Já é final da tarde e Pablo resolveu tocar o violino debaixo de uma árvore que fica no meio do vilarejo, tocava uma música suave, alguns ciganos estavam próximos escutando a música e conversando entre eles.

No horizonte no meio da estrada onde o sol ainda estava se pondo um grupo de cigano se aproximava, Pablo parou de tocar o violino e começou a caminhar em direção ao grupo que se aproximava ainda que distante. Vários grupos já haviam chegado antes ao vilarejo, mas nunca nenhum outro mexeu com Pablo desta forma, era um grupo de vinte carroças, mas a Pablo interessava somente uma pessoa.

Pablo parou um pouco antes da entrada do vilarejo, Juarez e Estelita viram o filho indo ao encontro do grupo e ficaram observando a distância, muitos ciganos se aproximaram da entrada, como já conheciam a história de Pablo e Gatiucha ficaram observando na expectativa o que iria acontecer.

Do meio das carroças uma ciganinha com os cabelos lindos e cacheados aparece andando apressada em direção do vilarejo, Pablo vai em direção a ela, ele não tinha a menor dúvida que era Gatiucha, um encontro tão esperado pelos dois e por muitos que estavam curiosos para saber o desfecho desta história, como será a reação dos dois quando se reencontrassem.

Não poderia ser diferente o encontro, Samantha e Ruanito ficam em pé na carroça para ver o encontro dos dois e quando se aproximam, quebram os costumes ciganos, os dois se abraçam num abraço forte cheio de amor e saudades, neste momento todos percebem que entre os dois em nenhum momento houve dúvidas do amor que sentem, apesar do tempo e da distância, de terem crescido longe e apesar da idade nada tirou deles a lembrança um do outro. Uma linda cena onde a natureza com um belo pôr do sol, enfeitou mais um encontro, para quem teve a oportunidade de poder enxergar com os olhos espirituais viu um lindo brilho, uma luz cobrindo os dois o mesmo brilho uma luz mais intensa da qual os cobriram quando se viram pela primeira vez quando Gatiucha nasceu.

Giuliano se aproxima dos dois e a luz se dispersa. Com ciúmes da irmã ele tenta ficar no meio dos dois olhando para Pablo com ar de rejeição.

– Quem é esse garoto?

– Esse é o Giuliano, meu irmão mais novo, ele tem cinco anos é muito apegado a mim.

– Como está Giuliano, seja bem-vindo ao nosso vilarejo, seremos amigos, você me deixa conversar um pouco com a sua irmã?

– Não – E Giuliano ficou emburrado.

Todos acharam graça e riram da cara de Giuliano. Os moradores foram recepcionar os viajantes que chegavam, muitos se abraçavam matando as saudades que estavam sentindo, entre eles as famílias de Pablo e Gatiucha.

– Você voltou mais linda do que imaginei que estaria. – Disse Pablo a Gatiucha.

– Obrigada, você também está muito bonito, deve estar cheio de ciganinhas atrás de você.

– Mas somente uma esteve no meu coração por todos esses anos – Pablo e Gatiucha voltam a se abraçarem muito carinhosamente.

– Como foram de viajem? – Disse Ruanito com um grande sorriso no rosto – Seja bem-vindo Juarez, estávamos esperando vocês para o verão passado, por que se atrasaram tanto? Estava preocupado.

– Temos muitas histórias para contar, mas o atraso maior foi devido a gravidez de Giuliano, Samantha ficou muito doente, o parto foi muito complicado e sem ela estar em condições de seguir viajem, cheguei a pensar que iria perde-la, de tão doente que ficou e para ser bem sincero achei que nunca mais iria conseguir seguir a viajem.

– E como você está agora Samantha? – Indagou Estelita

– Estou muito melhor agora, mas foi um período muito difícil, se não fosse Gatiucha para cuidar da casa e dos irmãos, nem sei como teria feito. Bem a família cresceu neste período, estes são Chavier e Giuliano, diga oi aos nossos amigos.

– Você é a Estelita? Minha mãe falava de vocês quase todos os dias – Disse Chavier.

– Este é Joanes, pelo visto são da mesma idade, serão muito amigos assim como nós e seus pais.

– Vamos acomodar vocês em casa, a viagem foi muito longa e precisam descansar – Disse Ruanito.

– Poxa meu amigo estamos mesmo precisando, depois preciso montar a tenda até construir algo para nós morarmos em definitivo.

– Vamos até em casa, vocês dormem lá esta noite, vamos tomar um bom vinho para comemorar nosso reencontro e conversar, depois eu tenho uma surpresa para vocês.

– Oba, eu amo surpresa! – Gritou Chavier.

Todos foram se acomodando no vilarejo, Ruanito e Estelita acomodaram Juarez e Estelita em sua casa assim como as crianças. Depois do jantar os quatro adultos conversavam na varanda e viam Pablo e Gatiucha conversando na sala enquanto os três menores dormiam pesado.

– Os dois parecem que nunca se esqueceram, confesso que estava curiosa para saber como seria o reencontro dos dois – Disse Estelita.

– Para sermos sinceros todos nós no vilarejo estávamos ansiosos por este reencontro. Mas me diga como Gatiucha cresceu e está uma linda cigana, esta menina vai ficar uma moça cada vez mais linda.

– Pablo também cresceu bastante está ficando imponente e alto, está um lindo menino.

Pablo pede para Gatiucha esperar um pouco enquanto foi buscar algo e corre até o galpão do pai, onde pega a caixa aveludada e volta correndo para casa.

– Toda vez que pensava em você o meu coração ficava apertado e eu fazia uma peça especial para você, não sei se vão servir, mas tem muito amor na criação e na confecção de cada uma, fiz tudo sozinho.

Gatiucha abre a caixa e vê lindas peças entre anéis, brincos, pulseiras e colares, começa o colocar todas as peças, algumas grandes, algumas pequenas e algumas no tamanho certo, fica encantada com tantas peças, ela olha com muito brilho nos olhos de Pablo.

– Obrigada, nem sei como agradecer, elas são lindas.

– Agradeça usando todas elas, as que não servirem eu tenho como mudar o tamanho.

– Não quero que mude nada vou guardar elas assim, será uma lembrança do tempo que ficamos longe. Você fez tudo sozinho? São muitas peças.

– Fiz todas pensando em você

Gatiucha vai até a varanda e mostra o presente para Samantha.

– Mãe olha o que o Pablo me deu.

– Que lindas, foi você quem fez Pablo?

– Foi sim.

– Ele fez tudo sozinho e nunca deixou ninguém o ajudar, dizia que para fazer estas peças precisa ter um sentimento especial.

– Vou guardar nas minhas coisas.

Gatiucha e Pablo entram na casa, Gatiucha guarda a caixa junto de seus objetos pessoais.

As mulheres conversavam na varanda enquanto os homens tinham saído, porque Ruanito queria mostrar algo para Juarez. Ao chegar a frente a uma casa pequena, mas aconchegante Juarez mostra a casa para Ruanito.

– Ruanito o que acha desta casa?

– É uma bela casa, bem avarandada.

– Amanhã durante o dia vamos voltar com a Samantha, esta casa é minha, mas podem ficar morando nela até construir a sua casa.

– Muito obrigado meu amigo, não sei como agradecer, morar em tenda é muito bom, mas ter um lugar fixo é muito melhor até mesmo para as crianças – Respondeu Juarez dando um forte abraço em Ruanito.

– Construí esta casa pensando em Gatiucha e Pablo, sei que ainda está cedo para isso, mas enquanto os dois não se casam vão utilizando casa, quem sabe até lá os dois não constroem a própria casa deles.

– Fico muito feliz com a união dos dois, não vejo a hora de concretizar a união dos dois. Vamos indo, eu quero falar para Samantha sobre a casa.

Juarez volta eufórico e sorrindo para a casa de Ruanito e abraça a esposa.

– Samantha você não imagina a surpresa que nossos amigos prepararam para nós.

A euforia foi tanta que chamou a atenção de Gatiucha e Pablo que foram até a varanda escutar a conversa.

– O que foi, por que tanta euforia?

– Ruanito tem uma casa e nos cedeu até construir a nossa casa, não vamos mais ficar morando nas tendas.

– Como assim a gente pode ficar morando lá por quanto tempo?

– Por quanto tempo precisarem – Disse Ruanito – Amanhã vamos conversar sobre o trabalho, estou com algumas ideias e precisamos conversar, mas não hoje, hoje todos precisam de descansar.

– Vou ter o meu quarto? – Perguntou Gatiucha.

– Vai sim, eu ajudei o meu pai a fazer a casa e foi feita pensando em nós dois quando casarmos e termos os nossos filhos.

– O Pablo ajudou na carpintaria? – Perguntou Juarez.

– Pablo aprendeu muita coisa nesse período, nem parece aquele garotinho de quando fizemos as mudanças de rotas.

Ruanito, Samantha e os amigos se abraçam agradecendo a amizade que os unia, uma amizade sincera e que sobreviveu mesmo um longo período afastado.

Todos foram dormir após a euforia do reencontro, no dia seguinte Ruanito conversa com Juarez sobre suas ideias de expandir o comércio de suas peças e como Juarez é um grande negociador, fez a ele a proposta de sociedade nos negócios onde um seria o responsável pela confecção das peças e Juarez iria cuidar das vendas e da expansão dos pontos de vendas, assim a empresa teria sua expansão e empregaria mais pessoa do vilarejo para trabalhar com eles.

No dia seguinte, logo cedo, Juarez e Samantha se mudaram para a casa nova, montando seus pertences e objetos.

O tempo vai passando, a sociedade entre Juarez e Ruanito começa a funcionar bem, sincronizada expandindo os negócios a empresa começa a contratar mais pessoas para trabalhar com eles tanto na produção como na parte comercial.

Juarez e Samantha constroem a própria casa ao lado da casa de Ruanito e Estelita. O vilarejo começa a expandir, muitos moradores novos chegam para instalar suas moradias, nem todos os moradores agora são ciganos, no vilarejo hoje já possui comércio escolas para as crianças, todos vivem em harmonia, sempre respeitando os espaços de cada um com muito respeito, lógico que os ciganos ainda são a maioria principalmente no comércio.

O galpão de Ruanito cresceu e hoje já emprega 30 funcionários em sua produção.

Sete anos se passaram desde o reencontro, Pablo e Gatiucha cresceram, ele com vinte e dois anos e ela com dezessete anos, durante todo este período todos vivem em muita harmonia, Joanes e Chavier se tornaram grandes amigos, praticamente inseparáveis, tanto na hora do aprendizado como nos momentos de travessuras, Ruanito e Juarez cada vez mais prósperos, sempre fazendo festas em suas casas fortificando cada vez mais a união e amizade entre as famílias. Giuliano por sua vez cresceu cada vez mais enciumado com relação a Gatiucha e Pablo, em alguns momentos teve de ser chamado a atenção pela forma como tratava Pablo.

Gatiucha já efetua as leituras de carta e sempre muito requisitada para fazer suas leituras, pois segundo os ciganos ela tinha a mão de carta, como eles se referem as pessoas com melhores energias para as leituras de tarô.

Sempre que ela lia para algum homem, Giuliano ficava com ciúmes, até que um dia Samantha resolveu chama-lo para conversar, para entender melhor este ciúme da irmã.

— Giuliano meu filho o que acontece com você quando Gatiucha está lendo carta para algum homem ou quando ela está com Pablo?

— Mãe, a Gatiucha cuidava de mim quando eu era menor, não quero que tire ela de mim.

— Mas ela é sua irmã, não tem porque achar que alguém que vem ler carta pode tirar ela de você.

— Eu gosto muito dela acho que os homens vão levar ela embora.

— Que bobagem menino, eles somente vêm para ler a sorte.

— Mas não gosto que ela converse com os outros rapazes, principalmente com o Pablo.

— O Pablo? Eles sempre foram apaixonados um pelo outro, mesmo muitos anos antes de você nascer.

— Não gosto dele, ele está sempre com Gatiucha e ela não tem tempo para mim.

— Que bobagem ela continua cuidando de você e te ajudando nos aprendizados, e mesmo assim ela não tem como ficar o tempo todo com você, ela também tem as obrigações dela.

— O tempo que ela podia ficar comigo, ela fica com o Pablo, não gosto dele não gosto de ver os dois juntos. — Respondeu Giuliano muito áspero.

Samantha fica intrigada como o filho respondeu sobre os sentimentos com relação a Gatiucha e principalmente com relação a Pablo. Após alguns instantes pensando voltou a conversar com Giuliano.

— O Pablo alguma vez, lhe fez algo que o fizesse ficar tão arredio com ele?

— Fez sim.

— O que ele fez?

– Gostar da minha irmã.

– Mas ela também gosta dele.

– Mas eu não quero que eles se gostem.

Acreditando se tratar apenas de ciúmes de irmão caçula, Samantha encerra a conversa e volta para dentro da casa, neste momento Pablo vai passando em frente a sua casa montado em um cavalo e cumprimenta a Giuliano que fingiu não perceber a presença dele, assim que Pablo passou, Giuliano pegou uma pedra e atirou no cavalo de Pablo que saiu em disparada pegando Pablo de surpresa, que por saber montar muito bem em um cavalo conseguiu dominar o animal, mas estranhou a reação do animal, parou o cavalo próximo a um grupo de cigano e um dele perguntou.

– Pablo você está bem?

– Estou sim, só não entendi porque o cavalo disparou de repente, não tinha nada para assustá-lo.

– Eu vi Giuliano atirar uma pedra depois que você passou por ele.

– Pablo olhou para traz e viu Giuliano olhando fixo para ele com uma expressão de raiva, se olharam por alguns instantes e Giuliano entrou em sua casa. Pablo ficou sem entender o motivo de Giuliano ter atirado a pedra em seu cavalo, sabia do ciúme do irmão pela Gatiucha, e percebia que Giuliano ficava de cara fechada quando ele estava junto de Gatiucha, mas nunca imaginou que poderia pensar em tentar machucar alguém por ciúmes.

Pablo resolveu não conversar com o menino, preferiu conversar com Ruanito sobre o ocorrido. Giuliano já tinha demonstrado várias vezes que sentia ciúmes de Gatiucha, mas nunca havia demonstrado ódio ou qualquer intenção de agressão como a que fez. Ao chegar ao galpão encontrou Ruanito e Juarez conversando sobre serviço e não quis interromper, mas o ar de preocupação estava claro no seu rosto, os dois se aproximaram de Pablo.

– Aconteceu algo que te preocupa Pablo?

– Não pai, são só umas peças que não sei como finalizar – disfarçou Pablo, pois não queria comentar com Juarez sobre o ocorrido, sem antes conversar com seu pai.

Ruanito percebeu que o filho mentia, já que Pablo era um excelente artesão, e não tinha dificuldades em fazer as suas peças, tratou de apressar a conversa com Juarez que saiu para visitar os comércios nas cidades vizinhas.

– Está bem agora é só nos dois, o que aconteceu?

– É Giuliano, estou sem entender o comportamento dele.

– É ciúmes de irmão, é natural, pois Gatiucha foi quem cuidou dele quando ele nasceu Samantha quase veio a falecer de tão ruim que ficou após o parto, ele tem Gatiucha como uma segunda mãe.

– Só que a situação está ficando mais grave, ele está começando a demostrar agressividade e ódio.

– Como assim, ele só tem doze anos o que você viu nele que demonstre agressividade ou ódio?

– Eu estava passando de cavalo em frente à casa de Gatiucha, o cavalo disparou do nada, mas consegui controla-lo, alguns ciganos que estavam próximos viram Giuliano atirar uma pedra no cavalo, quando olhei para ele, vi o olhar dele de ódio e não de ciúmes, é diferente o olhar dele.

– Isso realmente é estranho, ele ter ciúmes da irmã é natural, mas este comportamento precisa ser advertido, vou conversar com Juarez sobre o ocorrido, você tem certeza que não foi uma brincadeira de mau gosto dele?

– Giuliano não brinca com ninguém, preste atenção, ele fica perto dos meninos, mas não conversa e não brinca com eles.

– É verdade Joanes e Chavier sempre estão juntos, mas Giuliano está sempre quieto no mundo dele, Joanes já havia me comentado isso, mas não dei importância, não se preocupe Pablo vou conversar com Juarez sobre Giuliano.

Pablo ficou mais aliviado com a conversa e foi confeccionar as suas peças. No vilarejo os ciganos estão brincando em volta de uma árvore e Joanes tenta conversar com Giuliano.

– Giuliano você nunca quis aprender a tocar nenhum instrumento, também nunca gostou de dançar nas festas, o que gosta de fazer?

– Gosto de mexer com o punhal.

– Mas o punhal ainda é perigoso para você.

– Existe muita coisa mais perigosa por aí.

– Como assim, o que quer dizer com isso?

– Por que quer saber o que eu gosto ou não?

– Estou apenas querendo conversar com você, seu irmão já toca violino.

– Que nem o seu irmão.

– Isso te incomoda?

– Tudo que seu irmão faz me incomoda não gosto dele e não quero ele perto de Gatiucha.

– Você sabe que a história de amor deles á muito antiga, que eles se gostam de verdade, por que você não quer que os dois fiquem juntos?

– Porque ele está roubando ela de mim.

– Isso não é verdade, ele não está roubando ela, eles vão formar uma família assim como os nossos pais.

– Eu não vou deixar! – Gritou Giuliano que se levantou e saiu apressado.

– Joanes o que houve, por que Giuliano gritou com você?

– Não sei a gente estava falando de Pablo e Gatiucha, parece que este assunto o deixou muito irritado.

– O deixe para lá, meu irmão é um chato nunca quer conversar com ninguém.

Como Juarez foi viajar e só voltava no dia seguinte, aquela noite Pablo não foi a casa de Gatiucha, mas passou em frente à sua casa onde ela se encontrava na varanda, trocaram olhares carinhosos e foi para a sua casa. Durante o jantar todos estavam sentados à mesa conversando quando Joanes resolveu comentar a conversa com Giuliano.

– Hoje estive conversando com Giuliano.

– Você conseguiu conversar com ele?

– Não foi fácil, ele mal respondeu.

– E o que conversaram?

– Sobre o fato dele não querer aprender nada de nossos costumes, não gosta de tocar e nem de dançar está sempre isolado, ele na verdade não quer fazer nada que Pablo saiba fazer, isso não é estranho?

– Como assim, não quer aprender nada que Pablo faça? – Indagou Estelita.

– Foi o que ele disse.

– Isso é coisa de criança ciumenta, todos sabemos do ciúme dele.

– Pode ser mãe, mas ele é muito estranho nunca conversa com ninguém.

Pablo e Ruanito preferiram não comentar sobre o ocorrido de manhã, mas se olharam como que indagando o comportamento de Giuliano.

No dia seguinte Juarez estava de volta muito contente e com ótimas notícias.

– Ruanito meu amigo lembra aquela loja grande que tem na cidade vizinha e que atende a realeza?

– Sim, lembro.

– Fez uma bela encomenda, muito valiosa – Falou todo eufórico.

– Não acredito Juarez, conseguimos vender para eles? Isso merece uma comemoração, vamos abrir um vinho para brindar.

Juarez, Ruanito e Pablo brindavam uma nova e importante conquista da empresa, muito feliz com a conquista Ruanito não achou que o clima era propício para conversar sobre Giuliano. Juarez passou os pedidos para Ruanito e foi para casa para ver a Família.

– Pai aproveitando que estamos só nos dois, eu pensei esta noite e acho melhor não falar nada por enquanto com Juarez sobre Giuliano, pode ser má impressão minha, acho que é o jeito dele mesmo.

– Está bem, se você prefere assim, mas se voltar a acontecer algo me avise, e tenha cuidado não sabemos o que este ciúme pode despertar em Giuliano.

– Vou ter, não se preocupe.

Os dias se passaram em paz no vilarejo, no sábado como de costume todos se reúnem para se divertir, com muita comida, bebida e música. Pablo e mestre Ramirez estavam tocando violino junto de outros ciganos que tocavam outros instrumentos, as ciganas inclusive Gatiucha tocavam castanholas e dançava o tempo todo, tudo estava em muita harmonia até Giuliano demonstrava estar feliz com a festa. Samantha e Estelita pedem para Gatiucha e Pablo dançarem na roda.

– Pablo dança com Gatiucha, é muito bonito ver vocês dois dançando juntos – Pediu Samantha.

– Você pode dançar com a Gatiucha, eu autorizo – Disse Juarez após Pablo olhar para ele.

Uma roda se abriu e no meio Pablo e Gatiucha começaram a dançar enquanto os ciganos tocavam suas músicas típicas. Os dois eram muito sincronizados na dança, todos em volta ficam encantados com a dança e as trocas de olhares entre eles sempre com um brilho diferente e apaixonado, Pablo estende uma corda no chão e os dois dançam em volta dela, em uma dança que não podem tocar na corda, quando acabam a dança todos saudaram os dois dançarinos.

– Parabéns Pablo, vocês dançaram muito bem. – Disse uma jovem cigana com ar de paquera para cima de Pablo.

– O que essa mocita quer com este olhar? – Perguntou Gatiucha para Pablo.

– Não de atenção para isso, você estava linda dançando.

– É, mas nenhum rapaz veio me elogiar.

– Eu não conto?

– Claro que conta, eu só não gostei do jeito dela. Todos sabem o que nós sentimos um pelo outro e respeitam, por que ela veio cheia de graça agora?

– Deve ter bebido vinho além da conta, você sabe que a Giulia sempre dá um pouco de trabalho nestas festas.

– Eu a acho muito oferecida para os rapazes, mas nunca a vi com gracinha com você.

– Foi a primeira vez. Mas não precisa ficar assim, não preciso do encanto dela eu já tenho o seu.

– HUM!?!

– Adoro quando faz charminho para mim.

– Vou começar a ficar mais atenta.

– Vamos curtir e aproveitar a festa, hoje à noite está linda, e queria conversar com você amanhã a sós antes de conversar com seus pais.

– Conversar, o que?

– Sobre nós dois, hoje tem muita gente por perto e pode atrapalhar a nossa conversa.

Na realidade Pablo não queria conversar com Gatiucha perto de Giuliano para evitar qualquer tipo de problema naquela noite.

– Está bem amanhã a gente vai dar uma volta e conversamos?

– Eu passo na sua casa após o almoço, para darmos uma volta a cavalo.

– Pode adiantar o assunto?

– Amanhã a gente conversa, será uma longa conversa.

– Quanto suspense me deixou curiosa.

– Acredito que a conversa vai ser boa.

Samantha se aproximou dos dois com duas taças de vinho.

– Posso saber o que os dois tanto conversam?

– O Pablo está me chamando para dar uma volta de cavalo amanhã, eu posso?

– Normalmente não poderia, mas com Pablo a gente deixa, nós confiamos nele.

– Agradeço e não vou quebrar esta confiança.

– Temos certeza disso.

– Confia mais nele do que em mim? Brincou Gatiucha.

– Confio em você minha filha, mas se eu não confiar no rapaz não tenho como deixa–la sair sozinha com ele, por isso autorizo sem consultar seu pai.

– Agora está ficando tarde é melhor nos recolhermos, até amanhã Pablo.

– Até amanhã Sra. Samantha.

– Também vou entrar você vai ficar mais aqui fora?

– Não, eu vou entrar está ficando tarde.

– Então até amanhã.

– Até meu amor, durma com os anjos.

– Gatiucha abriu um sorriso e foi para a sua casa, o mesmo fez Pablo.

Gatiucha ficou curiosa sobre o que Pablo queria conversar com ela.

– Porque esta cara menina?

– Pablo falou que quer conversar comigo amanhã.

– Sobre?

– Não sei ele falou que é uma conversa longa e que quer conversar comigo a sós sem ninguém por perto, só disse que a conversa será muito boa.

– Acho que sei o que ele quer conversar com você, mas não tenho certeza.

– E sobre o que seria?

– Eu vi nas cartas que você teria um pedido de casamento.

– Será que é sobre isso!?

– Mas eu não vi que vocês casavam, fiquei sem entender.

– Como assim, elas não mostraram o que acontecia?

– Não, acho que elas queriam me fazer uma surpresa também.

– Pode ser. Bem vou dormir, boa noite minha mãe.

– Boa noite Gatiucha, até amanhã.

Samantha nunca tinha comentado sobre a leitura da carta, mas no fundo, ela achava que tinha algo de errado, mas não sabia o que era exatamente, mas preferiu que o destino mostrasse o que seria. Sabia que entre Pablo e Gatiucha existe um amor e um sentimento diferente de todos e isso as cartas confirmaram para ela, o que preocupava Samantha era que nas cartas ela via uma terceira pessoa no caminho deles, mas não conseguiu identificar quem era e qual o motivo desta interferência, pois as cartas não mostraram para ela as razões.

Capitulo 3

A revelação do carma

Pablo se arrumou e foi buscar Gatiucha para o passeio a cavalo, eles foram até a beira de uma cachoeira, próximo ao vilarejo, o dia estava propicio para o passeio como Pablo queria, o que ele não desconfiava era que Giuliano havia seguido eles de longe e estava escondido no meio da mata para escutar a conversa.

— Você falou que queria conversar comigo, sobre qual assunto seria?

— Sobre nós dois, a gente se gosta desde criança, ou melhor, desde que nascemos.

— É verdade, nós já nascemos apaixonados um pelo outro.

— Eu tenho um terreno que meu pai me deu próximo a nossas casas e estava pensando em construir uma casa ali.

— É que eu preciso saber de como você vai querer a nossa casa, quantos quartos, se quer muita varanda, lugar para plantar flores.

— A gente podia ter falado isso perto de nossos pais, eles poderiam até ajudar dando sugestões para você.

— Não seria para mim, sim para nós, já que iremos morar nesta casa.

— Iremos? Nós nem somos casados.

— Mas iremos quando você disser o segundo sim.

— Segundo? E qual será o primeiro?

Pablo tira um saquinho de veludo preto do bolso e entrega para Gatiucha, que abre e tira um lindo anel dourado com várias pedras.

– É lindo, diferente de todos que você já fez.

– É que este anel é para um momento especial.

Ele segura nas mãos de Gatiucha, põe o anel em eu dedo e faz o pedido.

– Gatiucha, atravessamos momentos em nossas vidas que todos duvidaram de nossos sentimentos e que ele sobreviveria, nosso amor foi posto em prova, fomos afastados, mas nunca deixamos de sentir um pelo outro, o nosso mais puro e verdadeiro amor. – Pablo se ajoelha – Gatiucha meu amor você quer casar comigo, ser minha esposa por toda a eternidade, ser a mãe de nossos filhos e construir uma vida comigo?

Vislumbrada com o pedido, Gatiucha faz um pequeno furo em seu dedo e faz o mesmo no dedo de Pablo e junta os dois cortes, neste momento se forma uma luz intensa e de grande dimensão em torno dos dois.

– Pablo eu aceito ser sua esposa, cuidar de você e de nosso lar por toda a eternidade, te amar e sei que seremos felizes sempre, que ninguém jamais irá nos separar.

A luz que cobre os dois é tão intensa que Giuliano se sentiu incomodado e foi embora, sem que os dois percebessem a presença dele.

Pablo beija Gatiucha e os dois ficam abraçados o amor deles e tão puro e verdadeiro, que o beijo, o abraço e a troca de olhares fazia com que tudo em volta ficasse mais belo, os pássaros cantavam em alegria, as flores desabrocharam em um momento mágico que estava protegido de qualquer efeito externo que pudesse atrapalhar a felicidade dos dois.

– Precisamos contar para os nossos pais eles vão ficar muito felizes com a notícia.

– Quando voltarmos, vamos reunir as famílias a falar para todos eles.

– Pablo eu estou tão feliz que não estou me contendo de alegria, tenho vontade de sair gritando e falar para todos, parece que meus sentimentos estão mais fortes.

– Com este pacto de sangue junto com o pedido de casamento, só fortalece nossos laços de amor, agora ninguém mais irá nos separar ou impedir a nossa união.

– Você achou que alguém poderia tentar nos separar?

– Não, mas fortalecer os nossos laços nunca é demais, mesmo porquê todos na aldeia sabem e respeitam o que sentimos.

– Realmente, mas achei estranho o comportamento da Giulia, todos sabem que ela é mais atirada com os rapazes, ela sempre nos respeitou, mas ontem foi muito estranho.

– Bobagem ficar pensando nisso, ela deve ter exagerado na bebida, por isso aquele comportamento. Mas vamos deixar todos de lado, este é um momento somente nosso e não tem espaço para outras pessoas.

– Realmente não temos que ficar conversando sobre os outros, agora que aceitei o seu pedido de casamento, você vai precisar conversar com os meus pais.

– Já pensei nisso, meu pai vai convidar os seus pais para irem jantar em casa esta noite.

– Pensou em tudo mesmo.

– Já tinha falado com meu pai, ele era o único que sabia.

– E se eu dissesse não?

– Sabia que não teria coragem de falar não, conheço o nosso amor mais que qualquer outra pessoa.

Os dois se abraçam e trocam caricias, Gatiucha olha admirada e encantada para o anel, os dois dão um longo beijo apaixonado, ali a beira do rio tendo apenas a natureza como testemunha os dois se entregam ao amor, se amam apaixonados, um amor que dificilmente irá existir igual sem culpa e sem pudor.

No vilarejo Juarez foi conversar com Ruanito.

– Boa tarde meu amigo, como estás?

– Mui biem, parece feliz, aconteceu algo muito bom pelo visto.

– Não tenho certeza, mas acho que ainda não, mas com certeza vai acontecer, faço gosto que o amigo, Samantha e as crianças vão jantar hoje em casa.

– Tem algo a ver com Gatiucha e Pablo?

– Não vamos estragar a surpresa dos dois.

– Mas isso merece uma comemoração.

– Pablo quer conversar com vocês, já está tudo pronto em casa para comemorarmos com eles este momento tão esperado.

– Não vou falar nada para Samantha, vou deixar para eles falarem com ela.

– Só faz um favor, faça de conta que não está sabendo de nada.

– Vai ser difícil, mas vou tentar.

– Aguardo vocês a noite em casa.

– Até mais meu grande amigo.

Pablo e Gatiucha estão voltando do passeio cavalgando com um brilho diferente entre eles, Gatiucha irradia uma felicidade que não tem como disfarçar, no meio do caminho encontram Giuliano na estrada caminhando a pé.

– Giuliano o que faz nesta região a pé? Está longe do vilarejo. – Perguntou Gatiucha.

– Passeando como vocês dois, e você por que está tão feliz?

– Depois eu falo para você, é uma surpresa maravilhosa que estou esperando há muito tempo.

– Giuliano sobe na garupa, eu te levo até a vila. – Disse Pablo.

– Obrigado, prefiro ir a pé.

E saiu andando pelo meio das árvores.

– Seu irmão não aceita o nosso amor.

– Mas eu aceito, agora mais que nunca ficaremos unidos para sempre, ninguém mais nos separa.

– Verdade com o tempo ele acostuma.

E seguem cavalgando para o vilarejo, chegando a sua casa Gatiucha mal entra em casa e Juarez se aproxima dela.

– Gatiucha hoje nós iremos jantar na casa de Ruanito e Estelita, você está sabendo de algo? – Perguntou Juarez como se estivesse bravo.

– O Pablo quer conversar com o senhor a nosso respeito.

– Espero não ter surpresa! – E se afastou de Gatiucha para poder rir da cara de espanto que a filha fez.

Giuliano chegou ao final da tarde e quando ficou sabendo do jantar foi logo questionando.

– Eu preciso mesmo ir? Não queria ir a casa deles, estou cansado.

– Precisa sim Giuliano, é importante estarmos todos lá, temos assunto muito sério e importante para conversar hoje – Disse Samantha.

A noite todos estão reunidos na casa de Ruanito e Estelita, os homens bebendo vinho na varanda, as crianças brincando e as mulheres na cozinha conversando Estelita se aproxima de Gatiucha e segura na sua mão direita.

– Este é o anel que Pablo lhe deu hoje?

– É sim.

– Eu não tinha visto, me deixa ver minha filha – Disse Samantha – Como é lindo, é diferente de todos que ele já deu.

– Pablo trabalhou muitos dias nesta peça até ficar como ele queria

– É, este anel é muito especial mesmo – Disse Gatiucha.

– Este anel tem algo a ver com este jantar? Indagou a Samantha.

– Eu vi Pablo e Juarez, conversando durante a semana toda, sempre que perguntava o que falavam disfarçavam e falavam que era assunto de trabalho.

– Pablo pediu para ele conversar com vocês, é melhor o deixar falar.

As três continuam conversando na cozinha e ficam aguardando a conversa de Pablo, na varanda os homens estão conversando sobre trabalho disfarçando que não sabem o motivo do jantar Estelita se aproxima da varanda e chama a todos para se reunirem a mesa, durante o Jantar Pablo pede a palavra.

– Juarez, Samantha não é segredo para ninguém o que eu e Gatiucha sentimos um pelo outro, o trabalho na fábrica está bem e posso assumir uma família, ganhei o terreno ao lado de nossas casas e vou começar a construir uma casa, mas para que esta casa fique completa, eu preciso da bênção de vocês e o consentimento de vocês. Hoje falei com a Gatiucha e ela já aceitou o meu pedido de casamento, e quero pedir a você a permissão para me casar com a Gatiucha.

Samantha em lágrimas de emoção abraça Gatiucha.

– Quanta felicidade, espero por isso há muitos anos, sonho com este dia desde o nascimento de Gatiucha.

Juarez abraça Pablo.

– Não preciso nem responder a alegria que você proporciona a nós com este pedido, você sempre teve a nossa benção e nosso consentimento para este casamento.

Todos se abraçam parabenizando pela união da família e por mais um casamento que será celebrado na vila, o único que não abraçou e nem parabenizou a ninguém foi Giuliano, mas a felicidade e a alegria que todos estão sentindo era tanta que ninguém percebeu que ele estava aborrecido com o pedido de Pablo.

Durante toda a noite o que seria apenas um jantar virou uma festa de comemoração, a festa durou a noite toda com muita bebida, muita música e dança. Mesmo sendo apenas duas famílias reunidas, a festa foi bem ao estilo cigano, pois os pais de Pablo já esperavam o pedido do casamento e se prepararam para a comemoração. Como a festa varou a noite, no dia seguinte, todos dormiram até tarde, menos Giuliano que ficou dormindo durante a comemoração e acordou cedo ficando a manhã toda na varanda pensativo e com expressão muito emburrada. Os moradores passavam a frente de sua casa e o cumprimentavam pelo noivado de Gatiucha, ele nem respondia demonstrava não estar gostando nada do noivado dos dois.

Samantha foi a primeira a levantar e foi conversar com o filho.

– Seu irmão Chavier ficou muito feliz ontem com o pedido de casamento de Pablo e você o que achou?

– Não achei nada, eu não gosto do Pablo.

– Onde você estava ontem enquanto todos nós comemorávamos o noivado? Eu praticamente não te vi ontem na casa de Estelita e Ruanito.

– Estava dormindo, não tinha o que comemorar, eu não quero que eles se casem.

– Por que isso? Todos nós sabemos o quanto eles se amam, esse amor é anterior ao seu nascimento sempre falamos para você sobre a união de Pablo e Gatiucha, era certo que um dia eles irão se casar.

– Ela não pode se casar com ninguém, ela tem de ficar junto a mim e de mais ninguém, este casamento só vai acontecer se eu não conseguir impedir – Falou Giuliano com ódio e em tom muito áspero.

– Que bobagem é essa que você está dizendo? Ela é sua irmã, você tem obrigação de respeitar a decisão dela, nós conhecemos a família de Pablo desde quando éramos todos jovens, sempre respeitamos este sentimento entre os dois, nunca passou por nosso pensamento que eles nunca ficariam juntos.

– Mas eu não quero!

– Que ódio é esse meu filho? Não foi isso que ensinamos a você, não consigo te entender...

Juarez chega a varanda.

– Por que Giuliano está gritando tanto? Tivemos uma noite tão bonita e alegre ontem.

– Eu não tive – Disse Giuliano se levantando e saindo correndo pela rua sem rumo.

– Giuliano volta aqui!

– Deixa Juarez precisamos conversar com ele.

– Ele já está com doze anos é um menino, não tem porque ter ciúmes de Gatiucha, ele já deveria estar sabendo que o dia de ontem iria acontecer a qualquer momento.

– Eu acho que não é somente ciúmes, é ódio, é muito diferente de ciúmes de irmão, não é normal que ele sente.

– Por que acha isso?

– Ele fala com ódio de Pablo, não fala com ciúmes, o problema dele e que ele não aceita que Gatiucha fique com ninguém, ele disse que ela tem de ficar com ele.

– Mas eles são irmãos que absurdo é isso que ele está falando.

– Já tentei ler as cartas para Giuliano, mas a idade dele não responde no taro.

– Já jogou para Gatiucha?

– Já. E não gostei de algo.

– Pode me dizer o que era.

– Vi que o casamento é certo, mas que um homem pode interromper e aí não via mais destino para ela.

– Para um homem interromper, não poderia ser Giuliano, eles são irmãos e ele é apenas um menino.

– Por isso que fiquei sem entender, o tarô não conseguiu me mostrar quem poderia ser, é como se estivesse escondido o fato de não ver o destino dela adiante disso, é porque tudo depende desta interrupção, se ela vai ou não ocorrer.

– Não contou isso para Gatiucha?

– Preferi não contar, não consigo ver ela sem o Pablo e ele sem ela.

– Eu sei que as cartas não mentem, mas às vezes posso estar interpretando errado por influência própria.

– É o que eu espero.

Gatiucha aparece na varanda.

– O que vocês estão conversando logo cedo?

– Sobre a felicidade que você e o Pablo nos proporcionaram ontem a noite – Disse Samantha disfarçando o assunto – Você já sabia do pedido do Pablo?

– Ele me pediu em casamento ontem durante o passeio a cavalo, ele foi bem romântico.

– E quando você acha que ele não é romântico com você?

Todos riem e entram na casa para tomar café da manhã.

Pablo acorda e ao levantar vê os pais já em pé conversando na sala.

– Acordaram cedo.

– Nem dormi de tanta euforia – Disse Estelita – Ontem foi um dia muito feliz para todos nós.

– Confesso que estava nervoso, estava com medo de Juarez e Samantha não aceitarem o pedido de casamento.

– Isso nunca iria acontecer, eles gostam muito de você, sempre torceram por esta união – Disse Ruanito.

– Só não vi Giuliano durante a comemoração.

– Ele dormiu o tempo todo no quarto de Joanes, este menino é muito estranho, tome cuidado com ele Pablo. Acho que ele pode aprontar alguma para você.

– Não fique preocupada com ele, é só um menino com ciúmes da irmã – Disse Ruanito.

— A energia dele é estranha, o ciúme dele é algo diferente, isso me preocupa.

— Vou ficar atento, mas agora eu só quero pensar no casamento e começar a construir a casa. Estou com o desenho da casa, vou mostrar para Gatiucha, quero começar a construir a casa esta semana.

— Fico feliz em ver você empolgado, isso é bom, não dá espaço para as energias negativas.

— Minha mãe, não tem energia negativa que fica perto da energia de amor que sinto.

Pablo após tomar o café pega alguns esboços de desenho e vai até a casa de Gatiucha, lá os dois olham o esboço que Pablo fez da casa que quer construir, os dois conversam sobre o projeto e trocam opiniões, de repente Giulia se aproxima deles.

— Vim dar os parabéns ao mais novo casal, fiquei sabendo do noivado ontem.

— Obrigada Giulia, como ficou sabendo? Ainda não contamos para ninguém.

— As notícias correm em um lugar pequeno como este, não quero atrapalhar o casal, parabéns mais uma vez.

— Obrigado.

— Parabéns Pablo. Disse Giulia de forma insinuante e saiu rápido antes de qualquer reação de Pablo e Gatiucha.

— Por que ela se insinuou para você de novo?

— Não faço a menor ideia, eu não entendi também.

— Da outra vez a desculpa foi que ela tinha bebido muito, agora ela me parece bem sóbria.

— Não fica assim meu amor, estamos em um dia tão feliz, não vamos deixar que ela atrapalhe este dia.

— Vou é ficar de olhos bem abertos para esta mocita, não estou gostando do jeito dela, estou começando a ficar cismada com ela.

— Vamos nos concentrar somente em nos dois.

— Está bem, mas vou ficar de olho.

Os dois continuam a trocar opiniões sobre a casa e esquecem o comportamento de Giulia. Giuliano observa de longe os dois felizes fazendo planos e conversando sobre a casa nova e os preparativos para o casamento.

Passaram algumas semanas Pablo, Ruanito e Juarez estão felizes com os bons resultados da empresa deles, as vendas veem crescendo a cada mês.

Pablo já começa a levantar a casa com a ajuda de Joanes, já Chavier, Ruanito e Juarez quando tem um tempo livre também ajudam na construção da casa.

Gatiucha e Samantha vão até a casa de Estelita para fazerem planos para o enxoval do casal.

– Estelita estava pensando em ir até a capital para comprar umas rendas para fazer o enxoval dos dois o que você acha?

– Podemos ir amanhã, os homens estão ocupados na construção da casa, nós pegamos a carroça e vamos nós três.

– Ótima ideia, eu gostaria de fazer uma surpresa para o Pablo no enxoval.

– Quanto amor nesta juventude, mas tem mais que aproveitar o momento mesmo, irei falar para o Ruanito ir conosco, pois a estrada é longa e sempre é bom ter um homem conosco.

– Será que o Ruanito vai se importar? Se for, peço para o Juarez ir conosco.

– Ele já tinha me comentado que precisa ir para a capital, a gente aproveita e vai junto com ele.

– Está ótimo, a que horas nós saímos amanhã?

– Logo cedo, assim o dia rende mais.

As três continuam a conversar sobre o casamento e fazendo planos para o que irão comprar para o enxoval, Giuliano aparece de repente na casa de Estelita.

– Boa tarde dona Estelita.

– Olá Giuliano, há algum tempo que não te vejo, como está.

– Estou bem, andei fazendo muitas coisas, aprendendo as tradições, um pouco de dança.

– Isso é muito bom, cabeça ocupada não tem tempo para pensar em bobagem.

– Eu nunca penso em bobagem dona Estelita, somente em coisa séria.

– Eu sei e aprender as nossas tradições é muito bom, o que você está aprendendo?

– A manusear o punhal.

– Não é muito jovem para manusear o punhal? Não quis aprender a tocar algum instrumento antes?

– Todo mundo achou ruim quando quis aprender a manusear o punhal, mas é a única coisa que realmente eu gosto.

De repente um arrepio repentino toma conta das três mulheres, Samantha sem entender o motivo prefere tirar Giuliano dali, já que sabe do ódio que o filho sente por Pablo.

– Bem está na hora de irmos, amanhã a gente vem até aqui para pegar a carroça e irmos como o combinado.

– Vocês vão sair amanhã?

– Vamos sim, mas só as mulheres, os homens vão ficar – Disse Gatiucha.

– E vão aonde posso saber?

– Para a capital.

– Vamos crianças, temos de prepara o jantar. Até amanhã Estelita.

– Até amanhã Samantha e Gatiucha.

– Até outro dia Dona Estelita.

– Até mais Giuliano.

Após saírem Estelita ficou preocupada com o arrepio que sentiram, sabia que era um aviso, mas como Giuliano ainda é um garoto, não associou o arrepio a ele. Sem conseguir entender, resolveu fazer uma oração diante de uma imagem de uma santa cigana, pedindo proteção a sua família e a sua ida até a capital.

No dia seguinte todos estão reunidos na frente da casa de Ruanito, Estelita e Samantha já estão dentro da carroça, quando Pablo chegou e ajudou a Gatiucha a subir na carroça, neste momento Samantha e Estelita tem uma sensação ruim.

– Pablo se cuida tive uma sensação ruim.

– Não precisa se preocupa mãe, eu vou ficar bem, vou aproveitar e tocar a obra da nossa casa.

– Pablo caso o Giuliano venha te provocar, não de atenção, ele está com ciúmes de vocês dois – Pede Samantha.

– Podem ficar despreocupadas e irem em paz, eu já me acostumei com o jeito do Giuliano, com o tempo ele acostuma com o casamento.

Juarez e Giuliano chegam para se despedirem das mulheres.

– Façam uma boa viajem, o tempo está ótimo para pegar a estrada.

– Fiquem bem, Giuliano obedeça a seu pai e não saia de perto dele.

– Pode deixar mãe, vou ficar comportado.

Após e despedirem Ruanito toca a carroça para a estrada e estranhamente Giuliano vem se comportando diferente diante de todos, nem mesmo provocando Pablo ele tem mais, tem conversado sempre de forma muito educada, o que não ocorria antes.

– Pablo posso ajudar vocês na construção da casa?

O pedido causou estranheza e espanto, mas Pablo não recusou a ajuda.

– Claro que pode, sua irmã vai ficar muito feliz em saber que você ajudou na construção da casa.

Pablo e Giuliano trabalharam a manhã toda na construção da casa e foram almoçar na casa de Juarez, após o almoço os três ficaram na varanda conversando, Giuliano pede para o pai para ir brincar com os amigos.

– Papai, queria brincar com meus amigos? Eu ajudei o Pablo de manhã agora queria brincar um pouco.

– Pode sim meu filho, mas não vá muito longe – Disse Juarez estranhando muito o comportamento de Giuliano.

Giuliano saiu e os dois ficaram observando ele ir em direção a praça onde se encontravam as outras crianças brincando.

– Fico contente que Giuliano tenha mudado tanto, estava na hora deste amadurecimento acontecer, não podia ficar intransigente como estava.

– Para ser sincero até me assustou quando ele pediu para ajudar na construção da casa.

– Que bom, ele não está mais te provocando e até aceitou o casamento de vocês dois, isso é muito importante para todos nós, Gatiucha ficava muito triste cada vez que ele te provocava.

– O que será que aconteceu para ele mudar de forma tão repentina, não é comum uma mudança da água para o vinho do nada?

– Você ainda tem desconfiança de Giuliano eu entendo, mas vamos dar um voto de confiança, ele pode ter entendido que estava agindo errado, conversamos muito com ele. Eu e Estelita sempre procuramos mostrar a ele que o comportamento dele estava errado.

– Tenho certeza da luta de vocês em dar uma boa educação e orientação para o Giuliano, mas tenho motivos para ficar sempre desconfiado dele.

– Procure abrandar o seu coração, você vai se casar com minha filha, fará parte da família e Giuliano é irmão de Gatiucha, seria bom para todos nós a paz reinar na família.

– Eu sei disso, se Giuliano continuar a se comportar como vem se comportando nos últimos tempos, com certeza irá conquistar a minha confiança.

Neste momento Giulia passou a cavalo e olhou para Pablo na varanda e abriu um sorriso, Pablo e Juarez estranharam o comportamento dela e comentaram.

– E esta moça Pablo, porque tem se insinuado para você desta forma?

– Não sei, eu e Gatiucha quase brigamos por causa dela.

– Vocês nunca brigaram que eu soubesse.

– Foi uma discussão rápida, por ciúmes.

– Mas do jeito que ela faz, não é por menos, ela está sempre sorrindo e olhando para você de forma diferente.

– O mais estranho é que ela é de uma família tradicional em nossa vila, sabe da minha história e da Gatiucha, nunca entendi esta mudança de comportamento dela.

– Antes de chegarmos a vila, ela também ficava olhando para você desta forma?

– Nunca, ela sempre preferiu ficar perto dos rapazes, todos sabem que apesar dela ser de família tradicional e rígida, ela sempre ficava próximo a eles.

– Inclusive conversei com o pai dela e ele me contou que ela já o fez passar algumas vergonhas e que está pensando em mandar ela para a casa de outros parentes longe daqui, mas de qualquer forma tome cuidado, pois a tentação pode ser uma arma inimiga para o casamento.

– Pode ficar tranquilo, eu só me interesso por uma pessoa nesta vida.

– Tenho certeza disso.

– Bom vou até a obra adiantar o serviço, quero terminar a casa logo, para marcar a data do casamento.

– Está bem, bom serviço!

Pablo foi para a construção de sua casa desta vez sozinho, Juarez ficou dentro da casa fazendo relatório da empresa, Joanes e Chavier chegam à obra para ajudar a Pablo de surpresa.

– Viemos ajudar para ver se esta casa sai logo – Brincou Joanes.

– Que bom que vocês vieram, não estavam na fábrica confeccionando as peças para a entrega desta semana?

– Conseguimos adiantar o serviço e terminamos as peças, e resolvemos vir te ajudar cunhado.

– Estava mesmo sentindo falta de uma ajuda.

Os três estavam animados conversando, fazendo planos para o dia do casamento e construindo a casa, Pablo estava do lado de fora da casa enquanto Joanes e Chavier estavam do lado de dentro, no fim da tarde Giuliano chegou correndo e afoito até a obra.

– Pablo, Pablo!

– O que foi Giuliano, o que aconteceu para estar gritando assim?

– Um pessoal veio me avisar. A carroça onde a nossas mães e Gatiucha estavam.

– Fala logo o que aconteceu!?

– Caiu no rio perto da cachoeira, parece que elas estão muito feridas.

– E seu pai?

– Ele já foi para lá.

– Joanes, Chavier fiquem com Giuliano, eu vou até lá a cavalo.

– Vocês estão aqui?

– Isso não importa Giuliano vem com a gente.

Pablo pegou o cavalo e saiu em disparada para a cachoeira. Joanes e Chavier recolheram as ferramentas e guardaram na carroça quando Giuliano teve um comportamento estranho e gritou.

– Eu não vou junto, eu não quero ir – E saiu correndo, Chavier correu atrás de Giuliano por um bom trecho, alcançou e segurou o rapaz.

– Se acalma Giuliano, não fica assim, elas devem estar bem, não fica apavorado.

– Você não podia estar aqui, você tinha que estar na fábrica.

– Por que está dizendo isso, o que está aprontando desta vez?

– Não estou aprontando nada, só estou assustado.

– Vem com a gente, precisamos ir até lá ajudar.

– Não quero ir, por favor me deixa aqui, eu não quero ir.

– Chavier vamos não podemos ficar aqui, estão precisando de nós.

Giuliano aproveita a distração de Chavier e sai correndo para o meio da mata, Chavier sobe na carroça e seguem em direção a casa de Joanes para deixar as ferramentas e pegar a caixa de curativos, quando por acaso estão passando em frente da casa de Juarez, Chavier percebe que a casa está aberta.

– Joanes para, para!

– O que foi.

– A minha casa está aberta.

– Seu pai deve ter saído correndo, deve ter se esquecido de fechar.

– Vou fechar e já seguimos para a cachoeira.

Chavier foi fechar a casa, mas quando olhou para dentro ficou estático olhando para dentro.

– Pai o senhor aqui trabalhando?

– Por que a pergunta? Sabia que eu ia ficar trabalhando em casa.

– O Giuliano falou que o senhor já tinha ido até o local.

– Até onde? Do que está falando?

De repente Chavier percebeu que algo errado estava acontecendo.

– Pai vem comigo rápido, te explico no caminho, acho que o Pablo está em perigo.

– Como assim?

– Não dá para explicar agora, vem comigo.

Quando Juarez saiu de dentro da casa Joanes olhou para ele assustado.

– O que está acontecendo?

– Joanes toca a carroça, meu pai não está sabendo de nada precisamos chegar logo ao local.

– Que local do que estão falando?

– Daqui a pouco o senhor vai descobrir e nós também.

– Será que o Giuliano aprontou outra? – Disse Joanes

– Espero que não, porque se for mentira ele passou dos limites.

– Dá para alguém me disser o que está acontecendo e do que vocês estão falando.

– O Giuliano pai, chegou à casa do Pablo falando que a carroça onde estão Gatiucha e a mamãe se acidentou perto da cachoeira, o Pablo foi até lá desesperado.

– Como elas estão? Como ele ficou sabendo?

– Ele falou que um pessoal veio avisá-lo, e que o senhor já tinha ido até lá, quando viu que nós estávamos na obra ajudando o Pablo, ele ficou desesperado e sumiu.

– O que este menino aprontou desta vez?

– Logo a gente vai descobrir.

Pablo chegou ao local onde Giuliano disse que tinha acontecido o acidente e viu apenas um cavalo próximo a uma árvore e começou a procurar pela carroça e percebeu que tinha algo de errado, pois não tinha nenhum vestígio que havia acontecido um acidente ali, também não via Juarez no local, mesmo assim Pablo ficou preocupado porque acreditou que Giuliano não iria mentir com um assunto tão sério. Ao chegar à cachoeira Pablo viu apenas uma pessoa dentro da água e começou a chamar por Gatiucha.

– Gatiucha, Gatiucha! É você?

– Venha meu amor estra na água estava e esperando.

Quando a moça se vira para ele, ele percebe de quem se trata.

– Giulia o que você está fazendo aqui? Cadê a Gatiucha.

Giulia se levanta dentro da água e se mostra nua para Pablo.

– Não estou nem um pouco interessada em saber dela e sei que você também não, caso contrário não teria vindo neste encontro, por que não tira essa roupa e entra logo nesta água? Ela está uma delícia...

– Que encontro? Não sei do que está falando.

– Não precisa disfarçar, entra na água ela está uma delícia eu estou aqui te desejando.

– Melhor você se vestir vou esperar lá em cima.

– Marcou comigo e agora vai fingir que está surpreso, não tem necessidade sempre soube que gostava de mim.

– Do que está falando, vim aqui por causa do acidente.

– Neste instante na estrada a carroça de Ruanito está passando pelo local e todos reconhecem o cavalo de Pablo, e estranharam o fato de ter outro cavalo próximo.

– Este não é o cavalo de Pablo? – Perguntou Samantha.

– É sim e estou reconhecendo o outro cavalo, é de Giulia – Disse Gatiucha meio desconfiada e sem entender nada.

Todos dessem da carroça e começam a andar em direção da cachoeira procurando por Pablo, e se encontram quando ele subia em direção a estrada.

– Gatiucha, pai mãe? O que fazem aqui? Vocês não sofreram nenhum acidente?

– Com quem você estava? De que acidente você está falando?

– Eu vim sozinho, estava atrás de vocês.

– Quem está saindo nua do lago? – Disse Gatiucha olhando em direção ao lago.

– É a Giulia, eu não sabia que ela estava aqui.

– Eu não acredito nisso Pablo, depois de tantos anos nos dois namorando, como você teve coragem!?

– Gatiucha não é nada disso, eu também estou querendo entender tudo isso.

– Pablo! Gatiucha! Onde vocês estão? – Era a voz de Juarez.

– Estamos aqui perto do lago.

– O que meu pai faz aqui?

– Graças a Deus estão todos bem.

– Meu amigo pode nos explicar o que está acontecendo aqui. Não estamos entendendo nada.

– Viemos por causa do acidente.

– Que acidente?

– Juarez eles chegaram agora – Pablo se volta para todos – Giuliano falou que vocês sofreram um acidente e que vocês estavam muito machucados.

– E você Giulia, o que faz no lago nadando nua? – Questionou Samantha.

– Esperava por Pablo, o Giuliano disse que ele marcou comigo aqui.

– Não acredito que ele tenha aprontado de novo muito menos desta forma, vocês estão usando o Giuliano para disfarçar o que aconteceu aqui.

– Calma minha filha, pelo visto é verdade e quem terá de explicar e contar a verdade será o seu irmão.

– É verdade Gatiucha somos testemunha disso– Afirmou Joanes.

– Muita gente terá de explicar muita coisa, inclusive o que aconteceu no lago.

– Gatiucha não aconteceu nada, o Pablo nem entrou na água – Disse Giulia.

– Prefiro que você não fale nada Giulia, você não tem credibilidade no que fala.

– Calma filha tudo será esclarecido em casa. Vamos embora, temos de encontrar o Giuliano e conversar com ele para entender o que aconteceu, Giulia você também vem para nossa casa, depois eu irei conversar com seus pais.

– Sou tão vitima quanto vocês, vamos conversar com o Giuliano sim por que também quero satisfação dele.

– Melhor ir para a minha casa para todos conversarem com o Giuliano, ele precisa explicar tudo isso. – Disse Estelita.

– Giuliano sumiu quando viu a gente na obra da casa – Disse Chavier.

– Fugiu para onde? – Perguntou Gatiucha.

— Não sei mas vai acabar aparecendo, Gatiucha milha filha acredite em Pablo tudo o que aconteceu aqui é pura mentira, diria, uma cilada que não deu certo.

— Quero ouvir primeiro Giuliano, aí tiro as conclusões e quanto a você Pablo, conversaremos depois.

— Vem comigo no cavalo.

— Não, eu vou na carroça, só vou conversar com você depois de tudo esclarecido.

— Mas Gatiucha eu fui enganado também.

— Isso nós iremos conversar mais tarde.

— Não seja injusta minha irmã todos nós fomos enganados por Giuliano.

— Não acredito que Giuliano aprontou a este ponto e elaborou tudo isso sozinho.

— Também queria acreditar nisso, mas infelizmente ele superou todos os limites desta vez.

— E a Giulia o que estava fazendo aqui?

— Seu irmão me deu um recado do Pablo, marcando um encontro aqui.

— Só que eu não marquei nada.

— Vamos indo, eu vou atrás de Giuliano com Joanes e Chavier e assim que o encontrar, irei para a casa de Juarez.

Gatiucha muito furiosa sobe na frente e não quer atenção de Pablo, paciente ele espera que Giuliano explique tudo para ficar tudo bem entre os dois e entender o porquê ele fez tudo isso.

Todos sobem até a carroça e os cavalos e seguem para a cidade, menos Ruanito, Joanes e Chavier que vão atrás de Giuliano, para que ele dê explicações sobre o ocorrido.

Ao chegar à cidade Giulia procura desviar o caminho e seguir para a sua casa, mas é impedida por Pablo.

— Não fuja da conversa, você também tem de dar explicação para todos nós.

— Sou mais uma vítima assim como você.

— Mas tem a obrigação de esclarecer a verdade sobre o dia de hoje.

— Está bem, está mesmo na hora de desmascarar o Giuliano.

— Parece que você sabe mais do que imaginamos.

– Estou começando a descobrir isso também.

Pablo e Giulia seguem para a sua casa, junto chega a carroça com Juarez, Gatiucha, Estelita e Samantha, todos ficam em silêncio na varanda, é visível o clima pesado no ar. Logo chega Ruanito com Giuliano com a cara de pouco amigos, ao entrar na varanda ele olha para Pablo com ódio e diz.

– Odeio você, vocês nunca vão casar, eu não vou deixar.

– Giuliano por que tanto ódio?

– Eu não quero os dois juntos. Querem saber a verdade, eu inventei a história do acidente para o Pablo, só não era para o Joanes e Chavier estarem na casa naquele horário.

– Que história de acidente é essa? – Questionou Giulia – Você me disse que o Pablo queria marcar um encontro comigo na cachoeira.

– Todas as histórias do Pablo que te contei eram mentiras, era para você dar em cima dele e minha irmã brigar com ele por ciúmes.

– Que todas histórias são essas Giuliano? – Perguntou Gatiucha muito irritada.

– Eu sempre falava para Giulia que o Pablo gostava dela e que queria encontrar ela sozinho, mas precisava que você não soubesse de nada.

– E eu acreditava em suas palavras.

– Por isso você sempre se insinuava para o Pablo?

– Ele sempre foi um cigano bonito, sempre respeitei o amor de vocês, mas o seu irmão sempre falava que o Pablo não queria mais casar com você e que estava apaixonado por mim.

– Melhor vocês duas pararem com a discussão, Giulia melhor você ir para a sua casa, depois eu vou conversar com o seu pai sobre o que aconteceu hoje.

– Por favor, Sr. Ruanito não fale nada para o meu pai.

– Você vai ter de assumir os seus atos e pagar o preço por isso.

Giulia sai chorando sabendo que seu pai muito enérgico será capaz e fazer qualquer coisa pela honra.

– Agora Giuliano a conversa será entre nós.

– Pablo pode deixar que eu irei conversar com o Giuliano, acho que está na hora de irmos para a casa agora.

– O Giuliano deve desculpas a Pablo e Gatiucha.

– Ele irá pedir, mas antes quero ter uma conversa apenas entre minha família.

– Está bem se o amigo precisar de algo pode me procurar.

– Pode deixar.

– Pablo desculpa por ter desconfiado de você, eu não tinha como pensar diferente diante de tudo o que eu vi.

– Não precisa se desculpar meu amor, eu teria pensado o mesmo em situação contrária.

Após entrarem em casa Juarez se vira para Giuliano com olhar de raiva.

– Agora Giuliano você terá de explicar para nós o porquê vem tentando prejudicar o namoro de sua irmã com o Pablo.

– Eu não quero que os dois fiquem juntos, ela pode se casar com qualquer um menos com o Pablo, eu não gosto dele.

– Mas quem tem te ajudado a pensar nas armadilhas como a de hoje? Isso você não pode ter pensado sozinho.

– Ninguém tem me ajudado, eu tenho pensado tudo sozinho, tenho ideias movidas pelo ódio que sinto por ele.

– Você só tem doze anos, não pode estar pensando tanto coisa ruim sozinho.

– Fico pensando muito tempo e bolando como separar os dois e não adianta me dar bronca, pois não vou para enquanto os dois estiverem juntos, vou fazer de tudo para separar os dois.

– Escuta aqui seu moleque, você está muito arrogante e não tem motivo para causar tanta confusão entre os dois.

– Eu nunca vou deixar eles se casarem.

Juarez muito irritado tira a cinta e dá uma surra em Giuliano, algo que ele nunca tinha feito com nenhum filho e era contra, mas a raiva que Giuliano emanava no ambiente em suas palavras contaminou o ambiente e a surra foi inevitável. Após levar a surra Giuliano se vira para Gatiucha.

– Amo você e não vou deixar você se casar com o Pablo.

Giuliano saiu correndo pela porta sem rumo, Samantha que ficou ali estática apenas vendo tudo se manifestou.

– Onde erramos com o Giuliano?

– Nós não erramos com o Giuliano essa é a índole dele e isso ninguém muda.

– Para onde ele foi?

– Deixa ele para lá, é bom ele esfriar a cabeça dele e nós a nossa. Amanhã vou ter de tomar uma atitude com relação a Giuliano.

– Não se preocupe minha filha, temos de proteger o casamento entre você e Pablo de Giuliano, ele não merece mais as nossas considerações.

– Ele é meu irmão, eu amo ele e não quero que nada de mal aconteça com ele.

– Não vai acontecer nada de mal com ele, apenas terei de tomar atitudes mais radicais com ele.

– Acho melhor todos irmos deitar – Disse Samantha – O Giuliano logo volta, deixa–o um pouco lá fora esfriando a cabeça e pensando um pouco no que ele fez.

Todos vão se deitar e deixaram a porta destravada para que Giuliano entrasse durante a noite, Gatiucha ficou com o semblante triste querendo entender o porquê do ódio tão grande do seu irmão com relação ao Pablo e começou a rezar pedindo para ter uma resposta, pois não queria pedir para ninguém ler a sorte e ver os motivos, pois ela queria entender para depois conversar com o Giuliano. Durante a noite Gatiucha teve um sonho onde se via entre duas pessoas, uma delas tentava se aproximar e a outra pessoa entrava entre os dois em todos os momentos não permitindo a aproximação dos dois, ao acordar tentando interpretar o sonho, entendeu que o Giuliano nunca deixará ela e Pablo ficarem juntos, mas queria entender os motivos e sabia que isso somente iria descobrir com o passar do tempo.

Após a noite de sono, todos acordam e se levantam para tomar café quando Samantha pergunta.

– Alguém viu o Giuliano? Ele não está no quarto, a cama não foi desarrumada.

– Será que ele não voltou ontem? – Perguntou Chavier.

Juarez foi até a porta e viu que a mesma está aberta, foi até a varanda e viu alguns moradores passando pela rua e perguntou se algum deles tinha visto Giuliano e todos disseram que não tinha visto ele, preocupado com o filho avisou a Samantha que iria procura–lo e saiu de carroça a procura do filho.

– Chavier vá até a casa de Ruanito e fale para ele que Giuliano sumiu, diga a ele que estou pedindo a ajuda dele para encontra–lo.

– Está bem mãe eu vou, mas fique despreocupada ele está bem.

– Vou ficar bem, mas vá logo meu filho.

Chavier foi correndo até a casa de Ruanito onde todos ainda dormiam, ficou sem saber se acordava a todos ou não, mas lembrando da aflição da mãe achou melhor por chamar Ruanito batendo na janela da sala e chamando por ele. Ruanito abriu a janela e estranhou a presença de Chavier.

– Chavier o que faz aqui há esta hora, aconteceu algo?

– É Giuliano ele sumiu, meu pai foi procurar ele, minha mãe pediu para vir aqui para pedir sua ajuda na procura dele.

– Pode avisar a Samantha que iremos procura–lo.

Chavier voltou para sua casa e Pablo perguntou a Ruanito.

– Iremos procurar? Pai este menino tentou causar desavença entre eu e Gatiucha, ele foi bem claro que me odeia, e vamos procura–lo?

– O menino é ruim eu concordo, se sumisse e nunca mais aparecesse seria melhor para todos, mas não posso negar um pedido de amigos como Juarez e Samantha e gostaria que viesse comigo Pablo, não esqueça que ele é irmão de Gatiucha.

Pablo e Ruanito saíram a cavalo a procura de Giuliano, algumas horas depois Ruanito, Pablo e Juarez retornaram sem sucesso na busca e tiveram uma surpresa no caminho, o pai de Giulia se aproximou deles.

– Queria pedir desculpa a vocês sobre o que minha filha fez ontem.

– Como ficou sabendo? Perguntou Ruanito.

– Ela chegou assustada ontem em casa e pressionei para que ela contasse o que havia acontecido e ela contou tudo sobre o Giuliano, Pablo e Gatiucha, inclusive sobre tudo o que ela fez ontem.

– Não precisa se desculpar, ela foi enganada por um monte de mentiras que o Giuliano disse para ela esses anos todos.

– Eu a coloquei para fora e casa ontem à noite, ela me desonrou, por enquanto não quero ter notícias dela.

– Giuliano saiu de casa ontem à noite e não temos notícias dele, acha que os dois podem estar juntos, estamos procurando por ele desde cedo e ainda não o encontramos.

– Giulia levou o cavalo, acho que ela foi para o vilarejo do outro lado da montanha, o irmão da minha esposa mora lá, e bem provável que tenha ido para a casa deles, se eu receber alguma notícia eu aviso a vocês.

– Eu agradeço e de nossa parte pode ficar tranquilo, não iremos comentar com ninguém o que aconteceu ontem.

– Obrigado, eu sei que posso contar com a descrição de vocês.

Ao chegar em casa Juarez avisa a Samantha que não encontraram Giuliano e ela cai no choro sendo consolada por Gatiucha e Chavier, logo chega Estelita que ficou sabendo que não encontraram Giuliano e foi para também consolar a amiga. No final da tarde o pai de Giulia chegou a casa de Juarez com um senhor na carroça.

– Juarez boa noite, este é meu cunhado que mora do vilarejo do outro lado do morro, ele trouxe notícias de Giuliano.

– O que aconteceu com Giuliano? Perguntou Samantha aflita.

– Minha sobrinha chegou hoje pela manhã em casa e trouxe junto dela um garoto com o nome de Giuliano, pediram para ficar em casa por uns dias, disseram que aprontaram muito nesta vila e foram expulsos de casa e precisavam ficar longe daqui eu os acolhi e resolvi vir até aqui para saber o que realmente aconteceu, o meu cunhado já me contou o que houve, vim avisar que eles estão bem, vou acolhê-los por uns dias em casa até a situação por aqui melhorar e eles poderem voltar.

– Muito obrigado Senhor, mas o Giuliano não quis voltar para casa?

– Não senhora, ele disse que prefere ficar longe a ver sua irmã se casando com uma pessoa que o traiu e somente merece ódio.

Samantha ficou aliviada em ter notícia de Giuliano, mas ao mesmo tempo ficou triste em ver que o pensamento do filho não mudou nada depois de tudo o que aconteceu.

– Quando quiser visitar o garoto às portas da minha casa estarão abertas para vocês.

– Obrigada por esses dias eu irei até lá para conversar com meu filho.

– Fique à vontade.

Os dois foram embora e para traz ficou duas famílias tentando entender o que está acontecendo com Giuliano e o que o faz agir assim, o que não conseguem entender é o ódio o ciúme, porque não quer a felicidade da irmã, já que para ela a sua maior alegria será a sua união com Pablo.

Alguns dias se passaram, Juarez e Samantha foram ao vilarejo encontrar Giuliano e levaram com eles Gatiucha, Chavier ficou com Estelita e Ruanito. Pablo ficou construindo sua casa, pois assim que a casa estiver pronta ele e Gatiucha querem se casar e viverem em harmonia.

– Pablo pode conversar? – Disse Estelita entrando na obra.

– Claro, pode entrar.

– A casa está ficando linda.

– Obrigado, mas a Senhora não veio aqui só para ver a obra e elogiar a casa.

– Não, mas vim para conversar com você sobre seu casamento e Giuliano.

– Não gosto nem de ouvir este nome.

– Eu sei. E sei também que Giuliano fez de tudo para acabar com o seu namoro com Gatiucha, fez de tudo para que vocês brigassem, envolveu até a Giulia na história não dá para achar que ele é inocente. Não diria inocente, mas uma vítima da vida.

– Vitima!

– Andei pensando bastante desde o último ocorrido, tentando entender o porquê ele tenta tanto separar você e Gatiucha, eu abri as cartas para me orientar melhor.

– E o que elas diziam?

– Existe um elo carmático entre vocês que eu não tive permissão para ver tudo, mas o que eu entendi é que vem de outras vidas esse sentimento de ódio e que será necessário um resgate do Giuliano, apesar dele ser muito jovem ainda o espirito dele está com muito ódio de vocês, por questões do passado, acredito que somente você e Gatiucha poderão acalmar os sentimentos dentro dele.

– Mas ele me odeia.

– Ódio e amor andam juntos, não sei o que houve em vidas passadas, mas a verdade é que ele não o perdoa de algo e somente vocês dois podem resolver esse assunto juntos, você reparou que quando você e Gatiucha não estão pertos, ele fica mais calmo, o problema é entre vocês, mas o mais grave é entre você e ele. O casamento não vai demorar a acontecer e para viver em paz com Gatiucha será necessário que você resolva este assunto com o Giuliano, para evitar problemas no futuro em seu casamento.

– Acha melhor eu ir até ele e conversar com ele?

– Procure saber o que tanto o incomoda dentro dele com relação a você e Gatiucha, porque tanto ódio, tente resolver os assuntos com ele antes do casamento.

– Está bem vou seguir o seu conselho, vou um dia até ele e tentar resolver tudo antes do casamento.

– Faça isso meu filho, se vocês se casarem com essa pendencia espiritual, poderá atrapalha a felicidade de vocês.

– Mãe a Senhora já tentou ver nas cartas qual o motivo do Giuliano ter tanto ódio, se é somente ciúmes ou tem relação com o passado.

– Vi sim e é por isso que quero que vocês se acertem antes do casamento, vi que existe uma questão entre vocês que tem de ser resolvido, não tive permissão para ver o que, mas se não resolverem o casamento pode até não acontecer.

– É tão grave assim?

– Pode não ser tão grave, mas precisa ser resolvido e não sei o que te orientar, somente para você conversar com ele e descobrir o que está dentro dele.

– Está bem vou resolver isso o mais rápido o possível.

– Que esteja iluminado na hora que for conversar com ele.

– Amém!

– Vou deixar você em paz agora, não fique aflito para resolver, tudo tem seu tempo, até mais.

– Até mais mãe.

Estelita foi embora e Pablo ficou pensativo em tudo que sua mãe disse, pensando o quanto será difícil esta conversa, já que Giuliano praticamente declarou que não quer o casamento e que o odeia, mas sabe que sua mãe está certa, pois sabe que seus espíritos se odeiam e como não tem motivo aparente somente pode ser por motivos de pendências de outras vidas.

Pablo foi para casa ao anoitecer e resolveu conversar com seus pais sobre Giuliano, não queria que Chavier escutasse a conversa então pediu para Joanes disfarçar e sair com ele para brincar do lado de fora da casa.

– Eu queria conversar com vocês e pedir uma orientação sobre o Giuliano.

– Sua mãe me contou sobre a conversa que tiveram mais cedo e sobre a leitura das cartas, não vou mentir estou preocupado com o seu casamento e a convivência que vocês terão depois com o Giuliano.

– Depois que a senhora saiu eu fiquei pensando, o que poderia provocar tanto ódio em um garoto sem motivo aparente, confesso que nem sempre eu gostei da presença dele, muitas vezes tolerei ele pela Gatiucha, mas muitas vezes eu preferi manter distância dele, achei melhor ignorar as provocações dele, acreditando que isso faria que com o tempo ele parasse de provocar.

– É mais ele está indo além de te provocar e não sabíamos.

– Você está se referindo a Giulia, realmente não sei porque ele envolveu ela desta forma em tudo isso e porque ela?

– Ela sempre foi fraca quando o assunto é relacionado a homem – disse Estelita – se analisarmos bem ela sempre teve uma paixão por você, nada grandioso e Giuliano esperto como é, percebeu isso rápido e inventava mentiras para iludi-la com relação a você.

– Mas ela foi embora e levou ele junto, está certo que o pai dela a expulsou de casa, mas leva-lo com ela nunca entendi.

– Com certeza existe algo com relação a ela que não sabemos, pois existe tanto mistério em tudo isso, que não me espantaria se me dissessem que ela está envolvida nesta pendencia carmatica entre você e Giuliano, caso contrário ela não participaria das tramas dele mesmo que fosse inocente.

— A senhora acha que também tenho assunto do passado para resolver com ela?

— Não, acredito que a conexão principal é com o Giuliano, é com ele que você precisa resolver esta pendencia.

— Mas uma conversa resolveria os assuntos que nem sabemos quais são.

— Pode não resolver o assunto mas pode amenizar o elo carmático entre vocês.

— Além disso, tudo que sua mãe disse, uma conversa pode ser sua chave na relação de vocês dois, é aí que você tem de prestar atenção quando for conversar, porque a chave que abre a porta também pode trancá-la.

— E com isso piorar a relação entre nós dois.

— Esta conversa será difícil para os dois, mas acredite que ela é necessária e é esta conversa que determinará como será a convivência entre vocês dois. – Disse Ruanito.

— Procure tirar dele o que ele sente no coração, e limpar estes sentimentos dele, mas para isso tem que ser uma conversa franca e sincera. E de ambas as partes, tem que ser de coração. Este período que ele está longe tenho rezado para o anjo da guarda dele abrandar seu coração, mas isso não quer dizer que ele está aberto para aceitar a conversa.

— Amanhã quando a Gatiucha voltar vou conversar com ela e vou marcar de ir até o Giuliano visita-lo e quem sabe ele vem para o casamento.

— Isso seria uma benção, mas terá de ser de coração.

Capitulo 4

A Passagem

Gatiucha volta de viagem onde foi ver o irmão, Juarez e Samantha passaram na casa de Ruanito e Estelita para buscar Chavier, os amigos recebem eles os convidando para tomar o café.

– Entrem meus amigos vamos tomar café para relaxar do cansaço da viagem.

– Obrigado Ruanito, mas gostaria de ir para casa descansar, a estrada é muito ruim e cansativa.

– Mais um motivo para entrar, vamos tomar um vinho e almocem com a gente, mesmo porque tem um casal que parece não se vem há meses.

Todos riem sabendo que se trata de Pablo e Gatiucha.

– Está bem, vamos aceitar o convite.

Pablo e Gatiucha ficaram sentados na escada com acesso ao terraço, Ruanito e Juarez sentaram no banco no terraço onde ficaram bebendo vinho e conversando sobre alguns assuntos da empresa, Samantha e Estelita foram para a cozinha para preparar o almoço, ninguém tocava no assunto Giuliano e todos respeitavam isso pois sabiam que era um assunto polêmico e complicado para todos, principalmente para Pablo e Gatiucha. Gatiucha entrou para ajudar a arrumar a mesa, Pablo se juntou a Juarez e seu pai na conversa, todos conversavam animados e tranquilo e até soltavam uma piada com boas gargalhadas, Estelita avisa que o almoço está na mesa e chama a todos para entrarem.

O almoço corre tranquilo até que Pablo toma a iniciativa para tocar no polêmico assunto.

– E o Giuliano como ele está?

Uns segundos de estranheza e tensão no ar até que Samantha responde.

– Ele está bem, eu o achei bem tranquilo, lá ele acabou ajudando o pessoal da casa a cuidar da horta, isso fez bem a ele.

– Que bom que ele está mexendo com a terra, isso é muito bom ajuda a relaxar e a distrair a mente – Disse Estelita.

– Eu conversei bastante com ele, parece até outra pessoa, até perguntou do casamento e como vai a obra da casa. Ele perguntou a Gatiucha se poderá vir no casamento de vocês.

– E o que a Senhora respondeu?

– Pablo depois dos últimos fatos, se você falar que não quer ele no casamento nós vamos entender, falei para ele que o tempo seria a melhor resposta para ele no momento e que depende de vários fatores.

– E você meu amor gostaria que seu Giuliano estivesse presente em nosso casamento?

– Ele é meu irmão ele tem o meu sangue, cuidei dele como se fosse meu filho quando nasceu, eu amo ele, sei que é difícil para você a presença dele, mas gostaria que ele estivesse presente sim em nosso casamento.

– Eu também acho que está na hora de acabar com este conflito entre mim e ele, quero ir até ele para conversar e convidá-lo para o nosso casamento.

– Jura! – Gatiucha o abraça de felicidade – Não sabe o quanto fico feliz com esta decisão, eu estava triste por dentro pensando que ele não estaria aqui neste dia tão importante para mim.

– Pablo fico feliz com isso, essa guerra está na hora de acabar, ninguém é feliz com essa guerra interior que vocês estavam convivendo.

– Eu sei Juarez, conversei bastante com os meus pais sobre eu e Giuliano, eu decidi que é melhor conversar com ele e procurar acertar os pontos entre nós dois, para eu e Gatiucha nos casarmos em paz e viver em harmonia, pois toda esta situação é desgastante emocionalmente para todos nós.

– Fico muito feliz com sua decisão, você não imagina o quanto eu rezo todos os dias para que toda essa desarmonia acabe e a gente viva em paz.

– Eu sei dona Samantha, a Gatiucha também fica triste com toda esta situação, eu vejo nos olhos dela que fica triste e procura não me falar nada.

– Eu sei quanto as últimas atitudes do Giuliano te aborreceram e por você, nunca mais gostaria de vê-lo, por outro lado ele é meu irmão, eu amo muito ele e gostaria muito que vocês se entendessem, eu vou ficar muito feliz se vocês conseguirem viver em harmonia.

– Esta semana estou com muito trabalho, mas no sábado podemos ir até o Giuliano conversar todos nós com ele, vai ser bom para ele se sentir mais tranquilo e ver que todos nós não estamos guardando magoa dele.

– Vamos todos juntos então!

– Mas Samantha a casa onde ele está não é tão grande.

– Nós levamos as barracas e dormimos nela como fazíamos antigamente – Disse Juarez.

– Está bem vamos todos nós – Disse Ruanito – A presença de todos juntos poderá trazer mais paz ao coração de Giuliano.

– Está marcado vamos buscar o Giuliano.

– Mas Pablo, e se ele se recusar a vir conosco?

– Eu mesmo vou conversar com ele e convencê-lo a voltar, eu sei o quanto isso é importante para você e seus pais.

Uma grande energia de luz e paz reinou durante a conversa, pois a felicidade dos pais de Giuliano era imensa com a possibilidade de o filho voltar para casa, e viver todos em harmonia como sempre quiseram, Gatiucha é só felicidades, Ruanito e Estelita estão felizes pelos amigos mas ao mesmo tempo preocupados com Pablo, sabem que apesar de ter falado que quer resolver a situação com relação a Giuliano, sabem que no fundo ele não está tomando a decisão de coração porque quer realmente o bem de Giuliano, eles sabem que ele está fazendo isso por Gatiucha porque para ela é importante e como sabem que se ele não resolver as questões carmáticas que tem com ele poderá até ter problemas no casamento.

Mas qual o elo carmático os prendem? Como resolver este elo? Com certeza esta dúvida está na cabeça de Pablo, ele sabe que uma conversa não é a solução definitiva, mas tentará apaziguar o coração de Giuliano e assim abrir a oportunidade de acabar com esta guerra que eles vivem, mesmo sem saber das consequências vai tentar dar início ao hasteamento da bandeira da paz.

Após muita conversa entre todos, Gatiucha e seus pais foram para a casa descansar da viagem, todos saíram dali com os semblantes alegres e esperançosos, Pablo ficou na varanda deitado na rede e Ruanito se aproximou para uma conversa.

– Atrapalho seu descanso?

– Não claro que não. Na verdade, estava pensando em algumas coisas.

– Posso saber em que?

– Na vida, às vezes ela parece nos armar ciladas e não entendemos, aparece situações que não sabemos como lidar, não sei se estou fazendo o correto, se isso depois vai ter alguma cobrança da vida, que peso tudo isso vai ter?

– Meu filho se resolver as questões da vida fosse algo simples e fácil, não teria aprendizado para nós, cada situação difícil que vivenciamos que temos de transpor na verdade, não passa de ensinamentos para todos nós. Você está preocupado se vai conseguir conversar com o Giuliano?

– Sei que consigo conversar, só não sei se a conversa vai ser como precisa ser.

– Você está indo conversar de coração aberto?

– Este é o problema, não sei se vou conseguir ter uma conversa sincera, ele é muito ardiloso, não consigo enxergar sinceridade no que ele faz ou fala comigo, ele é muito bom para os pais e irmãos dele, mesmo para vocês sempre que precisaram de algo dele, ele sempre foi prestativo, mas quando o assunto é comigo existe um ódio que não consigo enxergar os motivos, às vezes ele parece que mudou e ficou melhor mas isso é por um período curto, passa um tempo e ele volta a ser aquele menino agressivo de antes.

— Isso me preocupa bastante, vocês precisam ter uma conversa sincera e de coração aberto, mas de ambas as partes, se ele conseguir te manipular na conversa vai ser a mesma coisa que não terem tido conversa alguma. Conversei mais a fundo com a sua mãe sobre o que ela viu nas cartas, a única coisa que ela soube dizer é que vocês têm que resolver os assuntos do passado.

— Sinceramente o senhor acha que esta conversa poderá ajudar em algo?

— Se a conversa for positiva para os dois poderá ser o início de tudo, se não tentar, iremos resolver esta questão.

— Ultimamente sempre que penso nesta conversa me dá um frio na barriga, ele é um jovem rapaz, mas é como se eu fosse enfrentar um antigo inimigo.

— Está com medo de conversar com Giuliano?

— Não é medo, é um grande receio. Às vezes tenho a sensação que esta conversa será um divisor de águas.

— Apesar de partir de você a ideia de falar com o Giuliano, na hora eu tive um mau pressentimento, não consegui definir o que era.

— Desde que ele foi embora fiquei com esta mesma sensação, por isso tomei a decisão de enfrentar tudo isso e ir conversar com ele. E pela Gatiucha tentar trazê-lo de volta, ela sofre muito com a distância do irmão e com toda esta situação.

— E se fosse somente por você? Você também iria querer esta conversa?

— Com certeza não, eu até queira a amizade dele, mas isso será algo impossível.

— Temos uma semana até irmos ao vilarejo onde está o Giuliano, aproveite e reze, peça orientação para que a conversa possa fluir de maneira positiva e que os deuses iluminem a mente dos dois, para que possa ser o início de um novo momento para vocês dois.

— Vou rezar bastante, acho que estou precisando mesmo.

Ruanito entrou e deixou Pablo na rede pensando na conversa que acabaram de ter. Ficou tentando entender porque Giuliano tem este comportamento tão hostil e ao mesmo tempo é tão bom para com as outras pessoas, sabe que não é por ciúmes que é pessoal, Giuliano demonstra amar a irmã e ao mesmo tempo, não quer vê–la feliz ao lado de quem ela tanto ama. O que provocou tudo isso? Essa é a pergunta que não sai da cabeça de Pablo. Este é um erro que cometemos muitas vezes, querer entender o que não é possível obter informação sempre que deparamos com assuntos onde não sabemos a origem, devemos viver em paz mesmo na dificuldade de viver desta forma, cabe a nós criarmos a harmonia em nossa volta, pois sempre haverá os espinhos em nosso caminho, cabe a nós sabermos como passa por eles sem se machucar, com humildade sabedoria e resignação.

Os dias vão passando Juarez, Samantha e Gatiucha estão ansiosos para chegar logo o dia de irem visitar Giuliano, porém Ruanito e Estelita estão apreensivos pois sabem que Pablo não está em paz consigo mesmo com a decisão de conversar com Giuliano, percebem o filho mais irritado e fechado para conversar, sabem que para agradar a Gatiucha ele tomou uma decisão que ainda não está preparado para fazer, às vezes é visível no semblante de Pablo à expressão mais irritada o que não é normal nele, na confecção das peças ele praticamente não conseguiu produzir a metade do que normalmente ele produz, estragando muitas peças o que nunca aconteceu, este comportamento mais irritado e angustiado é praticamente desconhecido de seus pais, pois nunca viram Pablo assim, o mais difícil é que ele não aceitou mais conversar sobre Giuliano e quanto mais se aproxima o dia da viajem mais ele fica irritado. Estelita tem passado horas diariamente rezando para Pablo e Giuliano começarem a se entender e para que Pablo tenha paz, sabedoria e calma na hora do reencontro com Giuliano.

A última noite antes da viajem Estelita não conseguia dormir e percebeu que Pablo estava acordado, relutou um pouco em ir até ele, mas não resistiu, resolveu conversar com o filho e foi até a sala.

– Sem sono?

– Não tenho dormido direito ultimamente.

– Quando o sono não vem é porque tem alguma coisa nos incomodando.

– E no caso da senhora?

– Eu estou preocupada com você, ultimamente você está diferente, não é o Pablo que conhecemos.

– Nunca imaginei que o assunto Giuliano fosse me deixar tão perturbado.

– Se arrependeu de querer conversar com ele agora?

– Tudo isso é muito estranho, tenho de resolver um assunto que não sei o que é, com um garoto que me odeia, sinceramente só estou indo pela Gatiucha, não vou conseguir perdoar ele por tudo que ele me fez.

– Já pensou em pedir perdão?

– Do que? Eu nunca fui ruim para ele muito pelo contrário foi ele quem sempre aprontou comigo.

– Nesta vida sim, mas se ele tem tanto ódio com certeza são por reflexo de outras vidas e o ódio anda ao lado do amor.

– Da para explicar melhor, não estou conseguindo entender.

– Se hoje ele odeia você, é porque em outras vidas vocês eram muito próximos um do outro, e alguma coisa aconteceu para que tudo virasse ódio.

– A senhora acha que posso ser o culpado pelo ódio que ele sente por mim?

– Não, mas o ódio não nasce do nada, pode ser que no passado você teve culpa ou não, mas não se apegue a isso precisa abrir o seu coração para amanhã precisa manter a calma para evitar que as más influências dominem a conversa.

– Ás vezes eu acho que ele é a má influência.

– Não pode ir amanhã com este pensamento, não prefere conversar com a Gatiucha e marcar para irem outro dia.

– Não, prefiro ir amanhã, pois tenho muita encomenda de peças e também prefiro resolver isso logo e chama-lo para o casamento.

– O casamento de vocês é para daqui a dois meses, peça mais uma semana, vai ser bom para você, eu fico preocupada de ir assim.

– Eu vou saber manter a calma na hora, vou conversar direito com ele.

– Conversar somente da boca para fora não é a mesma coisa que conversar de coração, a diferença é muito grande e esta diferença pode significar muita coisa, para ser sincera não estou com bom pressentimento para esta viajem.

– Acho que ninguém quer esta viajem, mas infelizmente ela é necessária.

– Pode ser, mas estou com o coração apertado, não sei se é só com relação a você e Giuliano, acho que tem algo no ar que não consegui identificar, e isso me deixa aflita, não tenho falado nada, mas estou preocupada com você.

– Bobagem, a verdade é que quando o Giuliano está no assunto nunca temos boas sensação.

– Pode ser, mas de qualquer forma estarei lá para o caso de você precisar, eu e seu pai iremos para te dar total apoio no que você precisar.

– Eu sei e isso me conforta bastante.

– Bom, vamos deitar, acho que precisamos dormir pois amanhã promete ser um dia longo.

– Eu já vou deitar, obrigado pela conversa.

– Sempre que precisar estarei aqui, durma com Deus meu filho, e que Santa Sara ilumine sua mente.

– Boa noite mãe e amém!

Pablo e Estelita foram deitar pois já era de madrugada quase amanhecendo o dia e o sono seria por poucas horas.

No dia seguinte todos acordaram cedo e foram tomar café da manhã, Pablo acordou com um ar mais limpo e mais calmo.

– Bom dia a todos!

– Acordou mais animado hoje? – Perguntou Ruanito.

– Não diria animado, mas ontem eu e a mamãe conversamos e a conversa foi boa, deu para abrir a mente para alguns assuntos.

– Que bom que a nossa conversa foi boa para você, fico feliz que te ajudou em algo.

– Está se sentindo mais preparado para encontrar com Giuliano?

– Estou sim meu pai, mas o resultado desta conversa somente vamos saber depois.

– Eu abri as cartas logo cedo.

– E o que diziam as cartas? – Perguntou Ruanito.

– Nada, elas não disseram nada.

– Ás vezes é porque está muito preocupada, isso não interfere?

– Provável, nunca vi isso acontecer.

Juarez bate à porta da casa de Ruanito e a conversa se encerra.

– Estamos atrasados?

– Não, eu e Samantha é que estamos adiantados, estamos ansiosos para rever Giuliano, nem dormimos direito esta noite.

– Estamos terminando o café entrem, já está tudo pronto partimos logo.

– Vamos aguardar aqui fora não queremos apressar.

– Deixem de bobagem toma um café e já saímos.

Gatiucha entra cumprimenta a todos e dá um forte abraço em Pablo.

– Estou muito feliz que estamos indo ao encontro de Giuliano

– Estou vendo, á tempos eu não a via sorridente assim.

– Pablo eu queria lhe agradecer. – Disse Samantha emocionada – Eu sei que tem motivos de sobra para não querer Giuliano em seu casamento e partir de você de reunir a família novamente fez abrir uma emoção muito forte dentro de mim.

– Não precisa agradecer por nada, eu só quero que possamos viver em família e em harmonia.

Samantha dá um forte abraço em Pablo e deixa umas lágrimas escorrerem pelo seu rosto.

Enquanto isso Ruanito e Estelita acabam de arrumar a cozinha e carregam a carroça, após tudo arrumado eles partem em direção ao vilarejo, no caminho eles encontram o pai de Giulia que pede para eles parar.

– Meus amigos vocês estão indo para o vilarejo para encontrar o Giuliano?

– Estamos sim – Respondeu Ruanito.

– Podem me fazer um grande favor, eu e minha esposa íamos para visitar a Giulia, mas Mariana está muito doente e está de cama podem entregar esta carta para ela?

– Claro estimo melhoras a sua esposa.

– Muito obrigado tenham uma boa viagem.

– Obrigado, vamos seguir viagem, queremos chegar lá antes do anoitecer.

As famílias seguem viajem, durante o trajeto os meninos e Pablo vão tocando seus instrumentos para amenizar o tempo da viajem, as mulheres tocando castanholas e bandô, com o sol a pique sabem que estão no meio da viajem e param para comerem, pois sabem que ainda tem muita estrada pela frente. Estenderam uma grande toalha no chão e ali todos almoçaram, sem muita demora logo eles voltam para a estrada, Pablo e Gatiucha foram na carroça da frente onde estavam Juarez e Samantha, durante o trajeto eles passam por um trecho do morro onde a estrada corta, acima da estrada tinha muitas pedra enormes em um trecho de curva e abaixo uma grande altura até o pé do morro, neste momento passou uma brisa por todos, e todos sentiram um arrepio, os cavalos demonstraram estarem incomodados com algo, Joanes demonstrou ter ficado mais assustado.

– Mãe o que foi isso?

– Só uma brisa nada mais.

– Tive uma sensação estranha, uma dor no peito.

– Bobagem menino pare de ser impressionado – Disse Estelita se virando para Ruanito e cochichando para ele – Também não gostei nada da sensação, este lugar é sombrio.

Pablo e Gatiucha chegaram a sentir uma leve tontura, mas preferiram não comentar, Estelita a mais sensitiva de todos, percebeu que era uma sinal que algo pode ou está para acontecer, mas não soube identificar o que é e nem identificou a origem a que está relacionado, na hora achou que poderia ser algo com relação a Pablo e Gatiucha, mas sabe que está intuição pode estar sendo levada pelo lado emocional, preferiu se manter calada por um bom trecho da viajem, em seu silêncio ficou rezando pedindo para que os mentores de luz, expulsasse qualquer negativismo que estivesse acompanhando eles e que cobrissem todos eles durante a viajem.

Durante toda a viajem pegaram tempo bom e com muito sol e como iriam acampar, viajavam com as carroças cobertas, pois assim as mesmas serviriam de tenda para passarem a noite.

Chegaram ao vilarejo no final do dia com o sol ainda se pondo, foram direto a casa onde estavam Giuliano e Giulia, Giuliano corre para abraçar seus pais e irmãos, depois ficou olhando para Ruanito e Estelita sem saber qual seria a reação deles e sem entender o porquê que eles estavam ali.

— Como está Giuliano, me dá um abraço — Tomou a iniciativa Ruanito.

E Giuliano abraçou e cumprimentou a todos, menos a Pablo.

— Foi o Pablo que teve a iniciativa de vir até aqui para te ver meu filho.

— Já viu, agora é melhor ficar longe de mim!

— Não vim para brigar Giuliano, vim para colocar paz em nossos corações.

— Eu estava em paz até agora.

Giuliano saiu correndo para dentro da casa demonstrando irritação com a presença da Pablo no vilarejo, deixando seus pais constrangidos com a situação.

— Acho que não foi boa ideia virmos até aqui — Disse Juarez.

— Nós estamos cansados e Giuliano sem saber o que fazer aqui com todos juntos, vamos dar um tempo para ele se acostumar tudo vai ficar bem.

— Tem certeza disso Pablo? — Exclamou Ruanito.

— Tenho sim, sabíamos que não era uma situação confortável para todos.

Neste instante Martins, o dono da casa veio recepcionar a todos.

— Como foram de viajem, foi bem? Sejam bem-vindos.

— Fizemos ótima viajem, estes são os pais de Pablo o noivo de Gatiucha.

— Eu me lembro deles quando fui avisá-los de Giuliano, como estão?

— Muito bem obrigado.

— Vamos entrar vocês precisam descansar. Soltem os cavalos no fundo temos uma cocheira para eles descansarem da viajem.

— Não queremos dar trabalho viemos com as tendas para acampar aqui.

– A casa é pequena, as mulheres dormem na casa, será mais confortável para elas, elas vão dormir no quarto da minha filha, vamos nos ajeitar.

Todos entram na casa onde a esposa os recebeu muito bem e falou que iria preparar o jantar para todos, Estelita, Samantha e Gatiucha foram ajuda-la, Martins abriu um vinho e serviu a todos.

– Não vi a Giulia, ela está por aqui?

– Ruanito essa moça deve estar na praça com as outras moças.

– Há esta hora ainda na praça?

– Ela tem me dado um pouco de trabalho, mas meu irmão pediu para que eu ficasse cuidando dela por um tempo, não tive como negar, mas infelizmente já é uma moça perdida.

– E meu filho tem dado trabalho?

– De forma alguma, ele me contou tudo que aconteceu e o que fez quando chegou aqui, para ser sincero achei que teria problemas com ele, mas muito pelo contrário, ele tem me ajudado bastante na lida com a roça e com os bichos que cuido no quintal, até arrumou um serviço na venda onde passa boa parte do dia com os afazeres do serviço.

– Nem parece o Giuliano que conhecemos e saiu da cidade há um mês – Disse Pablo.

– Ele tem mudado bastante, temos conversado muito com ele, fala que tem sentido falta da família.

– É bom ouvir isso, sinal que está amadurecendo.

Durante o jantar Giulia chegou e cumprimentou a todos.

– Boa tarde como foram de viajem?

– Fizemos uma boa viajem. Giulia eu tenho uma carta de seu pai para você, sua mãe adoeceu e eles não vão poder vir.

– Adoeceu?! Como ela está?

– Não sei ao certo, seu pai nos parou quando saiamos de casa e pediu para entregar esta carta.

Ruanito tira um pergaminho do casaco e entrega para Giulia, neste instante Gatiucha entra na sala e se aproxima de Pablo e cumprimenta Giulia.

– Como vai Giulia? – Com um ar não muito amigável.

– Estou bem Gatiucha e você?

– Estou bem. Pablo meu amor me ajuda a pegar algumas coisas na carroça.

– Claro.

Os dois saem e no caminho Pablo comenta.

– Já tiramos tudo da carroça meu amor, por que me chamou aqui fora?

– Me incomoda ver você e Giulia perto, confio em você, nela nunca!

– Não tem do que ter ciúmes.

– Não é ciúmes, só estou cuidando do que é meu.

– Mas precisa disfarçar, vocês duas vão dormir debaixo do mesmo teto esta noite.

– Infelizmente, mas o senhor vai dormir onde?

– Combinamos os homens dormir aqui fora nas tendas.

– Melhor assim fico mais tranquila.

– Vamos entrar, é melhor disfarçar este rostinho de brava.

– Você não me viu brava ainda, ou melhor, meio brava já viu.

Os dois entram e a mesa estava posta, Giuliano estava na sala quando viu os dois entrando juntos e fechou a fisionomia, tentou disfarçar, mas Pablo percebeu que Giuliano não gostou de vê–lo ali e muito menos com Gatiucha, Pablo não deu atenção a Giuliano e o mesmo foi reciproco, mesmo durante o jantar todos conversavam entre si, Samantha até tentou puxar assunto envolvendo os dois, mas os mesmos disfarçaram e desviaram do assunto. Estelita mesmo sentindo a tensão no ar entre os dois procurou não demonstrar, desde que teve a impressão ruim na estrada estava mais preocupada com o que poderia acontecer, ficou quieta boa parte do tempo, e sempre se lembrava da sensação que teve isso estava incomodando bastante ela, mas preferiu não comentar com ninguém, pois sabia que já existia uma grande tensão no ar por causa de Giuliano e Pablo e sabia que o dia seguinte seria um dia muito difícil para os dois pois o clima de desarmonia era nítido para todos.

Após o jantar os homens foram para a sala conversar, Giuliano foi até o quarto onde dorme em um quarto pequeno, mas o suficiente para ele, Chavier resolveu ir conversar com o irmão enquanto os outros ficavam na sala.

– Aqui é seu quarto?

– É sim, o outro quarto é da filha deles a Giulia dorme com ela.

– Eu não vi a filha deles.

– Ela está na casa de uma tia dela aqui perto, a tia está doente e ela foi ajudar a cuidar.

– Ás vezes sinto sua falta em casa.

– Também sinto, mas depois da última que aprontei não tinha mais como ficar lá.

– Este período foi bom para os ânimos se esfriarem. Você, o papai e a mamãe já se entenderam?

– Sabe que o grande motivo não é eles.

– Está falando de Pablo?

– O que ele veio fazer aqui?

– Ele quer selar uma paz com você, abra seu coração para ele conversar com você, deixa essa paz entrar em você, escute ele, converse com ele direito.

– É estranho quando estou longe nem me lembro dele, mas quando o vejo me sobe um ódio que não sei de onde vem e se me perguntar o porquê do ódio também não sei responder.

– Reconhecer que tem este sentimento já pode ser um bom sinal, isso com certeza irá ajudar no bom entendimento de vocês e isso vai fazer bem a todos.

– Não sei se estou disposto a resolver algo com ele prefiro ficar distante assim me sinto melhor. Este tempo que estou longe do Pablo me fez muito bem, consegui até pensar em trabalhar, está certo que isso foi bom para que eu não lembrasse dele e só por isso me fez sentir melhor.

– Se você já está se sentindo melhor, o que o faz achar que ainda tem alguma repulsa por ele?

– Quando eu o vi não suportei, tive vontade de mantê-lo longe de Gatiucha.

– Você tem ciúmes dos dois juntos?

– Não é ciúmes, eu não gosto dele, aliás sinto como se fosse um amigo que eu odeio sem motivo e os dois juntos me faz sentir mais raiva dele, tenho vontade de estragar a união dos dois.

– Giuliano você sabe que eles se amam desde criança e vão se casar daqui a um mês, ele quis vir aqui para conversar com você.

– Eu sei disso, eu vou ouvir o que ele tem para dizer, só não sei se isso vai mudar o que eu sinto.

– Torço para que vocês se entendam, todos nós ficaremos contentes se isso acontecer.

– Então vamos dormir e esperar o dia de amanhã. Boa noite Chavier.

– Boa noite Giuliano.

Chavier saiu do quarto de Giuliano e decidiu não comentar com ninguém sobre a conversa que teve com Giuliano, preferiu deixar o tempo e o destino traga a solução para os dois, acreditando que com o diálogo poderão passar por esta barreira que os dois se encontram.

Todos vão se acomodando para dormir, mas duas pessoas ficam acordadas, Pablo e Chavier. Pablo fica pensativo sobre Giuliano, sabe que não terá uma conversa fácil e amigável com ele, percebeu que Giuliano não foi receptivo a sua vinda para o vilarejo, e ao mesmo tempo sabe o quanto é importante para todos que ele tenha este diálogo com Giuliano e procurar a paz entre eles, sabe que selar a paz com Giuliano é muito importante para Gatiucha. E este está sendo o maior erro de Pablo, pois resolver este assunto com o Giuliano tem de ser para o bem-estar dele e ele justamente não pensa nesta hipótese, por isso, por melhor que seja a conversa ele poderá não ter o seu real objetivo alcançado, encobrir algo desconhecido por eles e trazer efeito contrário ao desejado, uma vez que existe um vínculo totalmente desconhecido por eles.

Chavier também não consegue dormir pois ficou perturbado com a conversa que teve com Giuliano, sentiu que o irmão não está disposto a resolver nada com Pablo. Fica pensativo sem saber se não teria sido melhor o Pablo não ter vindo atrás de Giuliano, mas ao mesmo tempo sabe que estaria adiando mais ainda a tentativa de solucionar o assunto entre os dois.

Chavier teme que o irmão seja dissimulado e finja aceitar o dialogo só para aprontar algo mais para a frente, e tentar impedir a união entre Pablo e Gatiucha. Sabe o quanto Giuliano tem uma mente fria e ardilosa, que pensa rápido, mas que infelizmente usa esta vantagem apenas para o mal.

Mas o que está por traz deste sentimento? Se pergunta Chavier, ele percebeu que existe um sentimento que não é atual, é como se Giuliano já tivesse nascido com este sentimento mesmo antes de conhecer Pablo, e Pablo sempre procurou ignorar isso, ao menos na maioria das vezes, "Se Giuliano tem este sentimento, então Pablo deve ter uma parcela de culpa" ele pensou, talvez nem saberá o motivo, e como pedir perdão por algo que desconhecemos? Talvez este não é o melhor caminho, o ideal é que com o tempo viessem tentando resolver e encontrar formas de não permitir que este sentimento aumentasse e chegasse à proporção que chegou, terem sido mais pacientes e não ter dado a devida atenção nas provocações, pode ter feito atingir proporções que talvez não se resolva como acham que vão resolver.

Apesar da tensão dos dois, eles conseguem cair no sono, enquanto todos dormem, feixes de luz são direcionados a todos e nestes feixes é capaz de ver estrelinhas brilhantes, este feixe vem para apaziguar os corações e dar a todos sabedoria para solucionar os problemas, mas em Gatiucha, Pablo, Giulia e Giuliano o foco é mais intenso, os mentores espirituais energizam mais eles pelo momento que estão passando e pelo que está por vir. Giuliano mesmo dormindo se sente incomodado, passa a ter um sono mais agitado, sinal da rejeição da energização que está sendo feita, o que demonstra a sua repulsa mesmo inconsciente em estar bem para o desafio do dia seguinte quando sabe que irá conversar com o Pablo, os mentores espirituais tentam emitir energias de luz, mas mesmo dormindo ele rejeita, seu espirito tem o livre arbítrio para aceitar ou não a energização que está sendo emitida, mas prefere rejeitar, os mentores espirituais vão se retirando e os feixes de luz vão se dissipando aos poucos sendo Gatiucha e Pablo os últimos a serem desconectados.

Ao amanhecer do dia todos acordam e sentem um leve cheiro de jasmim no ar. Pablo acorda e tem uma sensação estranha ao descer da carroça, um arrepio na nuca que desceu pelas costas, apesar do ambiente leve e tranquilo esta sensação o deixou intrigado, mas preferiu não comentar com ninguém.

– Bom dia a todos. Disse Pablo ao entrar na casa.

– Conseguiram dormir bem na tenda?

Dormimos sim Samantha, há muito tempo não dormia em tenda mal lembrava como era.

– Às vezes sinto falta de quando viajávamos por todo lado e morávamos em tendas, e dormíamos muitas vezes nas carroças.

– Naquela época eu sentia muita falta de Gatiucha nunca reclamava, mas eu ficava muito triste em saber que ela estava longe e não iriam nos ver, muitas vezes fiquei olhando para o horizonte esperando o dia em que ela fosse chegar.

– Sabe o quanto nos arrependemos de ter tomado a decisão de separar vocês por um tempo.

– Eu sei mãe, mas só estou desabafando, não estou cobrando nada.

– Mas foi bom vocês terem ficado afastados um período, isso ajudou vocês a amadurecerem e se deram a oportunidade de conhecer mais os nossos costumes e tradição.

– E como teria sido se vocês nunca mais se reencontrassem? – Disse Giuliano entrando na cozinha.

– E por que não nos encontraríamos?

– A vida é uma caixa de surpresa, quem sabe qual seria o destino de todos se vocês não se reencontrassem.

– Você iria gostar se isso acontecesse?

– Era mais feliz antes de te conhecer.

– Giuliano o que você tem contra a minha pessoa?

– Nada, só não quero que seja feliz e muito menos que se case com a minha irmã.

– Sabe que eu e ela somos apaixonados um pelo outro desde que ela nasceu não sabe?

– O que sinto por você é independente do sentimento de vocês dois.

– Giuliano eu estou querendo ser seu amigo, quero ficar em paz com você, vou me casar com a Gatiucha e a nossa amizade é importante para todos.

– Para mim é indiferente ter a sua amizade, não confio em você, acho que vai me aprontar pelas costas.

– Eu nunca quis o seu mal, nunca tentei te prejudicar muito pelo contrário você foi quem sempre aprontou comigo algumas vezes.

– Pablo o que você quer afinal, vamos direto ao assunto?

– Gostaria de pedir para você voltar para a nossa vila, participar do casamento meu e de Gatiucha, ela e seus pais sentem a sua falta.

– E você, também quer que eu vá ao seu casamento?

– Claro, se não, não estaria aqui para conversar com você e pedir para ir de volta para a vila com a gente.

– Mas como posso confiar em você, que o que diz é verdade?

– Giuliano alguma vez eu fiz alguma coisa para você desconfiar de mim?

– Não consigo ver você com bons olhos, sei que é uma pessoa amiga e que gosta da minha irmã, mas eu tenho dentro de mim que você irá me trair e me atrapalhar na vida como se sempre tivesse feito algo para me prejudicar, o que eu sempre fiz foi me defender tentando te afastar da família e principalmente de Gatiucha.

– Se acha que eu prejudicaria você, por que tenta me afastar de Gatiucha?

– Porque eu só quero que ela seja feliz longe de você, por mim ela nunca se casaria e ficaria sempre do meu lado.

– Mas isso é ciúme de irmão, é natural que sinta isso se tivesse mais irmã, com certeza sentiria isso com as outras irmãs também.

– Não é ciúmes, só não quero ela com você.

– E se fosse com outra pessoa você iria aceitar que ela se casasse?

– Aceitaria melhor o casamento.

– Um dia você vai ver que tudo isso que você sente é bobagem, você ainda irá crescer e amadurecer e vai conhecer alguém com quem vai querer casar e vai acabar rindo de tudo isso que fez.

– Pablo na verdade não adianta vir com esta conversa comigo, sei que no fundo você me quer longe também, que só veio falar comigo pela Gatiucha, vou voltar para a casa dos meus pais porque eu quero, não porque você veio conversar comigo, não precisa fingir que é bonzinho porque eu sei do que sente dentro de você, fique sabendo que continuarei tentando impedir este casamento e que o meu ódio por você só aumenta com esta conversa.

Giuliano saiu da cozinha e todos que ali estavam ficaram chocados com a forma como Giuliano ignorou a conversa mesmo permitindo que ela acontecesse. Estelita ficou muito preocupada por não entender algumas frases de Giuliano, mas ao mesmo tempo acreditou que a conversa com Giuliano pode ter sido positiva, continua temendo pelo o que Giuliano poderá aprontar até o casamento e para evitar que o clima piorasse preferiu não se manifestar a respeito. Isso faz com que seus sentimentos acabem confusos sem saber distinguir o que é sentimento e o que é intuição.

Com o decorrer tenso da conversa ninguém percebeu que duas energias opostas se confrontavam sobre a cabeça dos dois, do lado do Pablo era uma energia turva onde se percebia que ele não falava de coração, pois em todo instante conversou mais preocupado em agradar a Gatiucha e não por amor, do lado do Giuliano a energia era mais densa de raiva e mágoa e essa energia não permite ele aceitar a convivência com Pablo. Na cabeça de Giuliano, Pablo é um traidor sem escrúpulo que poderá apunhala-lo pelas costas a qualquer momento, o que eles não sabem é que esta energia foi gerada por eles em reencarnações passadas e só pode ser percebida quando os dois ficam próximos um do outro principalmente quando conversam de Gatiucha, mas como sempre estarem próximos gera muita tensão ninguém presta atenção neste detalhe.

E para acabar com esta energia que ronda os dois teriam de ter aceitação que os dois desconhecem, mas não recebem orientação de como interromper esta energia por ainda não serem merecedores de tal orientação, pois em suas criações não receberam orientações de abrandamento de seus corações e aceitarem como a vida seria entre ambos, com isso, pode ter uma mudança em seus destinos já que não estão conseguindo resgatar o que tinham de resgatar, e as consequências serão inevitáveis.

Pablo entende que a conversa não foi como queria e percebeu que Giuliano está disposto a continuar como sempre foi com relação a ele, mas acredita que poderá fazer com que Giuliano passe a aceitar o casamento com o passar do tempo e que quando ele encontrar alguém tudo irá mudar.

Samantha e Gatiucha ficaram tristes com o fato de Giuliano falar que enquanto puder irá perturbar o Pablo, mas ao mesmo tempo ficaram felizes pelo fato dele voltar para casa, vendo Pablo pensativo Gatiucha quebra o silêncio que paira na mesa do café da manhã.

– Pablo você ficou chateado com Giuliano?

– Não, eu sei que com o tempo ele irá melhorar, estou feliz por você pelo fato dele voltar para casa, ele não vai atrapalhar o nosso casamento como falou, não será capaz de te deixar triste, e ele sabe que prejudicar o nosso casamento te deixaria triste.

– Estou feliz que ele vai voltar para casa, mas estou preocupada também com você, acho que ele está voltando muito mais por mim do que pelo nosso casamento.

– Não vou negar que quis conversar com ele por você, te ver feliz me deixa bem, consequentemente acaba sendo por nos dois as decisões.

– Não quero que se sinta obrigado a aceitar Giuliano em nosso casamento somente para me agradar, sei do sentimento que ainda tem por ele e o que ele sente por você, esta conversa não foi como achávamos que seria.

– Não estou me sentindo obrigado, acredito que ele estando presente em nosso casamento vai ser bom para ele entender que nos amamos e queremos ser felizes juntos, com o tempo ele vai acabar aceitando, está com ciúmes apenas.

Gatiucha também acredita em Pablo e nas suas palavras e resolve não estimular mais a conversa que acabou por deixar todos tão tensos dentro da casa, desvia o assunto conversando sobre o casamento com todos em volta e a conversa se dispersa, junto dispersa a energia que pairava sobre a cabeça de Pablo. O que ninguém percebeu é que Giuliano não participava das conversas, estava sempre com a mente muito distante, em sua mente consumia a raiva e imaginava com muita força para que Pablo e Gatiucha não ficassem juntos, quer voltar para casa para provocar situações até que Pablo desista do casamento e colocou como meta para voltar, conseguir impedir o casamento e se alimentava cada vez mais com este pensamento, com isso alimentava também a energia que paira sobre ele, esta energia ganha cada vez mais força com a presença de Pablo.

Martins olhou para o céu e percebendo que estava tendo uma mudança brusca no tempo os alertou sobre a viagem de volta.

– Pessoal está vindo uma chuva muito forte é melhor vocês esperarem a chuva passar para retornar, a estrada é muito ruim, quando chove tem um trecho que fica muito perigoso.

– O Senhor está se referindo a região onde a encosta da montanha é cheia de pedras? – Questionou Samantha.

– É este trecho mesmo, lá é muito comum as pedras rolarem barranco abaixo quando chove muito forte.

– Tive até uma sensação muito ruim quando passamos por lá – Disse Estelita.

– Se o amigo não se importar a gente fica mais um pouco e segue viagem de volta quando ela passar.

– Oh amigo Ruanito fique à vontade, a presença de vocês não me incomoda.

– Giulia se aproxima do grupo com um ar muito preocupada e se aproxima das mulheres.

– Dona Estelita e Dona Samantha, posso pedir um favor para vocês?

– O que foi Giulia, parece assustada, aconteceu algo?

– Eu recebi uma carta de meu pai, nela está falando que minha mãe está muito doente, eu quero voltar, mas estou com medo de voltar sozinha, eu posso voltar com vocês?

Samantha e Estelita percebem a sinceridade de Giulia e sabem da saúde fragilizada em que a mãe dela se encontra e sem consultar ninguém, aceitam ajuda-la.

– Pode vir conosco Giulia, é perigoso viajar sozinha nesta estrada – Disse Samantha.

– Obrigada vou levar meu cavalo, será que dá para amarrar ele atrás da carroça?

– Vou pedir para o Juarez amarrar em nossa carroça.

Samantha foi até onde os homens estavam reunidos e comunica a Juarez o pedido de Giulia.

– Juarez, a Giulia me pediu para ir com a gente, ela precisa ir ver a mãe que está muito doente e está com medo de viajar sozinha.

– Está bem, a mãe dela está muito doente mesmo.

– Ela pediu para levar o cavalo dela, dá para amarrar na carroça?

– Dá sim, estamos com espaço na carroça dá para viajar todos juntos.

– Eu não vou na mesma carroça que ela – Disse inconformada Gatiucha – Não gosto dela, ela que esperasse para ir com outro grupo de pessoas, tem que ser justamente conosco?

– Filha o pai dela mandou uma carta pelo Ruanito, a mãe dela está muito doente ela precisa ir ver a mãe.

– Deve estar doente e desgosto da Giulia.

– Gatiucha não foi esta a educação que lhe demos.

– Eu sei pai, mas não quero ela perto e mim e do Pablo.

– Não tem problema, você pode viajar na nossa carroça do Ruanito, assim você e o Pablo ficam longe da Giulia.

– Se for assim vou, posso ir papai?

– Pode sim.

Neste instante um forte raio caiu próximo a casa e começou um forte temporal com ventos fortes que assustou a todos, emudeceu e arrepiou a todos sem exceção, a chuva transformou o dia em noite e não tinha como manter as velas acessas devido o vendaval, do lado e fora vinham os ruídos dos trovões e os clarões dos raios, a chuva durou mais de uma hora, quando acabou o dia clareou novamente e uma fraca garoa ainda se mantinha mas perdendo a força, a chuva tinha deixado muitos estragos como árvores caídas e até casas destelhadas.

– Nossa parece que foi um diluvio, há muito tempo eu não via um temporal tão forte quanto este – Disse Martins.

– Pessoal melhor aproveitar que a chuva passou e seguirmos viajem, pois ela é longa e gostaria e passar pelo pior trecho com a luz do dia ainda.

– Vamos sim Ruanito, vamos carregar as carroças em instantes estaremos prontos para seguir viajem.

Os homens foram buscar as carroças e os cavalos no estábulo, os animais estavam assustados, devido o temporal que havia caído todos demonstravam estar com medo de sair do estábulo.

Todos ajeitaram as carroças para a viagem, se despediram de Martins agradecendo pela acolhida e por terem cuidado de Giuliano no período em que ele ficou na casa dele, mas tudo muito rápido, pois tinham pressa para seguir viagem à frente foi à carroça com Ruanito, Estelita, Pablo, Gatiucha e Joanes e na carroça de trás foi Juarez, Samantha, Giulia, Chavier e Giuliano, o cavalo de Giulia foi aproveitado para carregar algumas malas.

Durante o trajeto perceberam que a viagem seria mais demorada do que o previsto, tinha muitas árvores caídas pelo caminho, a estrada de terra estava muito encharcada e a todo instante a carroça ameaçava atolar enroscando em alguns momentos a dificultando a evolução da viagem, o tempo ameaçava fechar novamente e Juarez começou a ficar preocupado por achar que não conseguiriam passar pelo trecho mais perigoso antes da chuva recomeçar, não conseguiam ir mais rápidos devidos as condições que a estrada ficou após a chuva anterior.

– Ruanito, estou com medo a estrada está muito ruim.

– Deveríamos ter vindo somente amanhã, mas agora para voltar fica complicado está quase escurecendo.

– Acha melhor a gente acampar e dormir e amanhã seguirmos viagem.

– Vamos aproveitar enquanto temos a luz do dia, quando escurecer a gente para em uma clareira e montamos acampamento.

Continuaram a seguir viagem e chegaram em um trecho de estrada que estava alagado onde conseguiram passar com muita dificuldade e iniciaram a subida do trecho de morro, como a estrada era envolta de árvores, não perceberam o que se aproximava da região onde eles estavam, as árvores com suas copas enormes e unidas não os deixou perceber que o céu a frente estava muito escuro e que estavam indo de encontro com outro temporal, de repente a chuva começou a cair, Estelita foi pra dentro da carroça e Pablo sentou ao lado de seu pai.

– Acha que vai ser outro temporal?

– Espero que não seja igual ao que passou pelo vilarejo, mas a chuva está muito forte, estamos perto das pedras, depois que passarmos por elas, vamos parar para acampar está muito perigoso seguir viagem com esta chuva.

Os cavalos seguem nitidamente mais agitados, assustados com o temporal anterior, todos estão receosos em continuar a viagem, pois a chuva não diminui pelo contrário a cada instante vai ficando mais forte e com fortes ventos, o dia escureceu mais cedo devido o temporal, quando se aproximaram do trecho mais perigoso um forte barulho foi ouvido e uma grande árvore caiu a frete das carroças, o cavalo da carroça de Juarez chegou a empinar, mas ele consegue controlar o animal para que não disparasse com a carroça para o barranco.

– Estelita e Gatiucha fiquem na carroça, vamos dar um jeito de seguir.

Juarez e Giuliano vêm correndo.

– Como vamos tirar essa árvore agora? – Perguntou Ruanito.

– Tenho um machado na carroça, a árvore não é muito grossa, a gente usa o cavalo de Giulia para ajuda a puxar o tronco.

– Giuliano pega o cavalo de Giulia e traz para cá.

Os homens começam a cortar o tronco da árvore e foi mais rápido do que eles imaginavam, pois, o troco estava frágil, amarraram o tronco no cavalo e o puxaram para fora da estrada, Giuliano então pede para Pablo conduzir a carroça.

– Pablo traz a carroça enquanto eu desamarro o cavalo do tronco.

Quando Pablo toma as rédeas da carroça Estelita sente um forte arrepio.

– A senhora está bem?

– Estou sim Gatiucha deve ser tensão devido à chuva, vou descer da carroça um pouco.

Estelita desce da carroça, mas Gatiucha e Joanes ficam na carroça, passando a árvore caída inicia o trecho com as enormes pedras no morro, Giuliano caminha ao lado da carroça ao perceber que o barranco a frente começou a deslizar a terra lentamente, sem pensar nas consequências de seu ato ele assusta o cavalo para sair em disparada, o animal responde ao seu estimulo por já estar assustado e dispara sem controle para Pablo. O que Giuliano não esperava era ser atropelado pela carroça de Pablo não conseguindo sair da frente da roda, a carroça sai em disparada e ocorre o deslizamento mais forte com as pedras rolando morro abaixo e levando a carroça onde estavam Pablo, Gatiucha e Joanes, gritos de desespero a carroça vai se desmanchando conforme vai rolando pelo barranco abaixo, Juarez e Ruanito dessem o barranco às pressas Juarez depara com o corpo de Giuliano, Ruanito desce o barranco até o local onde estão Pablo e Gatiucha e ainda vê Pablo se arrastando em direção ao corpo de Gatiucha ele segura na sua mão e cai ao seu lado.

Fase II

Capítulo 1

O aprendizado.

Um facho de luz em direção aos três corpos, um grupo de mentores espirituais auxiliam no transporte dos espíritos em uma maca translucida pelo facho de luz, a medida que estão sendo levados, o facho de luz vais se apagando passando por um portal que dá acesso a um túnel longo aonde vai emanando vários focos de luz de cores variadas emitindo assim um tratamento inicial com cromoterapia para amenizar o desligamento com a matéria, ao sair do túnel passam por um imenso campo florido onde se percebe que ali a florada é permanente, durante o transporte as vestes de Pablo e Gatiucha vão se transformando em vestes brancas a de Giuliano em vestes acinzentada, no meio do caminho o espirito de Giuliano é encaminhado para um ala onde os mentores não tem acesso, Pablo e Gatiucha são transportados até um segundo portal e encaminhados para um hospital do plano espiritual, já sem as cicatrizes e feridas do acidente, ambos são levados para uma ala onde serão mantidos adormecidos pelo tempo necessário para o tratamento de desligamento da matéria, aceitarem e se sentirem bem no plano espiritual.

Giuliano foi encaminhado para uma ala parecida, mas está apenas um nível acima do umbral, terá ali o tratamento idêntico, mas ficará a seu livre arbítrio decidir o caminho a seguir, diferente da matéria o que irá decidir o seu caminho, será o que seu íntimo realmente quer, se continuar a emanar o ódio irá para o nível abaixo, se aceitar a luz terá a oportunidade de ir para o nível acima assim como Pablo e Gatiucha.

Pablo e Gatiucha somente foram levados para o nível de luz que estão por terem sido vítima e terem sido enganados por Giuliano como será mostrado adiante, mas se ao despertarem sentirem ódio de Giuliano e não o perdoarem, eles serão encaminhados para o mesmo nível de Giuliano.

Durante o período em que estão adormecidos alguns mentores se aproximam e os energizam com fluidos de luz emanando um tratamento cromoterápico e fluidificando sempre um recipiente de água em suas cabeceiras, todas as dependências dos locais onde se encontram Pablo e Gatiucha são de cores claras, onde se encontra Giuliano já tem os tons acinzentados bem claro.

No local onde se encontra Giuliano muitos outros espíritos chegam para o tratamento de desligamento, mas muitos deles ao despertarem descem para o umbral devido a índole deles e pelos feitos no período em que estavam na matéria, alguns permanecem como Giuliano adormecidos por um período maior, alguns ao despertarem reconhecem os erros cometidos e por se arrependerem de verdade tem o merecimento de serem encaminhados para um nível superior.

Os três são mantidos adormecidos e quando estão para despertar, são adormecidos novamente devido ás circunstâncias que o levaram a estarem ali, o período de reflexão que é feito no período de adormecimento pode ser maior para eles, devido as questões não resolvidas também de outras passagens na matéria, inclusive envolvendo outras pessoas e suas pendências que não sendo resolvido poderá acarretar mudanças nas vidas de quem ainda se encontra no plano material, estamos se referindo a Giulia, cujo espirito, já se sentia culpado por não ter conseguido impedir Giuliano de cometer erros após erros e permitir ser usada por ele, e que está sofrendo no plano material, por ser considerada por muitos como culpada pelos fatos que levaram as consequências do acidente, já que foi ela que levou Giuliano para a casa de seus parentes para viver em outro local. A pressão emocional que está passando mesmo após alguns meses do desencarne dos três, poderá e a levará a cometer algo de muito ruim para o seu desencarne, esta consequência poderá mudar o rumo dos três no plano espiritual também, pois somos sempre responsáveis por nossos atos, atitudes e suas consequências. Despertar os três agora poderá interferir no livre arbítrio de Giulia na matéria, já que a mesma chama muito pelos três espíritos adormecidos por achar que podem ajuda-la, mas na verdade ela se deixou envolver nos assuntos deles novamente, pois já tinha feito isso em vidas passadas.

Giuliano desperta e muito rápido sente a conexão com Giulia foge do portal onde se encontra, por ser predominante o livre arbítrio, não pode sofrer interferência dos mentores que estão ali para cuidar dele, Giuliano se aproxima de Giulia acreditando que ela o levará até Gatiucha pois acredita que ela ainda está no plano material, como Giulia o chama sempre, os mentores até tentam convencê-lo a voltar, mas ele não aceita a ajuda e acompanha Giulia e em alguns momentos começa a perturba-la e vai ficado uma situação cada vez mais delicada para Giulia que com a permanência de Giuliano a acompanhando, o rancor dos moradores da vila onde vive somente aumenta com relação a ela, que acaba entrando em uma depressão profunda, como Giuliano fica obsediando ela o tempo todo, seu campo energético fica cada vez mais negro e sujo, ele se diverte com a tristeza e o sofrimento de Giulia, isso o fortalece a ponto de se criar um campo energético em volta dele onde nem os bons fluidos e nem os irmãos espirituais de luz conseguem mais ter acesso a ele. Giuliano não percebe que Gatiucha não faz mais parte do plano material, e começa a procura-la e com isso vai sugando as energias de Giulia que vai se debilitando e ficando mais vulnerável a presença de espíritos inferiores.

Pablo e Gatiucha são mantidos adormecidos e envolta deles é formado uma cúpula de proteção para que a influência de Giuliano não chegue até eles, pois seria prejudicial a conscientização deles.

Giuliano se alia a espíritos inferiores e juntos acompanham Giulia o tempo todo, e sempre que algum espirito de luz consegue afastá-la deles, ela mesma acaba os atraindo com pensamentos fortes sobre eles, o que o fortalece estar cada vez mais próximo a ela.

Sem perceber que tem um espirito perturbando sua vida Giulia se entrega as energias sugadoras em sua volta que se alimentam com esta energia, seu emocional e físico ficam cada vez mais debilitados e Giuliano sem ter a noção do tempo acredita que poderá encontrar Gatiucha através da Giulia já que somente consegue se aproximar dela, um dos espíritos perturbadores que acompanham Giuliano e Giulia o alerta para o fato da Gatiucha não estar mais no plano material comunicando a ele que ela desencarnou no mesmo acidente que ele desencarnou. Giuliano começa a sentir cada vez mais ódio emanando energias mais densas por se sentir enganado mais uma vez, tenta se separa de Giulia para procurar Gatiucha, mas como está ali somente porque consegue sugar a energia de Giulia não consegue cortar o elo que os une. Como um vampiro começa a sugar cada vez mais energias de Giulia que acaba ficando muito doente e debilitada, não suportando mais a situação em que estava vivendo ela acaba por tomar a decisão para o pior desfecho que poderia escolher para ela, o suicídio, não sabendo como suportar toda a sua angustia e cobrança pela culpa da morte dos três, e sem saber que estava sendo perturbada por Giuliano, acabou por cometer o seu maior erro.

Ao cometer suicídio não pode ser acolhida pelos espíritos de luz, sendo levados direto para o umbral junto de Giuliano por espíritos inferiores, ambos foram encaminhados para o local onde ficam os espíritos de baixa consciência espirita e energética, a escuridão toma conta do lugar, espíritos rastejantes em meio o lodo e o fogo, sendo usados como escravos por espíritos maléficos, que os utilizam para prejudicar os que se encontram na matéria, Giulia se desespera ao ver o local, é tomada por espíritos vampiros que ali se encontram e acaba escrava deles. Giuliano se alimenta do ódio e desesperos destes espíritos que nem sabem o porquê estarem ali.

No plano espiritual onde ainda adormecem Pablo e Gatiucha os mentores se reúnem para tomar uma decisão sobre o adormecimento dos dois e decidem que está na hora de despertá-los após um período muito longo em que ficaram adormecidos, primeiro despertam Pablo e em seguida Gatiucha.

– Como estão meus irmãos? – Perguntou um dos mentores.

– Estou me sentindo bem. – Disse Pablo.

– Gostaria de entender melhor o que aconteceu – Disse Gatiucha.

– Bebam este fluido e logo terão as respostas para suas perguntas.

Um dos mentores entrega a eles um recipiente com um fluído translúcido para beberem.

– Me acompanhem vamos dar as respostas que procuram.

O mentor os leva por uma praça muito florida e passam por um portal entrando em uma sala grande com vários mentores.

– Bem-vindos meus irmãos, quero que se sintam à vontade para conversarmos e podermos esclarecer todas as dúvidas de vocês.

– Estamos um pouco confusos sobre tudo.

– É natural, sempre que renascemos deste lado geralmente ficamos um pouco confuso no início.

– Renascemos?

– Sim minha irmã, vocês desencarnaram do plano material naquele fatídico acidente e renasceram no plano espiritual, é como estar nascendo do lado de cá.

– E nossas famílias como elas estão? – Perguntou Pablo.

– Elas estão bem, foram amparados por nós, no tempo deles já faz muitos meses que ocorreu o desencarne de vocês, a aceitação já foi recebida nos corações deles.

– Mais alguém renasceu além de nós?

– Sim meu irmão, mas falaremos sobre isso em outra ocasião, primeiro vocês precisam se fortalecer energeticamente, para não ocorrer desagrados futuros, tudo tem que ser ao seu tempo, agora vocês precisarão passar pelo aprendizado onde irão aprender a utilizar as energias e os cosmos para poderem ajudar as pessoas do plano material e alguns outros irmãos.

– Quanto tempo nós ficamos adormecidos?

– Aqui o tempo não é contado da mesma forma, nós chamamos de período, mas se fosse no plano material, o tempo seria de quatorze meses, foi necessário um período longo para poderem estar fortalecidos para poderem cumprir suas tarefas daqui em diante. Vocês irão conhecer o grupo que farão parte de estudos e pratica de atividades de orientações e proteção, conforme atinjam níveis de preparação voltaremos a conversar mais e dar a vocês opções de tarefas para cumprirem.

– Parece nos esconder algo?

– Meu irmão tudo ao seu tempo, a presa é uma inimiga invisível, conversaremos muito em breve.

Pablo e Gatiucha são apresentados ao grupo de estudo que farão parte e dão início as atividades leves apenas para aprendizado, em alguns momentos o grupo se divide em pequenos grupos com missões diferentes, os mentores percebem um incomodo por parte da Pablo e Gatiucha, os dois são chamados por um dos mentores para conversar com eles a respeito.

– Em algumas tarefas pelo plano espiritual vocês dois estão sempre juntos e se incomodam quando ficam separados um do outro.

– Sabemos que isso não é o correto, mas mesmo aqui nos sentimos muito ligado um com o outro.

– É natural que sintam esta ligação pois são almas gêmeas mas para o aprendizado que necessitam, precisam aprender a ficarem separados por instantes sem que isso angustiem vocês, pois mais adiante isso poderá fazer muita falta para vocês.

– Está se referindo a possibilidade de reencarnarmos em separados?

– Tudo ao seu momento minha irmã, nós estamos preparando vocês para uma tarefa onde vão precisar em alguns momentos estarem separados, mas isso irá depender se vão querer cumprir a tarefa.

– Poderia nos adiantar melhor o que seria?

– Já adiantei demais tudo tem seu momento certo, doutrinem–se para ficarem distantes sem se incomodarem, lembresse que todo ensinamento é para melhorar e prepara–los para o futuro de vocês.

– Vamos nos esforçar, obrigado pelas orientações – Disse Pablo.

Os dois se afastam do mentor e voltam para os seus grupos de trabalho. Os mentores se reúnem para conversar sobre os dois.

– Logo terão o direito de saber o que aconteceu com o espirito de Giuliano.

– Acredita que eles vão querer resgatar o Giuliano depois de tudo o que ele fez na matéria? E também tem a Giulia.

– Não cabe a nós julgar ou obriga-los a nada, essa decisão terá que partir do intimo deles, lembrando que já é a segunda vez que ocorre o desencarne dos três de forma simultânea, eles precisam resgatar os erros que cometeram, mas para isso primeiro eles precisam querer resgatar Giuliano e a Giulia que foi só uma vítima desta vez.

– Mas lá atrás ela também cometeu os erros dela.

– Mas não com tamanha gravidade para estar onde ela está agora.

– A Missão deles não será fácil, mas estamos aqui para orientar e ensiná–los, vamos precisar mostrar a eles o que vem causando tudo isso e deixar a eles o livre arbítrio deles, decidirem o futuro.

– Eles vão ter que entender por si só as consequências futuras que terão ao tomar cada decisão.

Os dois mentores saem pelo campo caminhando, local onde circulam vários espíritos mais evoluídos, a energia neste local é mais suave, o caminhar é quase uma levitação se comparado com o caminhar de espíritos que estão em estágios de aprendizado.

O período vai passando, Pablo e Gatiucha vão evoluindo em seus conhecimentos e aprendizados, cada vez mais em suas missões tem efetuado resgate e ajudado com orientações as pessoas do plano material.

O mesmo já não se pode dizer de Giuliano que acabou se tornando escravo de espíritos inferiores e se acomodou na situação, e sempre que ele se lembra de Pablo e Gatiucha emana uma energia de ódio muito pesada para os dois, mas devido a evolução que eles conquistaram essa energia não os atinge e nem ficam sabendo da existência delas.

Giulia se sente muito mal por ter se tornado escrava no umbral onde cumpri o período que deveria estar encarnada que ela mesma interrompeu no suicídio, e se sente presa a Giuliano, ela implora por ajuda dele, mas sempre ele a prende não permitindo que ela saia dali, com isso ela emana uma energia de desespero que alimenta Giuliano que também se alimenta da energia dos objetos dados pelos espíritos inferiores, em troca dos serviços feitos com as pessoas da matéria, Giuliano e Giulia são obrigados a fazerem o que mandam sem opção de querer ou não, muitas vezes prejudicam pessoas inocentes apenas para satisfazer o ego das outras, acabam com relacionamentos para enriquecer a inveja dos outros, maldade seguido de maldade, Giuliano se satisfaz com sofrimento dos outros, mas Giulia sofre por ter de fazer isso, mas como está presa a Giuliano, depende dele querer ajudar para também poder receber ajuda. Ela muitas vezes suplicou a ele para parar com tudo isso e se libertarem de tudo aquilo, mas ele nunca aceita tem um intimo muito pesaroso cheio de ódio e mágoa, já sabe que Gatiucha e Pablo já desencarnaram a não aceita os dois juntos novamente, isso faz crescer cada vez mais o ódio em seu interior, o que o faz ficar cada vez mais coberto pelo lodo negro e pegajoso do umbral, assim ele se sente confortável aonde as preces não chegam e até os espíritos de luz não tem acesso, a cada trabalho feito por eles mais fundo no umbral eles vão descendo, mais difícil fica de ajuda–los e ele sabe disso, Giulia acaba ficando cada vez mais presa a Giuliano, mesmo porque ao cometer o suicídio se deixando ser induzida pelo Giuliano, seu espirito fica sem força para poder receber ajuda por ser o período que ainda deveria estar encarnada, com isso espíritos inferiores conseguem tomar conta de sua energia e aprisiona–la mesmo ela suplicando por ajuda, ela sabe disso devido em outros desencarnes ela fazia resgates no umbral e sabe dos problemas e dificuldades que terá de enfrentar até o momento que poderá receber alguma ajuda, sabe que para isso terá de convencer Giuliano a aceitar ajuda e também ser resgatado, mesmo contrariada e acorrentada a Giuliano faz os trabalhos designados com a esperança de em algum momento encontrar a oportunidade de receber ajuda.

Muitas vezes não imaginamos na matéria o envolvimento espiritual que temos, se as pessoas estão próximas, algum motivo espiritual existe e em muitos casos após o desencarne esta proximidade pode ser fundamental para a evolução, o socorro e até o trabalho em conjunto no plano espiritual Giulia sabe que mesmo estando ali presa a Giuliano que quando chegar o momento certo a ajuda chegara até ela e Giuliano, não tem como ela saber através de quem esta ajuda chegará, mas sabe que nesta hora terá de arranjar forças para se libertar e libertar Giuliano, por isso apesar de não aceitar o que é obrigada a fazer se submete paciente, até a hora do resgate.

Entre eles não existe diálogos apenas se rastejam em meio ao lodo e o fogo e quando recebem as ordens a serem feitas são pagos pelos mensageiros dos espíritos inferiores como uma forma de compensá-los pelos trabalhos executados.

Um longo tempo já se passou desde que os quatro passaram para o plano espiritual, Pablo e Gatiucha já aprenderam bastante e já conseguem estar longe um do outro durante as suas tarefas e missões sem que se sintam perturbados e incomodados, mas uma coisa nunca diminui entre eles, o amor que sentem um pelo outro o que os ajuda mais do que eles imaginam, pois esta energia que sentem um pelo outro serve como uma proteção para pensamentos e emissão de energias negativas projetadas contra eles por Giuliano, por isso que não são afetados quando estão em trabalhos no plano material ajudando as pessoas da matéria.

Os mentores espirituais se reúnem para conversar sobre o momento que está para chegar, e dar aos dois, o livre arbítrio da escolha que definirão futuro deles.

— O tempo que Giulia deveria estar encarnada está para se encerrar.

— Os dois já tomaram conhecimentos dos aprendizados e evoluíram bastante, apesar de sempre irem como auxiliar e não poderem ainda passar orientações, tem ajudado bastante os nossos irmãos encarnados.

— Nunca questionaram porque não podiam eles mesmos passar as orientações?

— Nunca perguntaram, mas se perguntassem, não poderíamos dizer que era devido a eles terem um vínculo a ser resgatado, e que somente após este resgate eles terão o merecimento da comunicação mais direta com os irmãos encarnados.

— Mas esta decisão de cumprir com o resgate terá de partir deles somente o livre arbítrio deverá prevalecer, pois esta decisão tem que ser do interior de ambos.

— E se somente um decidir pelo resgate?

– Eles terão um preço a pagar por isso, como a situação foi gerada por eles no passado, eles foram amparados quando precisaram e solicitaram ajuda, assim como foi iniciativa deles pedir ajuda, terá de ser iniciativa deles também querer ajudar quem precisa, caso contrário eles terão de voltar novamente em situação semelhante para iniciar novamente o resgate.

– A pior decisão que eles podem tomar será a de abandonar Giulia e Giuliano?

– É meu irmão, mas lembrando que não podemos influenciar o que eles vão decidir, a única parte que nos cabe é de passar as informações e mostrar tudo o que aconteceu, o que foi proporcionando consequências e as decisões que definirão a continuidade em suas missões, eles tomarão a decisão e independente dela serão orientados até onde é permitido e quais as consequências terão, mas isso somente após eles decidirem.

– E quando iremos comunicar a eles sobre o que aconteceu com Giulia e Giuliano?

– Terá de ser logo iremos conversar com eles em nossa próxima reunião onde mostraremos a eles o passado e informaremos a eles as consequências.

– Estaremos todos aqui para esclarecer o que for possível, já que não poderemos induzi-los a tomar decisão por interesse futuro.

– Que Deus nos ilumine neste momento.

Todos os mentores se retiram do grande salão onde estavam reunidos, enquanto isso Pablo e Gatiucha participam de obras e missões de resgate e, recepcionar os irmãos que acabam de desencarnar com dificuldades em aceitar a nova condição, Pablo por ser mais enérgico que Gatiucha fica bastante com a ala das crianças e até dá aulas para eles, Gatiucha trabalha mais tempo no hospital onde ajuda no esclarecimento para alguns irmãos e os direciona para as alas mais apropriadas para cada situação.

Durante todo este período que permaneceram no plano espiritual, em algumas ocasiões foi permitido a eles visitarem aqueles que foram seus parentes no período em que viveram no plano material, alguns desencarnaram durante este período, mas para evitar que o emocional entre eles prejudicasse o desenvolvimento necessário e por não terem um vínculo espiritual, eles até participaram dos resgates dos espíritos destes parentes, mas foram encaminhados para alas diferentes e por motivos de elos carmático alguns já reencarnaram, o que faz parte da evolução que todos conforme sua missão ou atos e atitudes no plano material e espiritual. Em muitos casos a reencarnação é antecipada para apagar algum vínculo material e ou emocional que o espirito carrega consigo, pois, este apego em muitas situações não permiti aceitar a sua nova condição de viver no plano espiritual, e é necessário vir em famílias muito evoluídas espiritualmente, para que esta nova família possa ensinar aos irmãos encarnados a desapegarem da matéria. O convívio com as pessoas de vidas passadas fica totalmente descartadas para que isso não atrapalhe a evolução espiritual necessária, somente após o espirito conseguir ficar sem o apego é permitido uma aproximação que podemos chamar de leve, até mesmo para ser avaliado como está a evolução, após o desapego o espirito segue o curso natural da vida tanto estando encarnado como desencarnado.

Gatiucha em algumas vezes perguntava por Giuliano, pois ela tem de certa forma um elo com ele, mas nunca soube o que havia acontecido com ele como nunca teve notícias nem soube se ainda estava encarnado ou se já havia desencarnado, mas como tem muitas missões sendo realizadas por ela, estas lembranças acabam por ser muito breve.

Pablo e Gatiucha vivem em lares com grupos espirituais de orientações, assim como todos os lares, são onde eles ficam para reporem as suas energias e conversarem sobre as experiências que tem tido e sobre seus aprendizados, alguns irmãos vivem em lares como uma família, conquistaram este direito por mérito em obras efetuadas, os chefes de lares como podemos chama-los, acolhem os irmãos como sua família e dão sequência nas orientações que cada um precisa inclusive os ajudando em missões no plano material, muitos já acolheram os irmãos em mais de uma passagem pelo plano espiritual, pois seu nível mais elevado torna desnecessária a reencarnação para resgate de dívidas, alguns destes resgates são feitos no plano espiritual, o tempo que cada um fica nestes lares vai de acordo com a necessidade de aprendizado e estruturação espiritual, pois aqui todos estão sempre sendo preparados para o futuro.

Capitulo 2

A regressão

Os mentores voltam a se reunir no grande salão, todos sabem que este momento será importante para o futuro de alguns irmãos e que esta será uma reunião mais demorada, como sempre, estas reuniões são para tratar de resgates carmático provocados pelos atos e atitudes enquanto encarnados, um dos mentores de nível mais elevado inicia a reunião.

– Estamos aqui reunidos e cobertos por nossos guardiões para que nenhuma influência externa interfira ou prejudique nossos trabalhos nesta seção, além de nos aqui presentes adentraram pelo portal de acesso apenas o nosso irmão Mizael, que é o mentor responsável por acompanhar e avaliar a evolução dos irmãos Pablo e Gatiucha que estão sendo conduzidos até aqui por nosso irmão mentor. Esta reunião tem como objetivo mostrar aos irmãos as consequências dos atos e atitudes deles no plano material e deixá-los tomar as decisões futuras que eles preferirem, lembrando que neste caso não poderemos mostrar ou mencionar a eles quais as consequências ou dificuldades que terão em cada decisão, lembrando também que os irmãos aprenderão e ajudarão muito em suas missões, mas deixaram pendências em aberto que antes seria inviável ser corrigido, porem hoje já é possível darmos início a corrigir estas pendências, uma vez que os irmãos durante este período foram preparados para o caso deles decidirem por resgatar e corrigir os erros do passado.

Neste momento um dos guardiões anuncia a chegada do mentor Mizael e dos irmãos Pablo e Gatiucha e tem a permissão para deixá-los adentrar ao salão. Assim que entram são convidados a sentarem em volta de uma grande mesa branca, em um salão onde as paredes ter o tom azul celeste e grandes colunas brancas, na ponta da mesa ficam os mentores que presidem a reunião, Pablo e Gatiucha estão no meio da mesa, em sua volta vários mentores alguns inclusive responsáveis pelos ensinamentos e orientações dadas a eles desde que despertaram no plano espiritual.

– Meus irmãos sabem o motivo pelo qual vocês fazem parte desta mesa de reunião? – Pergunta o mentor que está coordenando a reunião.

– Não, já participamos de reuniões de orientação, e sabemos que não é esta reunião.

– É natural em passagem pelo plano material cometermos erros que julgamos irrelevantes, ou até não concordamos que sejam erros por julgarmos ser o melhor para todos nós, mas não medimos as consequências e nem achamos que podem gerar consequências em nosso futuro, sabemos do vínculo que vocês têm um pelo outro e que são o que podemos chamar de almas gêmeas, que não aceitam ficar distante um do outro, mas precisavam ter aprendido isso no plano material, por este motivo insistimos em trabalhos onde ficassem separados um do outro, isso era necessário para poderem superar e saberem enfrentar as situações sozinhos. Estão me entendendo meus irmãos?

– Sim estamos entendendo, só não estou entendendo porque está no explicando isso agora? – Perguntou Gatiucha.

– Para poder entender melhor os motivos, é necessário a vocês reverem uma passagem no plano material e espiritual, as consequências os comportamentos e as decisões que tiveram gerou uma pendencia, vocês aceitam passar por um processo de regressão para posteriormente continuarmos com esta conversa?

– Passar por uma regressão? Como seria? – Perguntou Pablo.

– Vocês vão passar por outro portal onde ficarão adormecidos e aos nossos cuidados, irão ver juntos como em um sonho uma reencarnação e um período após o desencarne, isso se faz necessário, porque assim como nós ao reencarnarmos não temos lembranças de passagens anteriores, em algumas vezes vagas lembranças que desconhecemos a origem. Quando desencarnamos também temos nossas lembranças de momentos no plano espiritual anterior ao reencarne retirados de nós, somente alguns espíritos mais elevados, que vão ao reencarne com missão de níveis muito elevados conseguem ter lembranças do passado – Explicou o mentor.

– É preciso dizer meus irmãos, que somente farão se for de vontade do interior de vocês, se forem por curiosidade não conseguirão ter acesso as imagens e nem as informações e devem estar preparados para ver sem julgar somente entendendo o que aconteceu, somente o entendimento. Podemos continuar com a reunião? – Explicou Mizael.

– Eu aceito fazer a regressão.

– Eu também aceito.

– Estão se sentindo preparados meus irmãos?

– Estamos sim. – Afirmou Gatiucha.

– Pois bem, então acompanhem nossos irmãos que irão conduzi–los para o local para podermos iniciar o processo de regressão. Uma coisa muito importante mantenha as emoções equilibradas, pois pode atrapalhar e não poderemos repetir o feito outra vez, nos foi dado permissão para uma única tentativa.

Pablo e Gatiucha são conduzidos por outros mentores até um portal na lateral da sala, ao entrarem o local exalava um leve aroma de flores e um ruído suave de água, o ambiente tinha a iluminação reduzida, os dois foram colocados confortavelmente sobre um divã que levitava no local, sobre a cabeça de ambos foi colocado um capacete grande onde iria conectar os dois com o processo de regressão, como este processo exige um desprendimento energético, focos de luz cromoterápica são direcionados aos dois para mantê-los energizados durante todo o processo e os dois adormecem.

De início o que eles vêm, é um grande clarão de luz que os leva até uma reencarnação no ano de 1652.

Ela uma bela jovem chamada Rania, ele um jovem de nome Phillip, vivem em castelos diferentes e distantes um do outro, um fica na região hoje conhecida como Escócia o outro onde hoje é a

Inglaterra. Um nobre jovem chamado Estivinsom é o irmão mais velho de Phillip por parte do pai, pois a mãe dele faleceu após o nascimento do bebe depois de ter contraído uma forte gripe. Estivinsom é Giuliano nesta reencarnação que ainda tem Giulia reencarnada em Marriet, uma prima por parte de mãe de Phillip que nasceu na França que se mudou com a mãe para morar no castelo da família de Phillip e Estivinsom, o Conde de Chatemberg neste instante está com sua esposa e os filhos, a Condessa Doroth em volta de uma enorme mesa, onde fazem as refeições, na mesa também está Marriet e sua mãe Goret e os criados em volta da mesa, enquanto fazem a refeição o Conde conversa com o filho Estivinsom.

— Estivinsom já está com 21 nos, está ficando sempre comigo cuidando de nossas terras e do comércio em nosso reino, como é o primeiro sucessor do meu trono, precisamos arranjar uma noiva para você.

— Acho que o Conde está querendo ser avô e está vindo com esta conversa de casamento para o seu lado meu irmão.

— Sem brincadeira Phillip, o assunto é sério, já estou ficando velho e preciso preparar o seu irmão para me suceder no trono, para isso é imprescindível que esteja casado com uma princesa ou qualquer outra nobre, pois temos de manter os interesses da família.

— E quem será a escolhida pelo meu marido para se casar com Estivinsom?

— Na semana que vem eu vou sair em viajem para resolver assunto de comércio, vou aproveitar e me reunir com os nobres no castelo de Chatemburgo, lá irei ver alguns nobres e reis que tenham interesse em unir as famílias pela prosperidade das terras e fortalecer as armas.

— Posso pelo menos escolher a noiva?

— Claro que não, será a filha mais velha que ele tiver solteira.

— E se eu não gostar dela?

— Quando ela te der um filho homem você vai gostar, não se preocupe com isso agora.

— Posso ir junto à reunião pelo menos?

– Phillip ainda não está preparado para assumir o negócio sozinho, só estou indo tranquilo porque sei que vai tomar conta do nosso castelo e de nossa família.

– Está bem meu pai eu fico – Respondeu Estivinsom um tanto contrariado com o fato de não poder escolher a própria noiva.

Após a refeição Estivinsom foi para uma das varandas do castelo e ficou olhando para o horizonte, Phillip e ele são muito unidos, Phillip se aproxima e brinca.

– Não adianta ficar esperando ela chegar agora, o Conde ainda nem escolheu a noiva.

– Não estava esperando não, mas confesso que fiquei preocupado com o fato de não poder escolher a minha noiva, ela será minha esposa, vamos viver o resto de nossas vidas juntos, e se nunca nos amarmos, será que vou gostar dela?

– Neste ponto sou obrigado a dizer que os nossos colonos são muito mais privilegiados, eles escolhem seus parceiros pelo amor, se amando de verdade desde o início, enquanto nós escolhemos pela permanência e engrandecimento do poder.

– Concordo Phillip, mas se não for assim, nos enfraquecemos e perdemos prestigio perante o Rei e os outros reinados.

– Prefiro perder o prestigio do que viver com quem eu não irei suportar ver ao meu lado.

– Papai vai saber escolher uma noiva ideal, ele não vai querer enfear o castelo. Ou será que vai?

– Se é este o seu medo é fácil, é só não olhar muito para ela, já imaginou se casando com uma noiva sem dente e com a cara toda torta?

– Para de brincadeira Phillip o assunto é sério.

– Só estava querendo te distrair um pouco.

– O que os dois estão conversando? – Perguntou Marriet.

– Nada de mais é só o Estivinsom preocupado com a futura noiva.

– Estivinsom ainda é cedo para isso, deixa o seu pai cuidar disso, confie nele, ele vai saber escolher a noiva ideal.

– Espero que sim, bom vou me deitar eu tive um dia cansativo hoje, boa noite para vocês.

– Boa noite meu irmão e sonhe com a noiva.

Phillip faz uma caricatura imitando uma pessoa com a cara torta, todos riem, após Estivinsom se afastar Phillip se aproxima de Marriet.

– Achou que seria a escolhida?

– Não gostei da brincadeira?

– Marriet sabe que não estou brincando, vejo como olha para o Estivinsom, é discreta, mas deu para perceber que olha para ele como homem e não como um primo torto.

– Por favor, Phillip não comentou com ninguém sobre isso?

– Claro que não, ele também está grudado com o papai e jamais perceberia qualquer coisa em volta dele.

– Seu pai jamais me escolheria, sou mais velha que Estivinsom e a minha família não tem nada a oferecer, desse que o papai morreu perdemos tudo e viemos morar aqui graças a sua mãe, você sabe disso.

– Eu me lembro de quando chegaram eu ainda era muito pequeno e me lembro que no começo o meu pai não gostou de nenhum pouco da ideia.

– Sem dote não acredito que um dia irei conseguir um casamento a altura da vida que temos.

– Quem sabe um dia aparece um príncipe em seu cavalo e a leva para se casar com ele.

– Sempre soltando as suas piadas, obrigada, mas não tenho esta ilusão mais.

– Bom eu vou me deitar, amanhã quero levantar bem cedo para passear entre os colonos e ver como está o comércio.

– Esta não é a função de Estivinsom?

– É, mas eu gosto de fazer isso mesmo o meu pai não percebendo.

– Boa noite Phillip.

– Boa noite prima.

No dia seguinte Estivinsom e o Conde levantaram cedo e foram andar no entorno do castelo ver como anda o comércio e aproveitaram para arrecadar os impostos do mês, sempre muito altivo e soberano o Conde sempre anda com alguns soldados em sua volta e sempre tratando os colonos com desprezo, isso incomoda a

Estivinsom que observa a atitude do pai e sabe que não poderá criticar, pois ele não aceita ser contrariado, durante a ronda eles encontram Phillip.

– O que faz aqui sem o meu consentimento?

– Desculpe meu pai, só quis dar uma volta no mercado para aprender como as coisas aqui funcionam.

– Aqui quem vai cuidar é seu irmão, já que quer uma atividade irá para a guarda, quero que aprenda a cuidar do nosso reino.

– Para a guarda?! Por que eu irei para a guarda do castelo?

– Para aprender alguma coisa de útil, teu irmão é muito jovem e com certeza irá me substituir por muitos anos após ele assumir.

– Está bem meu pai irei acatar as suas ordens.

– Quando voltarmos eu irei passar as instruções para o chefe da guarda, quero que aprenda a manusear uma espada, aliás, os dois irão aprender a manusear espada.

O Conde continuou andando com a guarda pelo comércio, Estivinsom o acompanhou e Phillip preferiu andar pelo campo até um riacho que fica próximo ao castelo, ali ele se sentou debaixo de uma árvore e ficou pensando em como iria se sentir quando chegasse a hora do seu pai escolher a sua noiva, um pensamento que não o agradou muito já que não gostaria de estar ao lado de uma estranha que não fosse do seu agrado e não sentisse amor por ela, ficou pensando também na situação de Marriet, sabe que o melhor casamento que ela poderá arranjar será com um lorde viúvo e velho, já que não possui dotes e nem pai vivo o que dificulta a negociação de um casamento, pois seu pai não a aceita muito bem em seu castelo, mas como é sobrinha de sua mãe para agradá-la ele permite que ela e Goret fiquem no castelo. Este lado autoritário do Conde incomoda os dois irmãos, pois tanto Phillip quanto Estivinsom foram criados pela mãe de Phillip, Doroth que apesar de pertencer a família nobre sempre foi muito simples e nunca ensinou os dois a tratar mal ou humilhar ninguém nem mesmo os criados do castelo, quando o Conde viaja e fica alguns dias fora o clima no castelo fica muito melhor, a energia fica mais limpa e branda e tudo o que Phillip não quer é herdar do pai é este gênio que desagrada a todos e assusta a Phillip e Estivinsom.

Phillip retorna ao castelo e sem opção de escolha comunica ao seu pai que irá iniciar o treinamento com a guarda do castelo, o Conde pede para que ele fique bem treinado com a espada o escudo e o quer como ponto forte o arco e flecha, Phillip dá início aos treinamentos após alguns dias durante a refeição da noite o Conde faz o comunicado.

– Nas próximas semanas estarei viajando para negociar algumas mercadorias e depois irei para a corte e lá irei negociar o casamento de Estivinsom, quero que cuidem de tudo por aqui, enquanto estiver fora e cuidem da minha esposa.

– O senhor vai conhecer a minha futura esposa?

– Claro que não, nesta reunião somente os homens estarão reunidos, após eu negociar seu casamento marcarei uma festa em nosso castelo e os convidarei para vir até aqui e apresentar a filha dele a todos nós e aproveitamos para marcar o casamento.

– É tão estranho negociar o meu casamento desta forma, como posso ter certeza que poderei ser feliz se nem sei se iremos gostar um do outro, se vamos nos entender?

– O que vocês têm de entender é que o casamento para nós tem de ser um bom negócio para as nossas riquezas e produção de nossas mercadorias, seja o leite, o queijo, as frutas tudo o que plantamos em nossa região, convivendo com ela vocês acabarão se acostumando um com o outro, o importante é que ela sirva para te dar um filho homem e com a união possamos aumentar o domínio de nossas terras e comércio.

– Fala de casamento como se fosse um negócio sem o menor respeito pela minha presença – Disse Doroth.

– A nossa união foi mais negócio para sua família do que para mim, sua irmã teve um marido que morreu e perderam tudo o que tinham e vieram morar aqui, seu pai tinha as terras mais improdutivas que existiu, o lucro foi só dele neste casamento.

– Respeite a minha mãe.

– O que é Phillip, só porque está aprendendo a manusear uma espada acha que pode me enfrentar? Eu ensinei estes guardas a usar a espada, se quiser me enfrentar terá de aprender muito ainda, pois a sua luta acaba antes de empunhar a espada.

— Phillip, aquiete–se meu filho seu pai tem razão, afinal na nobreza todo casamento é um negócio, não quero que brigue com o seu pai.

— Ainda bem que tem juízo, sabe que o seu prejuízo seria grande se ele me enfrentasse.

— Não se preocupe Conde, eu e minha filha não pretendemos ficar morando aqui para sempre.

— Marriet já passou da idade de casar, até os velhos e viúvos estão preferindo se casar com as mais novas que ela, além do que nem dotes vocês têm mais para oferecer em troca do casamento dela.

— Desculpe tio não achei que estávamos sendo um incomodo estar morando em seu castelo.

— Por tudo que passaram ninguém vai querer casar com Marriet, mas como foi um apelo da minha esposa, vocês podem continuar morando aqui, o castelo é bem grande dá para ficarmos bem longe um do outro.

O Conde se levantou da mesa e saiu do recinto deixando a todos constrangidos com suas palavras, ela nunca escondeu de ninguém que não concordava com a presença de Goret e Marriet em seu castelo, mas Doroth sempre foi muito apegada a sua irmã e quando ela ficou viúva e perdendo tudo o que tinha, não pensou em nenhuma alternativa a não ser pedir ao Conde que deixasse sua irmã e sobrinha virem morar no castelo.

— Goret não fique assim aborrecida, ele não falou por mal é apenas o jeito dele de falar, ele nunca foi muito bom com as palavras.

— Minha irmã não precisa justificar, sabemos que o Conde nunca aceitou a nossa vinda para o castelo, mas sou grata mesmo assim, porque se não tivesse vindo para cá, não sei o que teria sido de mim e Marriet.

— O Conde vai viajar agora, teremos alguns dias de paz e tranquilidade.

Estivinsom ficou pensativo com relação a tudo que o pai falou com relação a tia e a prima, e resolveu procurar o Conde para conversa sobre o assunto, pediu licença e se retirou da mesa e foi atrás do pai, o encontrou em seus aposentos arrumando e separando algumas vestimentas de gala para a viajem.

– Posso entrar?

– Claro meu filho entre.

– Por que o senhor falou tudo àquilo na mesa sobre a tia Goret e Marriet, elas moram conosco há tantos anos, por que está se sentindo incomodado com a presença delas no castelo?

– Não precisa chama-las de tia, ela é irmã da mãe de Phillip e não da sua mãe.

– Mas eu a considero minha tia, mamãe não tinha irmãos e quando elas vieram para o castelo eu ainda era uma criança.

– Quando casei com a sua mãe, seu avô era um homem muito poderoso na região, ele faleceu um pouco antes de sua mãe e me deixou muitas riquezas, como tem que ser no casamento entre os nobres. Já o pai de Doroth praticamente me vendeu a filha quando fiquei viúvo de sua mãe, estava sozinho precisava de uma companhia, acabei aceitando a filha de um nobre indo à falência em troca da dívida que ele tinha comigo. Goret era casada com um primo que na época do casamento era muito rico, mas acabou gastando todo o seu dinheiro com as mulheres da taberna, além disso, era um péssimo negociador acabou falido e morreu de tanto beber, tiveram de entregar o castelo onde moravam para pagar as dívidas que o falecido marido deixou, como elas foram para a rua sem nada, Doroth implorou para que as deixasse vir para cá por uns dias, até elas conseguirem um lugar para ficar, eu não queria porque elas carregam com ela a falência do marido isso era ruim para os meus negócios, uma vez logo em seguida fui fazer uma viagem e quando voltei elas já estavam aqui, Goret e Doroth insistiram muito, eu acabei com dó de Marriet que na época era uma criança assim como você e deixei que elas ficassem desde que fosse apenas por algumas semanas, o tempo passou e estão aqui até hoje.

– Mas isso nunca atrapalhou os seus negócios.

– Atrapalharam sim e muito, no começo elas ficava praticamente escondida dentro do castelo, eu não falava para ninguém que elas estavam aqui, quando descobriram, os comerciantes da região rejeitaram as nossas mercadorias, e foi muito ruim para nós, devido a fama de falência do marido e do pai delas ninguém quis se casar com Goret e Marriet está praticamente condenada a nunca se casar por causa da mãe.

– Mas ela é uma moça bonita.

– Só que carrega a fama da família fracassada e isso ninguém quer, e não quero que vocês percam tudo por causa delas.

– Não entendi, perder tudo por causa delas?

– Há algum tempo atrás a Doroth pediu para que casasse você e Marriet para garantir o futuro delas, lógico que não concordaria e a presença delas aqui poderá ser um problema quando a sua noiva vir aqui para ser apresentada para você.

– E quanto a Marriet o que o senhor pretende fazer?

– Isso depois eu penso o que vou fazer, mas a presença delas poderá provocar uma rejeição por parte do pai da sua futura noiva, por não aceitar a presença de uma mulher solteira que não é de seu sangue, vivendo dentro do mesmo castelo que você.

– Mesmo sendo praticamente uma prima?

– É solteira e bonita, como não consegue casamento eles podem acreditar que ela satisfaz as suas necessidades de homem, me entende?

– Sempre respeitei a Marriet.

– Se tivesse faltado com o respeito com ela, eu teria colocado os dois para fora do castelo, e ainda teria de obriga–lo a se casar com ela.

– Mas isso tudo em sua opinião é motivo para ter tanta raiva e falar tudo àquilo na mesa?

– Muita coisa somente entenderá com o tempo, agora me deixe sozinho, preciso me preparar para a viajem e depois vou conversar com você para te deixar algumas instruções para o período que estiver fora, agora vá me deixe só.

– Está bem, mas vê se escolhe uma noiva bonita pelo menos.

– A maior beleza que ela pode te dar são os dotes do pai dela.

Estivinsom saiu dos aposentos do Conde e foi andar no jardim do castelo, ficou sentado pensando em tudo que seu pai disse e em como será a noiva a ser escolhida para ele, Phillip e Marriet estão na sacada do castelo olhando para o horizonte chateado com os comentários do Conde, Marriet prefere não conversar Phillip até tenta uma brincadeira, mas sem sucesso, Marriet se desculpa e se recolhe aos seus aposentos, Phillip acaba fazendo o mesmo já que a noite está caindo. Estivinsom ficou no jardim até altas horas da noite pensando e tentando se lembrar do rosto de sua mãe, neste instante uma luz se aproxima dele era sua mãe ela o irradia e como se sonhasse acordado ele conversa com ela por alguns instantes, após alguns minutos ela se afasta e com ela a luz que os cobriam, acreditando que havia dormido e sonhado no jardim também se recolheu aos seus aposentos.

No dia seguinte todos acordam cedo e se reúnem para o café da manhã, o Conde já com as malas prontas para a viajem comunica a todos que está de partida.

– Vou hoje mesmo iniciar a viajem que tenho de fazer para tratar de negócios e depois irei a corte onde me reunirei com o rei e os outros reinantes do nosso território, vou ficar mais de um mês fora, Phillip quero que continue seu treinamento e será o responsável pela segurança do castelo, Estivinsom antes de partir preciso passar algumas ordens para ser cumpridas.

Estivinsom está disperso e não prestou atenção ao que seu pai disse.

– Estivinsom. Estivinsom! Por que está com o pensamento tão longe?

– Desculpe meu pai, só estava lembrando o sonho que tive esta noite.

– E o que você sonhou para ficar assim tão longe?

– Ontem à noite eu estava sentado no jardim e adormeci, acabei sonhando e conversando com a minha mãe.

– Ela gostava muito do jardim, era o local preferido dela – Disse o Conde.

– E o que vocês conversaram? – Perguntou Doroth.

– Eu não me lembro Doroth. – Respondeu Estivinsom demonstrando que não queria conversar sobre o assunto.

– Bom rapaz, sonhos a parte vamos conversar antes da minha partida.

O Conde se levanta da mesa e junto dele Estivinsom, os dois vão até o salão para conversar a respeito do período em que o

Conde estiver fora, Goret e Marriet estão se sentindo aliviadas com a viajem do Conde, já que em sua ausência elas se sentem mais à vontade no castelo, mesmo Phillip se sente menos vigiado e mais solto, já que seu pai não permite que ele ande entre os colonos sem ser para manter a ordem e fazer cobranças dos impostos.

Phillip assim como Estivinsom se sentem à vontade andando próximos aos colonos, mas a arrogância do Conde nunca os permitiu uma aproximação deles. Doroth sabe que Goret se sente desconfortável na presença do Conde e está gostando da ideia de o Conde ficar mais de mês fora do castelo, pois sabe que será um período de paz no castelo.

Após uma longa conversa, o Conde se despede de sua família, se junta a comitiva e dá início a sua viajem. Philip encontra Marriet sentada no jardim do castelo muito triste e demonstrando muita preocupação.

— Pensando em Estivinsom?

— Phillip, por favor, não quero que ninguém saiba que gosto dele.

— Estamos sozinhos está triste porque meu pai foi atrás de uma noiva para ele?

— Tinha esperança que com o tempo ele passasse a gostar de mim e a gente pudesse se casar, minha mãe até conversou com a sua mãe a respeito, mas o Conde.

— Nem precisa falar, ele jamais iria casar vocês dois a não ser que seu pai não tivesse perdido toda a fortuna que tinham.

— Eu sei, mas os sentimentos da gente ninguém controla ou manda e já me sinto incomodada com a possível presença da noiva de Estivinsom, cheguei até a pensar em fazer uma loucura para forçar o casamento.

— Não faça isso prima, meu pai é capaz de nunca perdoar vocês e ainda mandar s dois para bem longe e deserdar o Estivinsom.

— Não me importaria, começaria do nada, o importante seria ter ele ao meu lado.

— De repente pode parecer alguém que você goste e queira se casar após o casamento do Estivinsom, no noivado dele vão vir muita gente importante com certeza.

– Sem dotes será praticamente impossível alguém querer se casar comigo.

– Nunca perca a esperança, a gente nunca sabe o amanhã de repente a noiva de Estivinsom será uma mulher feia, e ao invés de querer casar ele queira fugir e aí poderá ser a sua oportunidade.

– Sem brincadeira Phillip, depois do casamento de Estivinsom acho que será melhor eu ir embora, não sei se irei conseguir morar aqui no castelo com a esposa dele.

– E vai para onde?

– Para a França, mesmo em tempo de guerra por lá eu tenho alguns parentes distantes por parte do meu pai, eles deixaram de ser nobres devido a guerra, mas tem umas lavouras, prefiro começar ou melhor recomeçar minha vida assim, mais simples e distante a conviver com Estivinsom casado.

– Você deve pensar no que for melhor para você, mas não acho que mamãe irá permitir que você vá embora.

– Ainda não conversei com a minha mãe a respeito de ir embora, sei que ela também não irá concordar.

– Espere mais um pouco até o desenrolar do casamento, muita coisa pode acontecer, aí você pensa em qual será a melhor decisão que você deverá tomar.

Os dois continuaram a conversar no jardim, no castelo todos dão sequência as rotinas diárias, Goret e Doroth sempre muito unidas estão sempre juntas, Estivinsom seguindo à risca as orientações do Conde vai cuidando dos assuntos do castelo e fazendo a cobrança do imposto dos colonos, Phillip sempre dedicado nos treinamentos e já comanda uma parte da guarda do castelo, algumas semanas se passaram e o retorno do Conde está próximo. Estivinsom sempre muito amigo de Phillip pede para que ele o ensine a manusear a espada, e Phillip o ensinou inclusive a atirar com o arco e flecha, mesmo sabendo que o Conde não tem intenção de colocá-lo na guarda ele quis aprender por achar bonito o manuseio de armas, Estivinsom aprendeu rápido e muito bem a manusear as armas, Marriet olha admirado para Estivinsom, e Goret percebe o apreço de sua filha por Estivinsom, o que a deixa preocupada, pois sabe que com a chegada do Conde o casamento de Estivinsom estará próximo, e sua filha está se apaixonando por ele e dificilmente ela irá querer continuar morando no castelo na presença de Estivinsom casado com outra mulher, e tudo o que Goret não quer é justamente sair do castelo.

Mas alguns dias se passaram e em um final de tarde a guarda do portão anuncia que o Conde está chegando com a comitiva, os colonos como tradição se posicionam formando um corredor da entrada do castelo até a entrada principal para a passagem e saudação da comitiva, Doroth e os filhos ficam na varanda aguardando a entrada da comitiva, quando a comitiva entra no castelo todos saúdam o retorno do Conde, este comportamento exigido por ele incomoda a Phillip e Doroth, Estivinsom antes se sentia incomodado com este costume, mas como está se sentindo o sucessor do Conde sente orgulho de ser saudado pelos colonos.

Todos descem para encontrar o Conde em um dos salões do castelo, mesmo Goret e Marriet, todos cumprimentam o Conde, Doroth ganha um forte abraço.

– Estava sentindo sua falta meu marido.

– Eu também, não via a hora de chegar de volta.

– E como foi de viajem meu pai?

– Foi ótima Phillip, apesar de tantos conflitos em países vizinhos, para nós foi tranquilo, o encontro com os monarcas foi excelente.

– Que bom fico feliz com isso.

– Para você meu rapaz, temos de conversar, trago ótimas novidades – Disse abraçado a Estivinsom.

– Bem-vindo de volta ao castelo Conde.

– Obrigado Goret. Mas me falem as novidades, o que aconteceu no castelo em minha ausência?

– Seguimos todas as suas orientações meu pai e está tudo em ordem no castelo – Disse Estivinsom.

– Quem bom, fico feliz em saber que posso confiar a vocês os nossos negócios em minha ausência.

O Conde em companhia da esposa e dos filhos vai caminhando e conversando entre eles, Goret e Marriet tomam outro rumo dentro do castelo e Goret inicia uma conversa que Marriet nunca esperava.

– Está preparada minha filha?

– Preparada para que?

– Tenho observado como tem olhado para o Estivinsom nos últimos tempos, não adianta querer me enganar deu para perceber em seus olhares que você está ficando apaixonada por ele.

– Mais alguém percebeu? O Conde não permitiria que eu fique aqui se ele descobrir isso, bem provável que ele prefira que a gente vá embora.

– O Conde não está nem um pouco preocupada com nós duas, é verdade que se você se casasse com o Estivinsom seria a melhor solução para nós duas, mas o Conde mal nos suporta aqui. Mas você não respondeu a minha pergunta.

– Não sei se estou preparada para ver Estivinsom se casando com outra mulher, mas estou tentando desfazer deste sentimento, às vezes acho que a melhor solução seria ir para bem longe de tudo isso e voltar para a França, nós temos parentes por lá o papai tinha alguns primos a gente podia ir para lá.

– E viver na miséria como eles estão hoje! Prefiro que controle os seus sentimentos e depois a gente encontra uma solução para nós duas, mas por enquanto ir para a França está totalmente descartado, mesmo porque lá está em guerra e é melhor ficarmos por aqui mesmo.

Marriet percebe que terá dias difíceis pela frente, mas entende a posição da mãe, já que a mesma perdeu tudo devido ás dívidas que seu pai contraiu e também por causa da guerra e não gostaria de voltar a vivenciar uma guerra, sabe o quanto é dolorido e sofrido este período e você nunca sabe qual a região irá sofrer os ataques.

Quando a noite cai todos estão ceando e conversando, o Conde chama a Estivinsom e Doroth para uma conversa em seus aposentos, todos sabem o assunto, mas o Conde prefere ter privacidade na conversa.

– Queria conversar com vocês sobre um dos meus objetivos para esta viajem.

– O noivado de Estivinsom?

– Sim, e conversei com o Duque de Rosemberg, ele tem uma filha e ficou muito feliz com a possibilidade de unirmos as duas famílias, eles são muito poderosos no norte do país, com isso nossas terras irão mais que dobrar, já que sua esposa deu a ele apenas uma filha mulher e não tiveram mais filhos e não tem para quem deixar a sua herança.

— O senhor conheceu a filha dele?

— Não, mas nós a conheceremos, já combinei com ele e no solstício da primavera ele irá nos visitar e ficarão hospedado aqui por um bom período, o suficiente para vocês dois serem apresentados e noivarem.

— E se eu não gostar dela ou ela de mim?

— Lembre–se do que irá herdar, e se casara assim mesmo, é uma oportunidade única, não temos porque perder esta oportunidade, ela é uma moça nova está com 17 anos, e terão muito tempo pela frente para um gostar do outro, se não gostar um do outro que pelo menos ela te dê um filho homem.

— Está bem o solstício ocorre em 90 dias vou fazer como manda.

— E se der tudo certo entre eu e o pai dela no final da primavera vocês dois se casam.

— Já tão rápido?

— Faça como estou mandando e não se arrependerá.

— Meu marido o pai desta moça está de acordo com este casamento assim tão rápido?

— Ele está desgostoso da vida por não ter tido um filho homem, ele está disposto a unir a sua única filha com uma família rica.

— Bom vou para os meus aposentos, amanhã conversamos mais sobre este assunto.

— Está bem Estivinsom, tenha um boa noite de sono.

Estivinsom sai do quarto pensativo.

— Conde não acha melhor o Estivinsom decidir se quer se casar com esta moça?

— Ele tem de entender que temos de unir foças e riqueza, não existe reinado forte sem aliados e o casamento é a melhor forma de conseguirmos aliados.

— E se ele não for feliz ao lado dela, por não despertar uma verdadeira paixão sobre ela?

— Um filho homem compensará tudo, você vai ver.

Doroth foi se deitar preocupada com Estivinsom, apesar de não ser a mãe legitima dele o criou desde pequeno com muito amor e carinho e o considera um filho e sabe que ele tem muito carinho e respeito por ela como mãe, depois ela irá conversar com ele para saber como ele está se sentindo com esta situação.

Alguns dias já se passaram e começaram o planejamento para a festa do solstício de primavera, muitos estão apreensivos para conhecer a futura noiva de Estivinsom que segue trabalhando ao lado do Conde o tempo todo, e começa a demonstrar uma mudança em sua personalidade deixando de lado seu jeito meigo e generoso que sempre teve, assumindo uma postura soberana e austero, deixando alguns colonos decepcionados com a sua mudança de comportamento, inclusive se afastando de Phillip com quem sempre foi muito amigo e tão próximo.

Em uma noite Estivinsom estava sentado no jardim sozinho, Doroth se aproximou para conversar com o enteado.

– Preocupado com algo?

– Na verdade estava aqui para tentar sonhar novamente com a minha mãe, ver mais uma vez o rosto dela.

– Está sentindo a falta dela?

– Não, você sempre me criou como filho nunca fez diferença entre eu e o Phillip, só queria vê–la novamente.

– Queria saber dela o que ela pensa de seu noivado?

– Logo eu vou conhecer a minha noiva, as vezes acho que meu pai está certo em me casar com quem iremos poder juntas as propriedades e as riquezas das famílias, mas ao mesmo tempo não queria me casar sem estar certo de que estaríamos apaixonados um pelo outro.

– Entre os nobres os casamentos são muito mais por interesse do que por amor, mesmo que a princípio vocês não se gostem com o tempo vocês vão acabar gostando um do outro aprendendo a conviver com as manias de cada um, você precisa aprender a respeitar a individualidade dela e as vontades também, é difícil de aceitar o casamento desta forma, mas infelizmente isso acaba sendo necessário.

– Eu sei, mas tem alguma coisa que me incomoda.

– Pode falar.

— É Marriet, ela me olha diferente nos últimos tempos.

— Diferente como?

— Me olha admirando, como se quisesse me falar algo, mas não diz.

— Você já conversou com ela?

— Não, mas acho que ela está gostando de mim, e do jeito que ela me olha eu fico sem graça ás vezes.

— Você alguma vez a desrespeitou ou ela desrespeitou você?

— Nunca, jamais eu faltaria com respeito com alguém da família, mesmo sendo um parente distante eu considero Marriet como minha prima legitima.

— Fico contente em ouvir isso, mas não se preocupe com Marriet, mesmo que ela esteja interessada em você, tem conhecimento do seu compromisso com a filha do Duque de Rosemberg.

— Se lembra de uma noite que falei ter sonhado com a minha mãe?

— Lembro.

— Eu nunca quis comentar, mas ela me pediu para ficar atento a Marriet, só queria entender o porquê.

— Nós temos a liberdade de escolha do que queremos para nós, talvez ela apenas quisesse avisar que Marriet estaria interessada em você, mas isso não quer dizer que ficarão juntos.

— Acho que ela queria dizer algo diferente, só não sei o que.

— Pode ser que com tanta responsabilidade que seu pai lhe deu, te deixou um tanto preocupado em fazer tudo correto.

— Acho que devo assumir o trono e dar sequência a tudo, mas às vezes isso me assusta não sei se estou preparado.

— Deixe os dias avançarem um por vez, sem pressa, não queira abraçar mais o que seus braços podem o andar lento é mais preciso que uma corrida.

— Obrigado Doroth, vou pensar em tudo o que você me disse.

— Vou me recolher se sentir vontade de conversar pode me procurar.

— Obrigado, vou me recolher também.

Os dois entram no castelo para se recolher para dormir, o que eles não perceberam é que o espirito da mãe de Estivinsom estava o tempo todo ao lado deles, passando para Doroth as palavras que queria falar para o filho, dado a ele seus conselhos, menos na questão da Marriet, pois não pode interferir em que está no seu destino. Muitas vezes o destino nos põe opções a serem seguidas, que não entendemos quando se aproxima, mas com o desenrolar das situações, percebemos quais seriam as opções que poderíamos ter seguido, mas se permitimos que situações desfavoráveis se evoluam, isso nos trará consequências muitas vezes sem volta.

Alguns dias se passaram e o castelo já está todo decorado para a chegada do solstício de primavera e a chegada da família do Duque de Rosemberg, futura noiva de Estivinsom, o castelo está todo enfeitado e como é primavera, entorno do castelo está todo florido, a guarda está usando o uniforme de gala, todas as pratarias brilhando, até as armaduras que ficam pelo salão estão brilhando. Um dos soldados enviado pelo Conde para fazer a escolta de honra e acompanhar a comitiva do Duque de Rosemberg, retorna em um só galope e anuncia que a comitiva está a pouco mais de uma hora de chegar ao castelo. Todos do castelo inclusive os colonos ficam posicionados para receber a comitiva.

Capitulo 3

O despertar da paixão.

A comitiva chega ao castelo e é recebida com muita festa e comemoração por parte de todos. A família do Duque é levada para o salão nobre onde encontrarão os anfitriões, vieram o Duque e a Duquesa de Rosemberg e sua filha que mantem um véu cobrindo o rosto. O Conde de Chatemberg e seus filhos entram no salão. E os nobres se cumprimentam.

– Como foram de viagem?

– Fizemos uma ótima viagem foi muito tranquilo.

– Que bom fico feliz com isso, os empregados estão levando as suas bagagens para os aposentos que ficarão instalados, sintam–se na casa de vocês.

– Obrigado o Senhor, tem um belo castelo.

– Obrigado, deixe eu lhe apresentar a minha família, essa é minha esposa Doroth, minha cunhada Goret e sua filha Marriet, e estes são os meus filhos Phillip e este é o mais velho o qual eu lhe falei, Estivinsom.

– Tem uma linda família, essa e minha esposa Duquesa de Rosemberg e minha única filha Rania.

Após ser apresentada, Rania retira o véu de seu rosto e mostra uma beleza diferente, um lindo rosto que encanta a todos, após admirar a beleza de Rania, todos se cumprimentam formalmente, mas quando Phillip e Rania se olham os dois ficam estáticos por alguns segundos e de seus olhos sai uma luz que não pode ser vista a olhos materiais e cobre os dois totalmente, o mesmo não acontece quando Estivinsom a cumprimenta.

Após os comprimentos Doroth convida a Duquesa e sua filha para conhecer os aposentos enquanto o Conde e seus filhos leva o Duque até o outro salão para conversar, enquanto se afastam Phillip e Rania olham juntos para traz e trocam olhares de forma discreta para ninguém perceber, Phillip sente seu coração palpitar como nunca havia sentido antes, mas sabe que se trata da noiva de seu irmão e que deve respeitar isso.

Durante todo o restante do dia todos ficaram fazendo a corte aos visitantes, homens e mulheres em separados mostraram o castelo e tudo o seu entorno, os homens falando de negócios, Estivinsom estava mais aliviado ao ver que sua futura noiva era uma linda jovem, ele sabia que não seria difícil gostar dela com o passar do tempo, apesar de não ter despertado nele nenhuma paixão ao contrário de Phillip que teve um sentimento inesperado despertado em seu interior.

Todos se reencontraram no jardim onde conversavam e trocavam elogios, Rania e Phillip não paravam de se olhar, como todos conversavam ninguém percebeu com exceção de Marriet e Doroth que disfarçadamente colocou a mão sobre o ombro de Rania e a levou para o outro lado do jardim mostrando algumas flores os mesmo tempo olhava firme para Phillip, que desconcertado disfarçou e voltou a prestar atenção a conversa dos homens.

— Então meu rapaz, você é o responsável pela guarda do castelo? – Pergunto o Duque para Phillip.

— Ainda estou me preparando para assumir totalmente, mas já tomo conta de boa parte da guarda.

— Isso é muito bom, vossa excelência foi privilegiada, teve dois filhos homens e os preparou para cuidar de seus negócios e pela segurança das propriedades, isso é muito compensador.

— Realmente não posso me queixar disso tive muita sorte com as minhas duas esposas.

— Tive apenas uma filha, o parto foi muito complicado, a parteira disse que seria ariscado uma segunda gestação, por isso investi na melhor educação para Rania, não fica nada atrás com relação a cuidar bem de um castelo.

– Sem falar de sua beleza, com todo o meu respeito, ela tem uma beleza diferente jamais vi igual. – Disse Phillip.

– Obrigado meu rapaz, mas ela já está prometida ao seu irmão.

– Longe da minha pessoa, querer faltar com respeito, meu irmão é um homem de sorte.

Phillip olha para Estivinsom que o olha com a expressão de quem não gostou do comentário.

– Desculpe Duque, Phillip é o meu filho mais brincalhão e as vezes não percebe os comentários em horas erradas.

– Não se preocupe não me ofendi.

Todos vão em direção a entrada do castelo, quando Phillip passa por Estivinsom este o segura pelo braço.

– Eu vi como olha para Rania, quero que fique distante dela.

– Jamais lhe faltaria com respeito.

– Assim espero.

Um momento de tensão fica no ar e os dois acompanham os outros que estão mais à frente. Durante todo o restante do dia todos conversam e na hora da ceia todos brindaram a chegada dos visitantes, Doroth e Marriet ficaram atentas as trocas de olhares entre Rania e Phillip, os olhares foram com muita descrição e mesmo assim as duas sem que se deixasse perceber notaram um olhar diferente entre os dois, logo após todos cearem os visitantes preferiram se recolher aos aposentos para descansar da longa viajem que fizeram, o mesmo fizeram os anfitriões, mas antes Doroth passa por Phillip e conversa rapidamente com ele.

– Cuidado com a cobiça.

– Do que está falando mãe?

– Não se faça de desentendido, Rania será noiva de seu irmão.

– Eu sei disso.

– Então pare de olhar para ela da forma como tem olhado.

Doroth foi para os aposentos para que o Conde não percebesse que estava conversando com Phillip, estava preocupada pois havia percebido que seu filho estava interessado em Rania e a via correspondendo aos olhares de Phillip, sem saber o porquê sentia uma angustia grande dentro do peito, como se isso fosse trazer uma coisa de ruim para os dois, mas preferiu achar que era devido a tensão que sentiu quando percebeu a troca de olhares entre os dois, sabe que Phillip jamais irá desrespeitar o irmão por causa da moça, e acredita que foi algo passageiro entre os dois.

No dia seguinte Phillip acordou cedo e foi passar vistoria a tropa de gala pois será o dia do anuncio do noivado de seu irmão e todos têm de estar impecáveis com os uniformes, para sua surpresa Marriet já estava acordada e ao cruzar com Phillip ela não se conteve.

– Rania é uma linda moça, não acha?

– Marriet ela é noiva de meu irmão, deve fazer esta pergunta a ele.

– Vi como olhou para Rania, o brilho nos olhares de vocês dois não nega o que sentiram desde que se viram.

– Impressão sua.

– Não represe o que sente, poderá ser pior quando ficar incontrolável.

– A conheci ontem, porque acha que estou represando algum sentimento?

– O olhar que trocaram diz muito mais do que pensa, não estou te recriminando por isso, mas cuidado isso pode ser muito ruim para você e seu irmão.

– Deixa de bobagem vou passar a revista na guarda, com licença.

Marriet fica olhando o primo ir em direção a porta do castelo e fica observando de forma preocupada, pois sabe que se ocorrer algum ciúme irá acabar a amizade dos dois irmãos, e teme por Estivinsom por não querer vê-lo sofrer mesmo sabendo que irá se casar com Rania, seu amor por ele só deseja a ele que seja feliz e sabe que eles nunca poderão ficar juntos.

Aos poucos todos vão acordando e se sentando a mesa onde tomarão o café da manhã, Rania corre o olhar nos lugares e percebe a ausência de Phillip, quando começam a servir o café da manhã Marriet não deixa de comentar de Phillip.

– Vi o Phillip logo cedo, ele foi passar vistoria na guarda.

– Phillip é muito dedicado no que faz – Disse o Conde de Chatemberg.

– Isso ele é mesmo, quando quer conquistar algo ele vai até o fim nunca desiste fácil. Disse Marriet olhando para Rania que fica sem graça.

Doroth percebe que Marriet quis dizer algo para Rania e trata logo de mudar de assunto.

– Rania tem algo que você gosta de fazer pela manhã, podemos providenciar.

– Obrigada estou à vontade.

– Rania gosta de cavalgar um pouco pela manhã – Comentou a Duquesa.

– Vou pedir para selar um de nossos melhores cavalos e solicitarei que alguém da guarda a acompanhe – Disse Estivinsom.

– Por que não pedir a Phillip, eles serão cunhados e se sentirá honrado em fazer a guarda de Rania – Disse Marriet diretamente ao Conde.

– Excelente ideia, Phillip é muito prestativo, dedicado e divertido, Estivinsom peça ao seu irmão para fazer a guarda, nós dois temos de conversar com seu futuro sogro, afinal você tem de formalizar o pedido de noivado.

– Está bem. – Disse Estivinsom um tanto contrariado e foi até Phillip solicitar pessoalmente.

– Phillip o papai pediu para selar um cavalo para Rania.

– Está bem vou escolher um animal bem manso.

– Ele também pediu para que você faça a guarda dela, mas vou avisando sem gracinhas ou vai se ver comigo – Disse Estivinsom de forma muito áspera.

– Está me ameaçando?

– Não, apenas avisando.

Estivinsom vira as costas e sai, Phillip apesar de perceber que o irmão não gostou da ideia de ele acompanhar a Rania, ficou muito feliz em saber que poderá estar com ela longe da família e propositalmente não chamará mais ninguém para acompanhar os dois, quer aproveitar este momento para conversar e conhece-la melhor, após selar os cavalos Phillip vai até o salão onde Rania se encontra para busca-la.

– Os cavalos estão prontos podemos sair para a cavalgada.

– Já estou pronta, mamãe não demorarei.

– Não vá muito longe.

– Fique despreocupada, Phillip conhece a região muito bem e aqui é muito seguro. – Disse Marriet.

Os dois saem em direção aos cavalos Doroth e Goret perceberam uma maldade no comentário de Marriet, mas para não se indisporem diante da Duquesa, ignoraram para resolver o assunto depois.

No pátio Phillip e Rania estão ao lado dos cavalos.

– Só estou vendo dois cavalos e o restante da guarda?

– Comigo ao seu lado a senhorita estará muito segura, não precisamos de mais guarda ao nosso lado.

Rania abre um leve sorriso aprovando a ideia de Phillip que a ajuda a subir no cavalo, os dois começam a andar e vão em direção do portão principal que se abre para os dois saírem, somente Marriet que está na janela vê os dois saírem sozinhos, que para ela este comportamento de Phillip é uma confirmação que ele está realmente interessado por Rania, não deixa ninguém perceber o que viu e também não consegue esconder a satisfação, ao mesmo tempo se preocupa com a reação de Estivinsom quando ele perceber que Phillip está interessado em Rania e deduz que se Rania aceitou ir a este passeio sozinha com Phillip é um sinal que ela também ficou interessada em Phillip.

Durante o passeio Rania e Phillip ficam quietos, sem saber como iniciar um diálogo sem deixar parecer o que sente no momento, os dois estão felizes por estarem sozinho e Phillip inicia uma conversa.

– Você sempre gostou de cavalgar pela manhã.

– Sim, o meu lazer preferido é o passeio a cavalo.

– Você sempre preferiu sair sozinha?

– Não estou sozinha agora.

– Quis dizer sem uma acompanhante ou parente.

– Sempre fui muito decidida e meus pais, pelo fato de eu ser filha única sempre permitiram que eu tivesse certa independência.

– O que é muito diferente do que estamos acostumados a ver em outros reinados.

– Meus pais me preparam para cuidar dos negócios e enfrentar a guerra se fosse necessário.

– Então estou em companhia de uma guerreira – Brincou Phillip.

– Se precisar eu viro uma guerreira sim, manuseio uma espada muito bem.

– No próximo passeio vou trazer uma espada a mais para nos divertimos treinando.

– Nos divertiremos no próximo passeio?

– Desculpe, foi uma brincadeira, acabei me esquecendo de que estou diante da futura esposa de meu irmão.

– Não se desculpe eu gostei da ideia. Você concorda com esta forma de união?

– União por interesse?

– É arranjado e por interesse.

– Não, sou a favor da união por amor verdadeiro, o amor entre duas pessoas, eu não gosto da situação em que você e Estivinsom foram colocados, mas não será difícil ele se apaixonar por você.

– Não? Por quê?

– Como todo o meu respeito és uma linda moça, não tem como não se apaixonar, é carismática e atrai os olhares por onde passa.

– Vamos descer um pouco dos cavalos.

– Desculpe senhorita, lhe faltei com respeito.

– Para você quando estivermos sozinhos é só Rania, e não, você não me faltou com respeito, só disse tudo o que eu queria ouvir porque é justamente o mesmo que penso de você.

Neste instante os dois se olham fixamente e o mesmo brilho nos olhos dos dois se resplandece, os dois ficam um instante olhando fixamente um no olho do outro e acabam se beijando, um beijo apaixonado, neste instante uma luz se forma em volta dos dois e depois do beijo bate o remorso em Phillip.

– Me desculpe, eu não devia ter feito isso, você vai se casar com o meu irmão.

– Não se desculpe, eu também queria este beijo, por mim eu me casava com você e não com o Estivinsom, eu nem tenho vontade de conversar com ele, mas posso afirmar que meu sentimento de amor é por você e não por ele.

– E como vamos falar isso para as nossas famílias, meu pai quer o Estivinsom casado primeiro por ser o primeiro sucessor dele.

– É melhor não contarmos nada por enquanto, ninguém precisa saber de nada, quando chegar a hora certa nós vamos contar, tenho certeza que este casamento não será para agora, nós teremos um tempo para que eu rompa o noivado.

– Eu não vou saber viver vendo você e Estivinsom casados.

– Eu não vou me casar com ele, nós iremos dar um jeito nesta situação.

Ainda abraçados os dois trocam um longo e apaixonado beijo.

– Rania por mim eu ficava aqui com você o dia todo, mas é melhor voltarmos para que ninguém perceba nada.

– Está bem, vamos voltar, mas o mocinho já fica avisado que amanhã vou pedir para sair novamente.

– Claro que sim, irei dar um jeito para ficarmos sozinhos.

Os dois montam nos cavalos trocados e retornam ao castelo, ao entrar Marriet está na janela de seu quarto e observa que os dois estão voltando em cavalos trocados, pois um cavalo era negro, e o outro castanho escuro, e desconfia que alguma coisa aconteceu entre os dois, pois eles chegaram com uma fisionomia de muita felicidade. Os dois entram pelo salão rindo, o que causa estranheza por parte de Doroth.

– Pelo jeito o passeio foi animado.

– Phillip é uma ótima companhia, ele brinca bastante, não tem como não rir.

– É verdade, esta é uma das qualidades de meu filho. Rania a sua mãe a aguarda em seus aposentos, para ajudá-la a se arrumar.

– Com licença, vou subir.

Enquanto Rania sobe as escadas Phillip não para de olhar para ela e sua mãe percebe.

– Espero que não tenha feito nenhuma besteira.

– Do que está falando mãe?

– De você e Rania, ela será noiva de seu irmão e se casará com ele, e eu estou percebendo muito bem o seu comportamento junto dessa moça e a forma como olha para ela, não sei se ela se comportou da forma adequada para se casar com ele.

– Rania é uma moça de respeito não pode pensar assim dela.

– Por que está defendendo ela? O quanto a conhece para disser isso? O que aconteceu entre vocês dois?

– Não aconteceu nada, com licença minha mãe, eu vou ver a guarda.

Phillip sai em direção a porta e sabe que não pode deixar transparecer o que ocorreu que ninguém aceitaria principalmente seu pai, que não aceita nem mesmo opiniões de outras pessoas e sua mãe mesmo não concordando com alguns pensamentos e a forma como seu pai conduz as situações, o apoia integralmente, o que Phillip ainda não sabe é que Marriet também já percebeu que algo a mais existe entre os dois e que ela poderá ser uma aliada, Marriet vê com bons olhos a aproximação de Phillip e Rania, pois acredita que se o Conde aceitar poderá casar Phillip e não o Estivinsom com a Rania, que de certa forma para ela poderia ser mais uma oportunidade de tentar se casar com Estivinsom, já que ela acha injusto não poder demonstrar o que sente por ele, e decidiu que a partir de agora irá demonstrar e lutar pelo amor de Estivinsom, mesmo sabendo que não é aceita pelo Conde, Marriet avista Phillip no pátio e resolve ir até ele para conversar, pois sabe que todos estão se arrumando para a festa de apresentação dos convidados e ninguém irá prestar atenção que está conversando com Phillip.

– Foi bom o passeio?

– Me assustou, estava distraído.

– Aliás, desde ontem você está distraído.

– Como assim, o que quer dizer com isso.

– Seu pai e seu irmão estão tão preocupados com os negócios e quanto irão juntar de riquezas, que não perceberam nada entre você e Rania.

– Não existe nada entre eu e Rania.

– Phillip, nós nos conhecemos desde criança, não precisa mentir para mim, tenho reparado como tem olhado para ela desde que ela chegou.

– Ela é uma moça encantadora.

– Linda você quer dizer e está apaixonado por ela.

– Porque diz isso?

– Saiu a sós hoje a cavalo com ela, se ela não quisesse ficar sozinha com você ela não teria aceitado somente a sua companhia.

– Eu não tinha como levar mais guardas, todos estavam se arrumando quando ela pediu para cavalgar.

– E o que aconteceu no passeio?

– Lógico que não aconteceu nada! Só saímos para dar uma volta e mais nada.

– Então porque ela voltou no seu cavalo se ela saiu no mais manso.

– O que você quer Marriet, porque tanta pergunta, eu não estou lhe entendendo?!

– Não fique zangado, apenas acho bonito lutarem pelo que sentem um pelo outro, vou subir para não me atrasar, preciso ficar pronta para a festa desta noite.

Marriet saiu e deixou Phillip sem saber o que pensar com relação a Marriet, ele sabe que ela não vai contar nada a ninguém, mas teme o fato de mais alguém ter percebido que está apaixonado por Rania e que ela está correspondendo este sentimento e agora também está com receio que alguém possa ter visto os dois se beijando, já que não tomaram nenhum cuidado para que não fossem vistos.

Durante toda a manhã Estivinsom, esteve reunido com o seu pai e seu futuro sogro a portas fechadas, ao termino da reunião todos saíram satisfeitos e alegres e foram se arrumar para a festa desta noite, o Conde entra no quarto e conversa com Doroth.

– Querida não poderíamos ter escolhido esposa melhor para se casar com Estivinsom.

– Por que diz isso?

– Rania irá herdar muito mais que eu imaginava, e o pai dela concordou que anunciaremos hoje mesmo Rania como a noiva de Estivinsom e não como a futura noiva.

— Ele já aceitou noivar a filha, mas Estivinsom nem oficializou o pedido de mão dela?

— Já conversamos sobre isso, ele oficializará durante a festa esta noite, o casamento entre os dois ocorre em noventa dias, pode começar os preparativos para o casamento.

— Mas por que tão rápido?

— O pai de Rania está doente e acha que terá vida curta, quer ver a filha bem encaminhada antes que algo de pior aconteça com ele.

— Por isso vieram para cá e não fomos para o castelo dele como seria o correto?

— Exatamente, ele preferiu apressar tudo, não vai morrer agora ainda tem alguns anos pela frente, mas não quis perder a chance de casar bem a filha.

— E Rania já sabe disso?

— Ainda não, mas vai ficar sabendo agora.

No outro quarto o pai de Rania conversa com a filha e a Duquesa sobre o acordado durante a reunião, e a reação de Rania foi inesperada pelos pais.

— Por que casar tão rápido, eu sou muito jovem achei que o casamento seria para dentro de um ou dois anos.

— Minha filha sua mãe e eu só estamos pensando no melhor para você, adiar este casamento seria uma tolice, o seu noivo é de uma família muito rica e boa, a união de vocês será muito importante para os negócios das duas famílias.

— Estou me sentindo uma mercadoria sendo negociada.

— Não estamos entendendo você, veio para este castelo sabendo que conheceria seu futuro noivo e marido, agora se comporta assim, o que está acontecendo?

— Nada, só me assustei com a notícia de me casar de forma tão repentina, achei que eu poderia conhecer melhor o meu futuro noivo para saber se vou gostar dele.

— Que diferença faz casar agora ou daqui a dois anos, só estamos antecipando seu casamento para que seja mais feliz antes e para conhecer o seu marido a melhor forma é estando casada.

— E quando irão anunciar o casamento?

– Hoje á noite durante a festa após o pedido formal de Estivinsom.

Rania acabou ficando preocupada pois não era isso que esperava nesta viajem, e combinou com Phillip que teria tempo para acabar com o noivado com Estivinsom, e seus pais havia lhe assegurado que seria apenas para conhecer o seu futuro noivo quando vieram para o castelo, por isso falou para Phillip que teria tempo para convencer os seus pais sobre ela e Phillip , sabia que após o anuncio do noivado teria muito pouco tempo para convencer seus pais sobre estar apaixonada por Phillip e reverter a situação do casamento seria quase impossível, ela precisava conversar com Phillip antes da festa para encontrarem uma solução, mas como se a partir daquele momento sua mãe estaria o tempo todo com ela se arrumando e ajudando a filha a se arrumar para a festa, da janela ela pode ver Phillip em uma das torres do castelo conversando com um dos soldados e sem poder falar nada sua angustia só aumentava, percebeu que seria impossível conversar com Phillip tomou a decisão de ficar noiva de Estivinsom e aceitar o pedido de casamento mesmo porque não poderia levantar suspeitas, após isso, conversaria com Phillip para juntos acharem uma solução para eles. Estivinsom encontrava–se em seus aposentos muito contente com a noiva que seu pai havia escolhido e após a reunião de forma repentina ele mudou a sua personalidade, e decidiu que deveria ter uma postura mais austera de monarca como deveria ser um Conde, já fazia planos para assumir as propriedades de seu sogro, queria unir logo as riquezas e ser o herdeiro de tudo, em nenhum momento se importou em saber qual era o sentimento de Rania por ele, só pensava em poder e riquezas adquiridas, deixando para o passado o seu lado meigo e simples que sempre teve, e esta mudança, os empregados que serviam a refeição em seu quarto, sentiram quando ele foi extremamente grosseiro com um dos serviçais, após tentar uma conversa informal como sempre tiveram, Estivinsom foi rude e áspero com uma resposta seca.

– Você está aqui para servir e não para conversar.

O serviçal se desculpou e se retirou do quarto um tanto assustado, pois viu em torno de Estivinsom uma energia negra e pesada que foi atraída por ele mesmo quando resolveu mudar o seu comportamento.

No começo da tarde algumas famílias tradicionais da região que haviam sido convidadas pelos pais de Estivinsom começam a chegar ao castelo para a festa que apresentará a futura esposa de Estivinsom, Phillip após ficar na guarda se recolhe aos seus aposentos para se arrumar para a festa que até o momento sabe apenas que será para apresentar a futura noiva de Estivinsom, mesmo estando concentrado em suas tarefas de cuidar da guarda, Phillip não consegue esquecer Rania e os beijos que trocaram, mesmo Marriet percebendo que algo existe entre eles não o incomodou, pois também está decidido a ficar com Rania e enfrentar seu pai e seu irmão para isso, acreditando que o casamento irá demorar para acontecer se vê com tempo para junto de Rania mostrarem para as famílias que querem ficar juntos.

A noite chega e os convidados já lotam o salão principal do castelo, o Duque e a Duquesa de Rosemberg são apresentados aos convidados dos anfitriões e trocam muitos assuntos durante as conversas. Estivinsom circula pelo salão muito elegante e conversa com todos os convidados, Marriet o admira a distância enquanto sua mãe a puxa pelo braço e olha para ela reprovando a forma como Marriet olha para o Estivinsom e a chama para conversar com algumas convidadas que por ali estão. Phillip também conversa com alguns convidados que riem de suas brincadeiras se mostrando sempre ser um ótimo anfitrião, mas que na verdade está ansioso para ver Rania novamente.

Em certo momento da festa os clarins tocam e o leão de chácara anuncia.

– Senhorita Rania de Rosemberg!

E todos olham para o alto da escada para ver Rania que está linda e deslumbrante num elegantíssimo vestido, todos olham e não se contém nos comentários de elogios sobre a beleza de Rania, ela desce as escadas acompanhada de sua mãe, Phillip olha admirado para ela que o busca com os olhos pelo salão e quando o vê abre um lindo e encantador sorriso, como o salão está cheio ninguém percebe para quem ela está sorrindo, seu pai a aguarda no pé da escada, que dá o braço a filha e desfila com ela pelo salão até o centro onde se encontram Estivinsom e seus pais, Estivinsom toma a palavra.

– Srs. Duque e Duquesa de Rosemberg, eu quero neste momento, tendo todos os nossos convidados como testemunha, pedir a sua autorização para fazer a corte a sua filha Rania e aproveito o momento para pedir a mão de sua filha em casamento.

Neste momento Phillip leva um grande susto, pois esperava o pedido para fazer a corte não o de casamento.

– Meu nobre Estivinsom, Rania é o meu bem mais precioso aceito seu pedido e tem minha autorização para fazer a corte, pois sei que vós e o melhor marido que minha filha poderá ter em sua vida.

– Aproveito para anunciar a todos aqui presente que o casamento acontecerá em noventa dias e todos aqui presentes já se considerem convidados.

Todos na festa comemoram o anuncio da data do casamento, Phillip não esconde a sua indignação, Rania disfarça estar contente e na realidade se sente traindo Phillip, ela o procura pelo salão enquanto recebe os cumprimentos dos convidados, mas não o encontra, o mesmo está no canto do salão aborrecido, Marriet disfarçadamente se aproxima de Phillip.

– Phillip está aborrecido com o pedido de casamento?

– Não quero conversar sobre isso.

– Então muda essa cara cumprimenta os noivos, depois converse com Rania, se não pode ver ainda a cara dela e tão decepcionante quanto a sua.

– Acha que ela não sabia do casamento assim tão rápido?

– Tenho certeza que não, vai até lá e os cumprimenta, assim que tiver uma oportunidade para conversar com ela, vocês se entendem.

– Ela vai se casar em noventa dias.

– Noventa dias é muito tempo para vocês se acertarem e saber realmente o que querem, vá, arruma essa cara e cumprimente os noivos, eu vou com você.

– Phillip segue os conselhos de Marriet e vai ao centro do salão para cumprimenta-los, ao passar por Rania, ele olha nos olhos dela e vê que ela corresponde e que demonstra um sentimento verdadeiro por ele, quando cumprimenta seu irmão o mesmo demostra uma repulsa por ele, como se não o aceitasse perto dele e de Rania, Phillip sentiu uma energia pesada perto do irmão, Marriet cumprimenta os noivos e percebe algo de diferente em Estivinsom ele não está demonstrando felicidade pelo casamento, mas está arrogante com um ar muito soberano, diferente do Estivinsom que ela conheceu até horas antes.

A festa vai atravessando a noite com muita bebida e comida sendo servida aos convidados, Phillip e Rania até tentam se aproximar para conversar, mas sabem que ali não é o momento mais apropriado devido a presença dos convidados, Marriet aproveita um instante que Rania está sozinha para se aproximar.

– Está feliz com o noivado?

– Sim estou – Responde Rania sem muita convicção.

– Tem alguém que precisa conversar com você, mas não tem como fazerem isso agora.

– Não entendi?

– Eu já sei de você e Phillip, ninguém me falou apenas percebi e não tem como negar quando trocam os olhares.

– Onde ele está, não o vi mais depois que nos cumprimentou.

– Ele está muito aborrecido, não sabia que iriam anunciar o casamento hoje.

– Só fiquei sabendo a tarde não tive como falar com ele.

– Para não levantar desconfiança de ninguém, amanhã vamos sair nós duas sozinhas para um passeio a cavalo, o Phillip nos encontra e aí vocês dois conversam mais à vontade.

– Por que está me ajudando a encontrar o Phillip?

– Amanhã te explico, seu noivo está vindo.

Estivinsom se aproxima e segura no braço de Rania.

– Rania gostaria que conhecesse um dos meus principais convidados.

– Claro, com licença Marriet.

– Prefiro que se mantenha a distância de Marriet.

– E por qual motivo?

– Ela não é uma boa referência de companhia.

Estivinsom leva Rania para o outro lado do salão como se percebesse que ela estava combinando algo com Marriet, Rania após o comentário de Estivinsom percebeu que poderia confiar em Marriet.

Phillip vai até o jardim onde fica pensando em Rania, pois ele se sente incomodado ao ver Rania junto de Estivinsom, Marriet vai até ele.

– Consegui conversar com a Rania sem a presença de seu irmão.

– E o que conversaram?

– Combinei de amanhã eu e ela sair para um passeio a cavalo, você não irá junto para não levantar desconfiança de ninguém. Mas irá nos encontrar na cachoeira.

– Por que você marcou com ela este passeio e está me avisando?

– Vocês dois precisam conversarem sozinhos e bem longe de todo mundo.

– Por que resolveu me ajudar a falar a sós com Rania?

– Não é segredo para ninguém o que sinto por Estivinsom, sei como você está se sentindo e percebi que vocês se gostam, a minha última chance de ficar com Estivinsom será se você e Rania ficarem juntos. Ela me garantiu que somente ficou sabendo que o casamento seria anunciado hoje no final da tarde e não teve como conversar com você depois disso, converse com ela vamos encontrar uma solução para todos nós.

– Agradeço a sua ajuda, não sei como retribuir.

– Retribua lutando pelos seus sentimentos e pelo seu amor, assim eu também terei oportunidade de poder lutar pelo meu amor.

– Você acha que o Estivinsom está diferente?

– O achei um tanto arrogante e soberbo, pensei ter sido impressão minha.

– Senti a uma presença dele um tanto pesada, uma sensação estranha, de repente parece que ele se transformou em outra pessoa.

– Espero que o poder não tenha feito com que ele mude a forma de pensar.

– Bom, melhor a gente entrar se não daqui a pouco não sentir a nossa falta.

Os dois voltam para a festa que já está na madrugada adentro, os convidados estão indo embora com o dia já amanhecendo, os membros da família vão se recolhendo para os seus aposentos. Phillip mal consegue dormir e descansar, está ansioso por chegar a hora do passeio de Rania e Marriet para que tenha a oportunidade de conversar com Rania a sós.

Todos acabam dormindo até tarde. O Duque e a Duquesa de Rosemberg não param de elogiar a festa proporcionada pelos anfitriões, Rania está inquieta, pois não está vendo nem Phillip e nem Marriet, todos estão a mesa já fazendo a refeição devido ao horário, quando o Conde de Chatemberg pergunta a um dos criados.

– Sabe me dizer se o Phillip já se levantou?

– Ele levantou bem cedo Conde, se alimentou e saiu logo cedo disse que precisava fazer a ronda nos arredores do castelo com alguns guardas.

– Phillip sempre muito responsável.

Marriet se junta a eles na mesa.

– Bom dia a todos, Rania estava pensando em sair a cavalo até um bosque que temos aqui próximo, lá é muito bonito gostaria de vir comigo?

– Você saindo para um passeio Marriet? Acordou animada – Questionou Estivinsom.

– Deve ser a felicidade pelo anuncio de seu casamento.

– Eu gostaria de conhecer sim – Respondeu Rania antes que alguém colocasse algum impedimento para o passeio.

– Vou pedir para que a guarda real as acompanhe.

– Não precisa Conde, o bosque é tão tranquilo que não faz necessidade, e assim eu e Rania poderemos conversar, mais à vontade.

– Papai, posso sair com Marriet?

– Pode sim minha filha.

– Você não me pediu permissão – Disse Estivinsom.

– Ainda não somos casados, devo pedir apenas permissão para o meu pai por enquanto. Vou me arrumar e já volto para sairmos Marriet.

– Estarei aguardando no pátio.

– Meu jovem, precisa aprender que Rania sempre foi criada e educada para ser independente.

– Eu sei Duque, na verdade só estava brincando com ela – Disse Estivinsom sem esconder o descontentamento em ver Rania e Marriet juntas.

Rania e Marriet saem juntas a cavalo para o passeio até o bosque, descem dos cavalos e caminham até a cachoeira, mesmo Rania não conhecendo Marriet ela tinha plena convicção que ela queria conversar sobre os primos, mas não sabia como iniciar a conversa, Marriet por sua vez está falando sobre as flores e o bosque quando resolve entrar no assunto principal.

– Rania nos conhecemos há muito pouco tempo e sabemos praticamente nada uma da outra, mas quero que você saiba que só quero ser sua amiga e ajudar a você e Phillip.

– Do que exatamente está falando? Poderia ser mais objetiva.

– Sei de você e Phillip, ele não me contou eu vi nos olhos de vocês dois quando estão perto um do outro.

– O que ele te contou?

– Nada, sinto por Estivinsom o mesmo que você sente por Phillip, por isso que marquei este encontro.

– Encontro?

Phillip sai do meio das árvores.

– Rania, Marriet só quer no ajudar.

Rania o abraça forte, eles se beijam sem se incomodar com a presença de Marriet e nem se preocuparam se tem mais alguém observando eles, Marriet disfarça e se afasta para deixar os dois conversarem a sós.

– Eu estou assustada com o casamento assim repentino.

– Eu não tinha a menor desconfiança que marcariam o casamento agora, eu acreditei que seria apenas um pedido para corteja-la e o noivado.

– Não quero me casar com seu irmão eu não sinto nada por ele, não sei explicar por você sinto algo como se já nos conhecêssemos há muitos anos, parece até ser uma paixão antiga.

– Eu sinto o mesmo desde que a vi entrar no castelo, não consegui nem disfarçar, nós teremos de dar um jeito de você não se casar com meu irmão, eu não vou deixar vocês se casarem.

– Mas o que você pretende fazer?

– Não sei ainda, mas confie em mim, vou pensar em algo para impedir esta cerimônia.

– Acha que vamos ficar juntos?

– Tenho certeza disso, confie em mim, até o final de semana vou pensar em um plano para ficarmos juntos.

Neste instante Phillip pega um punhal de sua bainha e fura um dos dedos.

– Vamos fazer o mais forte e imortal de todos os pactos.

Rania permite que ele fure o dedo dela e juntam os dois cortes fazendo assim o pacto de sangue, neste momento uma grande bola de luz de forma entre os dois e se expande os cobrindo totalmente.

– Eu juro pelo nosso sangue que jamais iremos nos separar, eu lutarei até o fim de minha vida se for preciso para manter vivo e eternizado o nosso amor.

Rania o abraça e os dois se beijam, quando Marriet aparece.

– Rania, Estivinsom está vindo acompanhado de alguns guardas, é melhor irmos agora.

– Vão vocês duas vou ficar aqui para que não percebam o nosso encontro.

Rania dá um beijo em Phillip e quando o abraça fala ao seu ouvido.

– Te amo.

Marriet a puxa pelo braço.

– Vamos menina, antes que descubram este encontro.

Rania e Marriet vão até a estrada onde estão os cavalos, Phillip fica escondido na mata observando a distância as duas e pensando em que Rania disse.

Ao se aproximarem dos cavalos Estivinsom e os guardas as avistam.

– Por que saíram sozinhas sem nenhum guarda as acompanhando?

– Estivinsom o bosque é muito tranquilo sempre venho sozinha aqui e nunca precisei de nenhum guarda para me acompanhar.

– Acontece que Rania agora é minha noiva e merece toda a segurança do castelo, vocês duas voltam comigo agora.

As duas sobem nos cavalos e Estivinsom dá um sinal para que um dos guardas verifique se não tinha mais ninguém no bosque, enquanto todos voltam para o castelo o guarda entra no bosque, mas Phillip estava escondido no alto de uma árvore e não foi visto, e como desconfiou que alguém poderia seguir Rania e Marriet deixou o cavalo do outro lado do bosque após a cachoeira, Phillip fica observando o grupo se afastando do bosque inclusive o guarda que Estivinsom pediu para adentrar o bosque, Phillip vai caminhando devagar até onde havia deixado o cavalo sabe que não pode chegar no castelo muito junto do outro grupo para não levantar suspeita, então prefere ficar um pouco na cachoeira observando os pássaros que ali brincam em voos, e fica pensando em como impedir este casamento, sabe que não será fácil pois terá de convencer seus pais e também os pais de Rania e por ser um casamento apenas por negócios e não por afinidade sabe que terá mais problemas, quando observa um casal de pássaros voando e brincando pensa consigo mesmo.

– Como eu gostaria de ser livre como vocês.

Foi quando ele percebeu que somente terá um jeito de ficar com Rania, e que ela terá de ter coragem para seguir seu único plano e precisará da ajuda de Marriet para que dê certo, mal percebeu que as horas haviam passado, retornou ao castelo ainda pensativo pois sabe que se Rania e Marriet aceitarem pôr o plano em pratica, será um transtorno para todos e neste momento Phillip está pensando somente nele e em Rania.

Phillip entra no castelo e ainda está disperso, no meio do caminho encontra com seu pai.

– Phillip onde estava? O procurei pela manhã toda e não o vi, nem os guardas sabiam onde se encontrava.

– Estava fazendo uma ronda ao redor de nossas terras.

– Sozinho? Por que não levou alguns de seus guardas com você, ninguém aqui sabia onde você estava. Rania e Marriet também saíram sem guarda, tem algo a ver com isso?

– Claro que não, eu as vezes saio sozinho mesmo, quanto a Rania e Marriet nem estava sabendo de nada.

– Não estou gostando nada disso. A partir de amanhã ninguém mais sai deste castelo sozinho, nem mesmo você.

– Está bem meu pai, mas não se preocupe comigo, sei me virar sozinho.

– Eu acabei de lhe dar uma ordem e não uma sugestão.

– Está bem meu pai.

Phillip sai disfarçando para evitar que seu pai perceba que está mentindo com relação a Rania e Marriet, mas como o Conde é muito intuitivo, chamou o capitão da guarda e dá a ele ordens para que mantenha Phillip, Rania e Marriet sobre vigilância constante de maneira que eles não percebam, quer receber informações dos três diariamente, pois percebeu que tem algo de estranho acontecendo entre os três e não está gostando da amizade entre os três. Para sorte deles Marriet estava próxima ao Conde atrás de uma porta sem ser percebida e ouviu a conversa do rei com o capitão da guarda, sabe que precisa avisar a Rania e a Phillip para evitar qualquer outro problema. Ela caminha no jardim quando por acaso Phillip vem na direção oposta, quando ele está próximo propositalmente ela deixa cair um lenço, Phillip abaixa para pegar o lenço e entrega–la quando ela sussurra.

– Seu pai mandou vigiar nós três, depois eu explico.

– Rania – Exclamou Phillip.

Marriet entendeu que ele queria que a avisasse. Ao subir as escadas da realeza Marriet percebeu que tinha mais guardas que de costume e foi direto aos aposentos de Rania, pois ali sabia que poderiam conversar sem serem ouvidas pelos guardas, ao entrar no quarto achou que tinha muitas criadas o que também não era normal.

– Depois vocês terminam os serviços, eu e Rania precisamos ter uma conversa a sós.

– Desculpe, mas temos ordens para não deixar Rania sozinha.

– Ordens de quem?

– Do Lorde Estivinsom.

– Ela não ficará sozinha, ficará comigo e além do mais não iremos sair do quarto, podem sair que depois eu converso com meu primo.

As criadas se retiram dos aposentos e antes de fechar a porta Marriet se certifica que não ficou ninguém na porta para ouvir a conversa e tranca a porta.

– Estivinsom está me tratando como prisioneira ele simplesmente pediu para as criadas ficarem comigo o tempo todo e nunca me deixarem sozinhas, ainda bem que você chegou o colocou elas para fora.

– Isso a gente resolve com a minha tia, ela não será a favor disso, aconselho você mesma reclamar que você precisa ficar uns instantes sozinhas que quer mais privacidade, mas não é as empregadas o nosso maior problema.

– Como assim qual a outra surpresa?

– O Conde de Chatemberg está desconfiado de algo, mandou os guardas vigiar o tempo todo eu, você e Phillip.

– Eu vi que tinha mais guardas na porta do quarto e nos corredores, mas não desconfiei que estava sendo vigiada.

– Precisamos tomar cuidado eu já avisei o Phillip ele me pediu para avisá–la, vamos ter que tomar muito cuidado, se o Conde achar que se enganou ele vai tirar a vigilância.

– Isso quer dizer que não poderei mais ficar sozinha com o Phillip?

– É só uns dias, o Conde vai tirar a vigilância depois que você reclamar para a Condessa eu conheço ele.

– Vou reclamar para o meu pai ele não irá permitir que me tratem com uma prisioneira.

– Mas vá devagar, ninguém pode desconfiar de você e Phillip.

– Marriet por que quer tanto nos ajudar?

– Sempre fui apaixonada por Estivinsom, ele nunca prestou atenção em mim como mulher, devido nós termos sido criados juntos e além do mais eu não tenho dotes para unir as famílias, o meu pai era nobre na França e fomos muito ricos, mas meu pai perdeu tudo com a guerra a acabou morrendo quando eu ainda era muito pequena, minha mãe é irmã da Condessa e ela nos trouxe para morarmos aqui, mas o Conde nunca aceitou esta situação. Quando soube que o Conde estava arrumando uma noiva para o Estivinsom pensei em ir embora, para não o ver casando com outra pessoa, eu sei que eu iria sofrer muito, mas quando eu vi os brilhos nos olhos seu e de Phillip e como brilhavam quando vocês se viram na primeira vez, resolvi ficar e ajudar a um casal que se ama a ficarem juntos por amor, de repente isso pode me favorecer a ficar junto de Estivinsom.

— Acha que se eu me casar com o Phillip o Conde vai aceitar que você se case com o Estivinsom?

— Com certeza ele não aceitaria, mas vendo você e Phillip como se gostam e estão lutando para ficarem juntos, eu estou tomando coragem para lutar pelo amor de Estivinsom.

— O Estivinsom nunca demonstrou nenhum sentimento mais forte por você?

— Ele é muito frio, acho que até ele gosta de você, você é muito bonita e atraente, mas ele tem a maneira dele de expressar o que sente, e a gente nunca realmente sabe o que ele pensa ou sente.

— Me mantendo presa em meu quarto com os guardas na porta, isso para ele é amor?

— Ele está com ciúmes do Phillip, por isso vocês precisam ser mais cuidadosos, o Estivinsom tem um lado que não gosta de perder par o irmão e sabe que se for disputar a simpatia de alguém com o Phillip sempre irá perder.

— Ele mal conversa comigo.

— Ele só cuida dos negócios da família, o pai dele é igual, minha tia sempre reclama que o Conde vive ocupado e que nunca pode conversar com ela.

— Phillip já é tão diferente, brincalhão, alegre, determinado as suas conquistas.

— Nas festas Phillip sempre chamou mais atenção de todos devido ao seu jeito, bom agora que já sabe sobre a vigilância, tome cuidado ao se encontrar com Phillip, é melhor evitarmos de sair do castelo com certeza alguém irá nos seguir, até o Conde desistir desta ideia de vigiar nos três.

— Obrigada Marriet você tem sido muito amiga.

Marriet saiu do quarto de Rania que foi até a janela e do alto avistou Phillip e ali ficou olhando admirada para ele, Phillip olhou para cima e avisou Rania, disfarçadamente ele mandou um beijo para Rania, que mesmo estando sendo vigiada tinha vontade de sair correndo para os braços dele e sabe que terá de acabar com esta vigilância se quiser se encontrar com Phillip.

Se passaram dois dias desde que começaram a vigilância em cima dos três e a angustia por não poder se encontrar com Phillip só aumenta, mesmo se sentindo prisioneira dentro do quarto Rania sabe que Phillip não poderá interferir para que não seja despertado nenhuma suspeita sobre eles, mas Phillip então resolve envolver os pais de Rania no assunto para que eles interfiram em favor da filha pela forma como vem sendo tratada.

Phillip vê seu pai o Duque e Estivinsom passeando pelo jardim indo de encontro a sua mãe Doroth, Goret e a Duquesa, e resolve se aproximar do grupo.

– Um lindo dia para passear no jardim – Disse Phillip.

– É este jardim é muito bonito e muito bem cuidado – Disse a Duquesa.

– Aliás todo o entorno do castelo é muito bem cuidado, temos um bosque onde tem até uma cachoeira, Marriet sempre ia até lá ela gostava, pena que não está podendo fazer este passeio com Rania, ela iria gostar de conhecer mais o castelo e seu entorno, não acha Estivinsom.

Estivinsom não respondeu nada e percebeu a intenção do irmão em falar para os pais de Rania sobre a vigilância.

– Aliás, onde estão as duas que não as vejo há dois dias – Disse a Condessa

– Eu pedi para uma empregada chama–la para caminhar conosco, mas ela disse que estava indisposta – Disse a Duquesa

– Deve ser que ela esteja se sentindo intimidada com tanta vigilância em volta dela, não deve estar acostumada – Disse Phillip.

– Como assim tanta vigilância, em nosso castelo Rania sempre foi muito livre, querido acho que Phillip está com razão, Rania não gosta de se sentir vigiada eu gostaria de tê–la aqui conosco da mesma forma como a criamos em nossa casa.

– Minha esposa está correta, Rania deve estar se sentindo presa no castelo, ela sempre foi criada da maneira correta, livre e sem vigilância de guarda ou empregados.

– Me desculpe se exageramos, apenas estávamos preocupados com Rania e sua segurança, já que ela não conhece a região e estava saindo do castelo a passeio com Marriet – Se desculpou o Conde.

— Marriet sempre foi uma ótima filha, ela não representa nenhum perigo para Rania.

— Claro que não minha cunhada, não foi isso que eu quis dizer.

— Phillip meu filho diga aos guardas para saírem da porta do quarto de Rania e pararem com a vigilância e avise as criadas para somente irem até os aposentos dela se solicitadas. Ah, peça para Rania vir até o jardim desfrutar deste passeio conosco.

— Sim mamãe, eu farei isso agora.

Phillip saiu em passos apressados antes que alguém mudasse a ordem dada pela Condessa, no jardim Doroth continua a se justificar.

— Pronto assim desfazemos este mal intendido, vocês homens sempre acham que devemos ser vigiadas, e na verdade muitas vezes só queremos privacidade e atenção.

— Duque e Duquesa me perdoem, eu não queria provocar nenhum mal-entendido, acreditei que assim ela estaria se sentindo mais segura.

Goret percebe um clima pesado no ar e desvia o assunto para relaxar a todos.

Estivinsom não demonstra que por dentro está se remoendo de raiva de Phillip, pois percebeu que a intenção dele era que partisse uma ordem que não fosse dele par a retirada dos guardas de perto de Rania, com este comportamento de Phillip Estivinsom começa a desconfiar dos dois e sabe que se quiser controla–los terá de encontrar outra maneira.

Phillip chega aos aposentos de Rania e comunica aos guardas as ordens da Duquesa, quando eles saem bate a porta dos aposentos sabendo que dentro haviam algumas criadas, quando uma delas abre a porta ele dá as ordens da Duquesa.

— A Duquesa Doroth ordenou que, deixem os aposentos da senhorita Rania e somente voltem caso seja solicitado por ela e que é para ela descer para caminhar no jardim com a Duquesa.

— A senhorita precisa de ajuda para se arrumar antes de irmos?

— Não obrigada, não vou precisar de ajuda podem ir, somente vou pegar o meu chapéu.

Phillip fica do lado de fora do quarto de Rania aguardando todas saírem e desaparecerem no final do corredor, sabendo que ninguém mais está vigiando ele não resiste e entra no quarto de Rania, os dois se abraçam e se dão um ardente beijo apaixonado.

– Estava sentindo a sua falta, como conseguiu que tirassem a guarda sem que desconfiassem?

– Dei um jeito de falar para os seus pais que estava sendo vigiada e minha mãe deu a ordem para os guardas se afastarem, o mais importante é que estamos juntos agora, nossos pais a aguardam lá embaixo no jardim não podemos demorar porque se não irão desconfiar de algo, mas a noite nós vamos dar um jeito de nos encontrarmos e vamos conversar mais.

– Está bem, eu vou mandar o recado pela Marriet.

– Vamos busca-la assim vocês duas descem juntas.

Eles vão juntos até o quarto de Marriet e Phillip dá a mesma ordem aos guardas e criados, Marriet e Rania descem juntas ao jardim, Phillip prefere não ir com elas para evitar qualquer desconfiança, ao ver as duas sozinhas chegando ao jardim Estivinsom ficou mais aliviado por Phillip não estar junto, acreditando até que está exagerando na desconfiança por Phillip.

Rania e Phillip evitam ficar se encontrando por alguns dias para não levantar suspeitas sobre eles, trocam olhares a distância. Rania e Marriet não se desgrudam, Estivinsom não tem tempo para Rania, pois fica o tempo todo ao lado do Conde e do Duque falando de negócios, Doroth, Goret e a Condessa sempre passeando pelos jardins e cuidando dos preparativos do casamento dos filhos.

Phillip combina com Marriet um encontro com Rania para ficarem a sós para conversarem sobre eles e elas combinam um passeio até o bosque, pois por ser perto do castelo sabe que poderão ir sem que seja necessário solicitar que algum guarda as acompanhe, Rania e Phillip se encontram no bosque, Marriet os deixam a sós.

– Não estava mais aguentando ficar longe de você.

– Eu sei meu amor é por pouco tempo.

– O casamento está cada vez mais próximo, como vamos impedir que este casamento aconteça?

– Rania confia em mim?

– Claro.

– Você aceitaria qualquer coisa pelo nosso amor?

– Qualquer coisa? O que você está pensando?

– Se quisermos ficar juntos sem a presença do Estivinsom somente temos uma chance?

– E qual seria?

– Fugir e abandonar tudo e todos.

– Fugir! ... mas os nossos pais vão mandar os guardas atrás de nós, não sei como ele vão ver esta situação.

– Rania se fugirmos com certeza teremos de ir para algum lugar onde ninguém nos conhece, teremos de começar uma vida nova somente nos dois nunca poderemos dizer quem nós somos, nossos pais são muito conhecidos entre os nobres.

– E se conversamos com os nossos pais?

– Estivinsom é o primeiro herdeiro, não posso me casar antes dele, são as regras da nobreza.

– Fugir... nunca imaginei isso, vamos pensar em outra solução.

– Sei que no começo será difícil para todos nós e para eles também, mas se ficarmos eles não irão permitir que a gente fique junto e se descobrirem o nosso amor com certeza irão dar um jeito para que nós dois nunca mais nos vejamos até o casamento realizado.

– Vamos pensar em outra solução, se não encontrarmos a gente foge junto. E seria para quando este plano seu de fugir.

– Para daqui a trinta dias, preciso nos preparar para a fuga, como vai ser próximo ao casamento todos estarão preocupados com outros assuntos.

– Preciso ir agora antes que alguém venha atrás de nós e nos veja.

– Rania, eu não vou suportar ver você e Estivinsom se casando, se você se casar com ele eu irei embora, não vou suportar conviver com isso.

– Não se preocupe meu amor eu não sinto nada por ele, muito pelo contrário quando ele está por perto eu sinto uma grande repulsa por ele.

– Nós precisamos ficar juntos, custe o que custar.

Os dois se abraçam, trocam caricias e beijos e, logo Rania e Marriet vão embora, Phillip fica mais um pouco para que ninguém perceba que estavam juntos, Phillip sabe que colocar o seu plano em pratica não será uma tarefa fácil, que mesmo Rania o amando ela tem muito apego aos pais dela e não os quer decepcioná-los, o que conta a favor é que Rania quer ficar com Phillip e ela sabe que se fizer o que Phillip está propondo com certeza ela nunca mais terá o apoio dos seus pais e nunca mais poderá vê-los e quem mais irá sentir isso tudo será a sua mãe.

Alguns dias já se passaram e Rania está preocupada com o plano de fugir, em seus vários encontros as escondidas com Phillip ele sempre fala para ela sobre o que está preparando para o dia que irão fugir, Phillip está empolgado com a ideia que ficará com a Rania, ela continua angustiada, com medo das consequências, principalmente se não der certo e como seus pais vão ficar. Então Rania resolve ter uma conversa com a sua mãe, ela vai até os aposentos de seus pais onde sabe que sua mãe estará sozinha e poderá conversar a sós com ela.

– Posso entrar?

– Claro minha filha, entre.

Rania entra no quarto e olha em volta para se certificar que não tem mais ninguém lá dentro e tranca a porta.

– O que foi Rania, por que você trancou a porta?

– Eu preciso ter uma conversa franca com a senhora, e é preciso que ninguém nos ouça.

– O que está acontecendo?

– O meu casamento com Estivinsom está se aproximando e eu não quero me casar com ele, não sinto nada por ele.

– Eu entendo você, infelizmente os nossos casamentos são mais vinculados as terras do que ao coração, entre eu e seu pai não foi diferente, de início eu sentia nojo de mim mesma, com o passar do tempo acabei me acostumando, seu pai sempre foi muito carinhoso e atencioso e isso ajudou muito a eu aceita–lo.

– A senhora nunca se apaixonou de verdade por ninguém?

– Me apaixonei sim, logo após o casamento eu senti uma forte paixão por um rapaz, mas já era casada e devia respeito a seu pai.

– E se tivesse conhecido ele antes do casamento o que teria feito?

– Não poderia fazer nada, já estava prometida para o seu pai, mas aonde você quer chegar com esta conversa?

– Estou amando uma pessoa e não é o meu noivo.

– É Phillip? .... Já estava desconfiada.

– Desconfiada como?

– Reparei como se olham, o que já aconteceu entre vocês dois?

– A gente tem se encontrado escondido, mas ele nunca faltou com respeito comigo.

– Isso não é bom, o que você pretende agora?

– Eu queria pedir para a senhora conversar com o papai, eu não vou ser feliz ao lado de Estivinsom, o meu coração só aceita o Phillip.

– Seu pai jamais irá concordar com isso, sabe o quanto ele está investindo neste casamento para aumentar os negócios e as terras.

– Eu sei que para o papai este casamento está sendo apenas um negócio, mas não pode deixar de lembrar que existem sentimentos envolvidos, como irei conviver com Phillip se estiver casada com Estivinsom.

– Quando me apaixonei pelo rapaz cheguei até a pensar em cometer uma loucura, mas eu tinha muito a perder então decidi ficar afastada e nunca mais tive notícias dele.

– Não acha que perdeu muito mais não vivendo um grande e verdadeiro amor?

– Eu já estava casada com o seu pai. E na verdade eu sinto sim falta de ter vivido uma paixão verdadeira, eu sei bem como está se sentindo, mas já está com o casamento muito próximo nós não temos mais como mudar isso.

– Me perdoaria se eu fizesse uma grande loucura para poder viver um grande amor?

– O que está pensando em fazer?

– Eu não consigo ficar muito tempo longe de Phillip, é mais forte do que pode imaginar.

– Todas as vezes que tomamos uma decisão em nossa vida essa decisão gera uma consequência, antes de tomar esta decisão pense nisso, agora quanto estar ao seu lado isso eu sempre estarei, mesmo que seja para ir contra as regras do seu pai que te ama muito.

– E como a senhora acredita que o papai irá ficar?

– Primeiro preciso saber o que está pensando em fazer.

– Phillip está pensando em fugir antes do casamento.

– Fugir! .... Vocês já mediram as consequências disso, irão fugir para onde?

– Phillip acha que seria melhor nós irmos para um lugar bem longe onde ninguém nos conheça para começarmos uma vida simples. Confesso que eu estou um pouco assustada com esta ideia, mas se for para escolher entre casar com Estivinsom e ter de fugir para ficar com Phillip, prefiro fugir.

– Sabe das consequências desta atitude, não sabe?

– Por isso preciso saber se me perdoaria se tomasse esta atitude com Phillip.

– Com certeza seremos vistos como inconsequente e nosso nome será manchado perante os nobres, mas eu nunca irei permitir que os portões de nosso castelo se fechem para você e com quem você estiver vivendo, pois antes de tudo você é minha filha, se é para viver um grande amor e ser feliz eu a perdoarei, quanto ao seu pai não se preocupe mais adiante eu conversarei com ele com jeito, a grande verdade é que eu não me simpatizei com o Estivinsom.

As duas se abraçam, Rania acabou se sentindo mais segura após a conversa com a mãe, estava com medo da reação dela e de se sentir desamparada, mesmo sabendo que a sociedade irá olhar para eles com maus olhos, era importante para ela saber qual era a opinião da mãe, pois ela tem a sua mãe como uma grande amiga e sabe que poderá contar com o apoio dela a partir de agora.

Capitulo 4

Em busca da felicidade

Os sentimentos de Rania por Estivinsom com o passar do tempo cada vez mais se fortalece como repulsa e nem mais ela consegue conversar com ele, as poucas vezes em que estão próximos para seu alivio sempre tem alguém por junto com eles e Estivinsom sempre entra com alguma conversa de negócios e acaba desviando a atenção dele.

Estivinsom acabou se tornando de uma forma muito rápida uma pessoa um tanto gananciosa, onde o seu único assunto é referente a bens e ganhos, nunca sequer se preocupou em saber de Rania se estava feliz com a proximidade do casamento e como estavam os preparativos do casamento, Estivinsom passa a maior parte de seu tempo conversando com o Conde e o Duque, falando de planos para a expansão dos negócios dos dois reinados e como expandir para outros reinos, o pai de Rania chega a ficar incomodado por perceber que cada vez mais Estivinsom está ficando ganancioso, e que não demonstra nenhuma preocupação com o casamento e muito menos com a felicidade de Rania.

Phillip sempre foi muito unido a Estivinsom, mas após a chegada de Rania os dois mal se olham, o amor por Rania afastou Phillip de Estivinsom, e como sente um amor muito forte por Rania Phillip não sente nem remorso por estar traindo Estivinsom, e prefere nem conversar a respeito com seus pais e irmão. Durante um jantar Estivinsom inicia uma conversa com Phillip.

– Por onde tem andado meu irmão, mal temos nos vistos, as vezes sinto falta das nossas conversas.

– Tenho estado muito ocupado ultimamente, e como vão os preparativos para o seu casamento?

– Está indo muito bem o papai, e a mamãe estão cuidando de tudo, sei de seus compromissos com a guarda, mas eu e Rania fazemos questão que esteja ao nosso lado no momento da cerimônia.

– Claro estarei sim, e sua noiva está contente com o casamento?

– Por que se preocupa com o que Rania sente?

– Por nada, só quero que seja um casamento feliz e que vocês se completem.

– Rania está feliz, pois esta união simboliza a união das duas famílias e como iremos unir as duas heranças e prosperar nos negócios.

– Que bom que ela pensa igual a você, somente em aumentar os negócios da família.

– Phillip por que está tão preocupado em saber o que minha noiva pensa e o que ela acha deste casamento?

Marriet chega neste momento e percebe o clima ficando tenso entre os dois.

– Que bom ver os dois conversando, tenho saudades da época que nós três ficávamos conversando no jardim.

– Naquela época nossas conversas eram saudáveis, não falávamos de questões curiosas de assuntos pessoais – Disse Estivinsom um tanto irritado.

– Deixa de ser chato primo, todos nós estamos curiosos sobre este casamento, como vai ser a sua roupa para a cerimônia?

– Isso eu deixei por conta do alfaiate e do tecelão.

– Está vendo todos nós estamos curiosos.

– Só que seu primo está querendo saber a opinião de minha noiva.

– E ele só pode perguntar a você, lógico que ele não vai falar com ela, eu não pergunto a você porque estou sempre conversando com a Rania e pergunto diretamente a ela, deixa de ser chato o casamento está mexendo com você. Você não é assim.

– O casamento somente me mostrou como devo ser quando eu assumir o trono de meu pai, eu resolvi agir como o futuro Duque.

– Você mudou bastante meu irmão.

– A minha preocupação é de somente agradar ao meu pai, quem estiver ao meu lado terá de se acostumar com o meu novo jeito de lidar com os assuntos.

– Acha que será feliz desta forma?

– Estou me casando e somando fortuna, isso responde a sua pergunta?

– Preciso voltar a torre para ver os guardas, em outra oportunidade conversamos mais.

– Phillip, fique longe de Rania, dela eu me preocupo e cuido.

– Está bem.

– Phillip sai horrorizado com as palavras de Estivinsom, Marriet vai atrás de Phillip também sem entender as palavras do primo.

– Phillip eu não reconheço mais o Estivinsom.

– Não vou deixar este monstro se casar com Rania.

– Fala baixo quer que alguém te escute?

– Vou apressar o dia de nossa fuga, não vamos ter como conversar com os nossos pais sobre isso, não vai dar tempo ela não pode se casar com Estivinsom.

– Vamos pensar em algo, eu vou falar com Rania e depois te falo, vou marcar um passeio para nos encontrarmos.

– Obrigado Marriet, vou ficar em dívida com você.

– Só quero que você e ela sejam felizes.

Marriet tenta de toda forma ajudar a Phillip e Rania a ficarem juntos, e ela tem motivos para isso, um deles é que ela tem esperança que Phillip e Rania fugindo, Estivinsom dê a ela a chance de ficarem juntos, mesmo ele se tornando uma pessoa tão interesseira e visando apenas o lado financeiro ela continua amando ele, sabe que conquistar Estivinsom e convencer seus pais que aceite ela se casando com ele será uma batalha dura, mas está disposta a isso, além de seu sentimento próprio ela quer que Phillip viva um verdadeiro amor ao lado de Rania, pois o sentimento entre os dois está sendo quase impossível de se manter escondido principalmente quando estão perto, o brilho nos olhos não esconde o sentimento entre eles, acredita que os dois têm de ficar juntos, independente do que os outros pensem ou falem deles, o importante é a felicidade deles.

Goret e Doroth estão caminhando juntas quando se deparam com Marriet.

– Aonde vai com tanta pressa minha filha?

– Desculpe, estava distraída mamãe, estou apenas passeando um pouco pelo jardim.

– Eu e sua tia estávamos conversando justamente sobre você.

– E o que falavam a meu respeito?

– Marriet, eu e sua mãe percebemos o quanto está próxima de Rania e Phillip, e quanto mais aproxima o dia do casamento de Estivinsom com Rania mais você está se aproximando de Phillip, está acontecendo algo que deveríamos saber?

– O que poderia estar acontecendo titia? Eu gosto de conversar com o Phillip e a Rania.

– Por que o Estivinsom nunca está presente?

– A senhora sabe que ele está tratando dos negócios da família e não está mais tendo tempo para conversar conosco.

– Eu sei e isso tem me preocupado bastante.

– E por quê?

– O que o Estivinsom sabe da noiva além do nome e dos dotes? Phillip e Rania estão cada vez mais próximos até parece que ele é o noivo.

– Phillip sabe se posicionar, ele sempre foi muito atencioso não precisa ficar imaginando o que não é. Eu preciso falar com Rania me deem licença.

– Claro minha filha, mas Marriet por que você me passa a impressão que está escondendo alguma coisa?

– Eu não estou escondendo nada mamãe.

– Está bem pode ir.

Marriet saiu em passos apressados antes que sua mãe e sua tia percebessem que ela estava mentindo, sabe que agora precisa alertar a Rania e Phillip sobre a desconfiança das duas e que pode ter mais pessoas desconfiando dos dois.

Marriet vai até os aposentos de Rania para conversar, mas ao chegar lá Rania está em companhia da Condessa e disfarça o assunto.

— Como vai condessa?

— Bem Marriet parece que está um pouco afoita?

— É que eu subi um pouco apressada.

— Aconteceu algo?

— Não, eu que eu estava ansiosa para conversar com a Rania, saber como estão os preparativos para o casamento.

— É mamãe, Marriet e eu temos conversado bastante sobre os preparativos do casamento.

— Seria sobre o casamento mesmo ou será sobre o Phillip?

— Como assim mamãe?

— Rania e Marriet se olham sem entender nada.

— Rania minha filha, nós já conversamos sobre isso a alguns dias e você me contou sobre o Phillip, e como vocês três estão sempre juntos não acha que eu acreditaria que estariam falando de Estivinsom.

Marriet fica estarrecida sem reação.

— Mas por que a senhora acha que seria de Phillip e ainda está falando com toda esta calma Condessa?

— Porque eu não gosto do Estivinsom, e já sei dos sentimentos de Rania por Phillip e irei apoiar as decisões da minha filha pela felicidade dela, não estou me importando com o que os lordes irão pensar ou falar, o que me importa é a vida e felicidade de Rania e que ela seja feliz com quem ela escolher.

— Então neste caso, iremos conversar entre nós três, mamãe obrigada por me entender e me apoiar.

— Precisamos pesar em uma forma de evitar o casamento, o Estivinsom está proibindo o Phillip de se aproximar de você, a minha mãe e minha tia estão começando a desconfiar que esteja acontecendo algo e estamos escondendo de todos.

— O casamento acontece em duas semanas, como vamos impedir este casamento, eu não quero me casar com Estivinsom.

— Só tem uma forma deste casamento não se realizar minha filha, é você não estar aqui.

– Estivinsom está mantendo Rania em vigilância pelos seguranças dele, como faremos isso?

– Ontem a sua tia me informou que em dez dias começará a chegar alguns convidados o Castelo, e isso com certeza ocupará a atenção deles.

– Estivinsom vai exigir que Rania, fique ao lado dele para receber os convidados, como ela vai evitar estar presente?

– Rania minha filha você me contou que Phillip propôs fugir com você.

– É verdade eu falei mesmo, mas não queria magoar o papai.

– Então está na hora de tomar a decisão que irá determinar o seu futuro minha filha, o que precisar e decidir, você terá todo o meu apoio e terá a minha proteção e a proteção de seu pai, tenha a certeza que ele não irá contra a sua decisão.

– Eu quero ficar com o Phillip.

– Está decidido, Marriet diga a Phillip que eu quero conversar com ele, eu tenho um plano e é melhor eu conversar com ele assim ninguém ficará desconfiado, e o melhor para o plano dar certo é vocês dois ficarem sem se encontrarem nos próximos dias para não levantar nenhuma suspeita, depois vocês dois terão uma vida toda a frente para ficarem juntos.

– Está bem eu vou falar com ele. Condessa a senhora me surpreendeu, eu nunca imaginaria que a senhora fosse apoiar Rania nesta decisão.

– Um dia será mãe e irá apoiar sempre seu filho para que ele busque a felicidade, agora vá e diga a Phillip que eu estarei no jardim do castelo após o chá e que se alguém estiver por perto que disfarce e não pare para conversar.

– Estou indo agora falar com ele.

Marriet saiu para dar o recado a Phillip. Rania abraça a sua mãe agradecendo pelo apoio que está recebendo e é possível ver em seus olhos novamente um brilho de alegria, sua fisionomia passa a ser mais leve e seus lábios não esconde o sorriso. Rania volta a ser alegre, pois sabe que o apoio de sua mãe é fundamental para que seja feliz com Phillip, a Condessa sentindo a melhora da filha, pois ela andava triste nos últimos dias, também demonstra estar contente com a decisão de Rania mesmo sabendo o que terá de enfrentar pela decisão de Rania.

— Phillip eu tenho um recado para você e não vai acreditar de quem?

— De quem seria?

— Da Condessa.

— Ela descobriu tudo?

— Rania contou para ela, e acredite ela está apoiando vocês dois.

— Como assim ela está nos apoiando?

— Rania contou tudo para ela sobre vocês e contou inclusive do plano de fugir, então ela quer conversar com você para combinar um plano para vocês fugirem.

— Será que posso confiar?

— Pode, eu não acreditei quando eu ouvi da própria Condessa que está apoiando vocês, ela pediu para ir ao jardim depois do chá e somente parar para falar com ela se ela estiver sozinha.

— E Rania?

— Ela está bem, o Estivinsom colocou os seguranças dele na porta do quarto de Rania para tomarem conta dela, a Condessa achou melhor vocês não se verem por enquanto.

— Está bem talvez seja melhor mesmo, eu irei conversar com a Condessa.

Ao cair da tarde após o horário do chá que sempre é servido, Phillip foi até o jardim onde se encontrará com a Condessa, se certificou que não havia ninguém próximo ou vigiando e se aproximou dela.

—Marriet me passou o recado que a senhora quer conversar comigo.

— Sente–se Phillip, acredito que nossa conversa será longa e objetiva, não tenha receio estou ciente de tudo e o futuro de minha filha dependerá desta conversa.

— Marriet me falou que a senhora estará apoiando nossa decisão de ficarmos juntos.

— Tudo dependerá desta conversa meu rapaz. Primeiro quero saber o que você realmente sente pela Rania.

– Eu lhe asseguro que o sentimento que eu tenho pela Rania e muito forte, eu jamais senti algo assim por outra pessoa posso lhe afirmar que o que eu sinto por ela e o mais puro e verdadeiro amor.

– E o que está disposto a enfrentar por ela?

– Estou disposto a enfrentar qualquer obstáculo necessário, mas não quero que ela seja desrespeitada e não queria que ela se afastasse de vocês.

– Tomando a decisão de ficarem juntos não terá como ela ter o mesmo respeito dos outros nobres como tem hoje, quanto a mim e meu marido ela jamais ficará afastada.

– O conde apoia a nossa decisão?

– Não conversei com ele sobre vocês, e não farei agora ele não iria apoiar, mas conheço o meu marido e sei do amor que ele tem pela filha, depois quando eu conversar com ele irá me apoiar e ajudar a vocês.

– O casamento acontece em duas semanas, não sei como impedir este casamento de acontecer, se Rania estiver aqui.

– Para isso terá de ter ciência que jamais serão aceitos pelas famílias e pelos nobres desta região e que com certeza uma hora terá de enfrentar a ira de seu irmão.

– Eu sei, eu só não quero que Rania se machuque.

– Rania me contou sobre o seu plano, se querem ficar juntos realmente terão de fugir antes do casamento, como sei que não serão aceitos por nenhum reino na região terão de fugir para muito longe, o meu castelo está muito afastado e será para lá que vocês vão. Você vai precisar providenciar uma carroça com mantimento e água para os 10 dias da viajem.

– Marriet tinha me falado que a senhora tinha um plano para no ajudar, mas nunca imaginei que iria nos acolher.

– Desde que conheci o Estivinsom eu não gostei dele e fiquei pensando em como tirar a Rania deste casamento, gosto de você meu rapaz e sei o quanto ela o ama, agora será de sua responsabilidade fazê–la feliz. Em dez dias chegará alguns convidados nobres da região para o casamento, como terá muita gente para os seus pais e Estivinsom darem atenção este será o melhor momento para fugirem, quando sentirem a falta de Rania, eu espero que vocês estejam muito longe.

– Serei grato a senhora para sempre pelo que está fazendo por nós.

– Me agradeça fazendo a felicidade de Rania, agora como fará para sair do castelo é com você Phillip.

– Já sei como farei para que ninguém nos veja saindo.

– Prefiro não saber detalhes, mas quero saber quando iniciarem a fuga, para que eu possa distrair as pessoas para demorarem a perceber que não estão mais no castelo.

– A senhora saberá, e muito obrigado novamente.

– Vou entrar agora, não quero que nos vejam conversando, há é melhor você e Rania não conversarem e nem se verem até lá, para evitar que alguém desconfie e dificulte o plano de vocês.

– Está bem, faremos este sacrifício.

– Até mais Phillip e espero não me arrepender do que estou fazendo.

– Tenha certeza que a senhora nunca se arrependerá.

A Condessa se recolhe para o castelo e Phillip fica pensando no plano para fugir com Rania, sabe que precisara da ajuda de Marriet e que somente no dia seguinte poderá conversar com a prima e passar para ela o plano que tem em mente, terá de usá-la como pessoa de confiança para passar o plano para Rania.

A ansiedade de Phillip é tanta que mesmo com o cair da noite continua eufórico, sabe que em questão de dias Rania será sua para sempre de alguma forma e que terá de enfrentar um exército de ira de seu irmão por isso, mesmo assim está confiante que será feliz ao lado de Rania.

O dia amanhece e Phillip não consegue dormir, se reúne a família para tomar o café da manhã, todos conversam sobre os preparativos do casamento, Phillip não consegue prestar atenção ao que conversam, mas consegue dar um sinal para Marriet que precisa conversar com ela.

– Hoje o dia amanheceu muito bonito eu gostaria de andar a cavalo, Duque como eu não quero de ir sozinha o Phillip poderia me fazer a guarda no passeio?

– Claro podem ir.

Os dois saem a cavalo do castelo.

– Inteligente a sua ideia de nos tirar do castelo.

– Sabia que queria conversar sobre Rania, achei aqui fora mais seguro pois temos a certeza que ninguém nos ouvirá.

– Quero falar de Rania sim, na realidade passar para você o meu plano para fugir com ela, Marriet vou precisar de sua ajuda no dia da fuga.

– Minha ajuda! E como poderei ajudar na fuga?

– Não poderei sair do castelo com a Rania em uma carroça, irei deixar uma carroça já preparada no bosque escondida, preciso que saia com Rania do castelo para mim, os guardas estarão de prontidão se eles a virem saindo com certeza irão dar um alerta para o Estivinsom, mas se virem apenas você não.

– E como farei para fazer a Rania sair do castelo comigo sem ser vista pelos guardas.

– Você sairá para um passeio de carroção elas sempre tem uma lona na parte de traz, Rania terá de sai coberta, sendo somente você, ninguém ira desconfiar de nada, eu sairei depois e nos encontramos no bosque, onde deixarei a outra carroça lá nos aguardando.

– Mas vou voltar e você não, eles vão desconfiar.

– Não se sair na troca da guarda, quando voltar já serão outros guardas eles não vão saber quem saiu.

– E onde você vai arrumar uma carroça para fugirem?

– Terei de pegar no Castelo e levar a noite para o bosque, farei isso na troca de turno assim os guardas não irão perceber.

– E quando será isso?

– Em oito dias quando estiverem chegando os convidados do casamento, preciso que avise a Rania para mim, o horário teremos de aproveitar na hora que Estivinsom estiver recebendo os convidados aproveitando que eles estarão ocupando a atenção dele, ai fugimos, você precisa manter isso em segredo por um longo tempo.

– O que eu não faço por você Phillip e quem sabe com a desilusão de ser abandonado por Rania o Estivinsom não se casa comigo.

– Mesmo sabendo o quanto ele mudou continua apaixonada por ele?

– Continuo e acredito que eu poderei mudar ele e trazer o velho Estivinsom de volta.

– Sabe que ele ficará com muita raiva quando descobrir que eu e Rania fugimos.

– Acho que o maior ódio que ele vai sentir será quando ele perceber que não comandará mais as terras do Duque e do Conde, não acredito que ele tenha algum sentimento pela Rania, ele nem pergunta dela.

– Não entendo como ele pode ter mudado tanto, ele nunca foi ganancioso, sempre criticou o papai quando era rude com os colonos e comerciantes do vilarejo.

– Acho que a ganancia dele estava adormecida e despertou com a possibilidade de herdar os dois tronos, já que o Conde não tem outro filho e iria assumir o trono de lá também.

– Mesmo assim ainda quer ficar com ele?

– Há anos sou apaixonada por Estivinsom, se estou ajudando você e Rania é porque eu sei o quanto dói no peito a gente amar alguém e não poder estar ao lado dela, sei que será muito feliz com Rania e fico feliz com isso, quanto ao seu irmão, depois que estiverem longe eu vou confessar a ele o meu amor, será a minha última chance de ficar com ele, se ele não aceitar eu vou dar seguimento a minha vida de preferência bem longe daqui.

– Serei grato a você por tudo que tem feito por mim e pela Rania.

– Não precisa me agradecer, seja feliz.

Ambos retornam ao castelo, Marriet agora vai precisar combinar com Rania e a Condessa, uma forma delas saírem do castelo na hora da fuga, ainda não sabe como fazer para sair com a Rania do castelo sem ninguém perceber, pois está achando o plano de saírem para um passeio muito arriscado, quando ela chega ao jardim estão conversando, Rania, a Condessa e a Duquesa, Marriet se aproxima e participa da conversa para disfarçar e não dar motivos de desconfiança. Rania sabe que ela esteve com Phillip e está ansiosa para saber o que conversaram, mas contem a euforia para ninguém desconfiar.

Estivinsom passa por ela e mal as cumprimentam, Goret cobra dele mais cordialidade.

– Estivinsom você mal nos cumprimentou e nem falou com a sua noiva, aconteceu algo?

– É que enquanto vocês têm tempo para conversarem sobre assuntos que não são do meu interesse, eu preciso me dedicar a assuntos mais importantes e interessantes, com licença.

Estivinsom saiu a deixou a todos atônitos sem entender porque aquela resposta tão grosseira, Doroth e Goret ficaram envergonhadas diante de Rania e a Condessa e procuraram disfarçar a situação comentando sobre os bordados do casamento, na realidade ficaram sem saber como pedir desculpas pelo jeito grosseiro de Estivinsom, principalmente porque perceberam que a Condessa e a Rania mal se importaram com o comportamento de Estivinsom, era como se para elas ele não tivesse representatividade nenhuma, e isso intrigou Doroth, pois o casamento estava a alguns dias de acontecer, e somente ela e Goret ficaram incomodadas com a grosseria.

– Condessa me desculpe o mau jeito de Estivinsom, acho que os preparativos do casamento e a data da cerimonia se aproximando deixaram ele um tanto tenso, ele não costuma responder desta forma.

– Não se preocupe Duquesa, as respostas do Estivinsom sempre que presenciei foram rudes, até me acostumei com este jeito dele.

– Senhoras não vão ficar falando de meu noivo, vamos continuar com a nossa conversa que estava mais interessante.

A conversa continua a tarde toda, de início Doroth e Goret, ficaram pensando no comportamento de Rania, mas com o desenrolar da conversa esqueceram o assunto.

Ao anoitecer Marriet vai ao quarto da Condessa, como sabia que o Conde estava para chegar apenas marcou um encontro entre as duas para a tarde do dia seguinte. Marriet estava em um dos terraços do castelo quando olhou em direção ao portão de entrada e viu uma carroça saindo e percebeu que os guardas não olhavam o que estava por baixo da lona, e teve a certeza que faltava para tirar Rania do castelo se que a vissem.

No dia seguinte Marriet e a Condessa se encontram no jardim do castelo e conversam sobre o plano de fuga dos dois, informando apenas que Rania sairá dentro de uma carroça, a

Condessa entendeu e aprovou o plano para a fuga, após o encontro ela foi até a Rania e passou para ela como será que ela vai sair do castelo, Marriet encontra com Phillip por acaso e aproveita que estão sozinhos e comenta com ele sobre a carroça para sair com Rania.

Os dias se passaram Rania e Phillip mal se viram durante este período para evitar que alguém desconfiasse de alguma coisa. Na véspera da fuga Phillip consegue tirar água e mantimento da dispensa do castelo sem ser notado e consegue sair do castelo durante a troca da guarda, usando uma roupa disfarçada para não ser notado pelos guardas e deixa a carroça escondida no bosque.

No castelo Rania e sua mãe arrumam uma mala com algumas peças de roupa, sabe que não terá como levar muitas coisas agora e sua mãe levará depois quando retorna para o castelo deles, as duas conversaram bastante sobre a fuga nos últimos dias e sabe que estão correndo riscos, mesmo assim a Condessa continua a apoiar a Rania, Marriet consegue convencer um dos colonos a emprestar uma carroça para que ela saísse para um passeio no dia seguinte, apesar dele estranhar o fato de alguém da realeza pedir sua carroça emprestada para um passeio, ele concordou.

Chega o dia da fuga, todos no castelo estão usando suas roupas de gala, pois irão receber muitas famílias da alta nobreza e de grande importância, logo pela manhã quando todos estão reunidos para o café Estivinsom se manifesta.

— Rania como minha noiva quero ao meu lado hoje o tempo todo, que não saia do meu lado, hoje nós iremos começar a receber os nossos convidados para o nosso casamento, não quero que saia de perto de mim por nenhum motivo.

— Claro, em que momento irá começar a chegar os nossos convidados?

— Alguns deverão chegar antes da refeição, minha querida — Disse Doroth.

Phillip se desculpa e se levanta da mesa e dá um sinal para Marriet, que aguarda um instante e também se levanta e vai ao encontro de Phillip.

— Melhor sair logo após a refeição. Eu vou logo em seguida que saírem.

— Como vai disfarçar para sair?

– Falo que farei uma ronda em volta do castelo para ver se está tudo em ordem.

– Boa sorte para todos nós.

– Hoje livro o meu amor deste monstro.

– Não fique com ódio dele.

– Não é ódio, só não gosto do jeito como ele fala com a Rania.

– Eu sei, mas fique com o coração em paz hoje, vai começar uma nova vida para vocês dois. E você está preparado para enfrentar tudo e todos?

– Estou sim, não vejo a hora de estar com a Rania na estrada.

– Vou avisar a Condessa sobre o momento da fuga.

A Condessa está no aguardo de Marriet, pois sabe que trará instruções sobre o momento da fuga, Marriet cochila no ouvido da Condessa que consegue disfarçadamente passar par Rania.

Marriet deixa a carroça próxima à entrada da cozinha do castelo, com o movimento de muitos empregados dentro do castelo, por ali acredita que será o melhor lugar para Rania conseguir sair despistando de Estivinsom, Marriet vai até o quarto de Rania pega a mala dela e consegue deixar escondida dentro da carroça debaixo da lona.

Os convidados começam a chegar e Estivinsom apresenta Rania a eles que a enchem de elogios pela sua beleza. Estivinsom não se distancia de Rania em nenhum instante, mesmo no momento do almoço que está sendo servido a todos, ele faz questão que ela fique ao seu lado. Ao terminarem a refeição todos estão brindando com vinho e licor, a Condessa se aproxima de Estivinsom e Rania, neste momento Marriet sai do ambiente que estão, chegou o momento.

– Estivinsom eu preciso de minha filha um instante.

– Pode falar com ela aqui mesmo, afinal serei da família e não teremos mais segredos minha sogra.

– Não é uma questão de conversa, preciso de Rania para me ajudar em uma questão, coisa de mulher.

– As empregadas, podem ajuda-la.

– Estivinsom eu e a mamãe sempre nos ajudamos neste momento, é muita intimidade, não gostamos de empregadas neste momento.

– Está bem, volte logo nós precisamos dar atenção aos nossos convidados.

– Seremos breve na medida do possível – Disse a Duquesa.

As duas saem e Phillip observa a distância para não sair em seguida, Rania e a Duquesa encontram Marriet e desce em direção a carroça, como está em local escondido acreditam que ninguém irá ver Rania entrando na carroça, Rania dá um forte abraço em sua mãe que lhe deseja boa sorte, ela sobe na parte de traz da carroça e é coberta pela lona para não ser vista pelos guardas, Phillip fica em uma janela onde pode ver o portão do castelo, e vê Marriet saído com a carroça ele disfarça e vai caminhando em direção as saída do castelo, no caminho encontra a Duquesa que o abraça.

– Boa sorte a vocês dois, e cuida bem da minha filha.

– Tenha certeza que cuidarei muito bem dela.

Sem perder tempo Phillip pega seu cavalo e sai do castelo, só não contava que Estivinsom iria vê–lo saindo da mesma janela onde Phillip estava antes, e Estivinsom desconfia que algo de errado está acontecendo.

– Onde está Rania!? – Gritou Estivinsom.

– Estivinsom porque o escândalo, eu vi quando a Rania passou a pouco em companhia da Duquesa. – Disse o Duque.

– Papai alguma coisa está acontecendo, acabei de ver o Phillip saindo a cavalo do castelo às pressas.

– Fique aqui com os convidados, se acalme eu vou ver o que está acontecendo, só que isso não quer dizer que sua noiva não esteja por aqui.

– Phillip saiu sem avisar, Rania e a Duquesa não voltaram, mande uma criada agora atrás das duas.

– Estivinsom procura manter a calma enquanto seu pai vai ver o que está acontecendo e procurar por Rania. – Disse a Condessa.

Já no bosque Marriet e Rania aguardam por Phillip, que chega logo em seguida, os dois se beijam e se abraçam forte quando são interrompidos por Marriet.

– Vocês vão ter muito tempo para matar as saudades, agora é melhor irem antes que percebam que você dois não estão mais no castelo.

– Obrigado Marriet por tudo, quando quiser nos visitar no castelo da minha família será bem recebida sempre.

– Não precisa me agradecer, agora vão não vamos perder tempo.

Phillip e Rania sobem na carroça e vão para a estrada, Marriet pega a sua carroça e retorna ao castelo.

No interior do castelo o Conde encontra a Duquesa sozinha.

– Duquesa onde está a Rania, ela estava com a senhora até a pouco.

– Não sei de Rania, ela preferiu se arejar um pouco e eu permiti, deve estar no jardim.

– Estivinsom exigiu que ela ficasse ao lado dele o tempo todo para receber os convidados.

– Minha filha é livre e não precisa aceitar as ordens de seu filho.

– O que está havendo, onde está Rania, o que está escondendo?

– Já disse Rania é livre para tomar as decisões dela.

O Conde percebe que algo de errado está acontecendo e chama a guarda e ordena que procurem por Rania por todo o castelo, e dá ordem para que ninguém saia do castelo, logo em seguida um dos guardas retorna com Marriet.

– Excelência a senhorita Marriet acabou de retornar ao castelo em uma carroça de um dos colonos.

– De carroça? Onde estava Marriet?

Estivinsom chega neste exato momento.

– Estava dando uma volta senhor Conde.

– Um dos guardas viu a senhorita Rania entrar na carroça e se cobrir com a lona – Disse o chefe da guarda – Ele não avisou por achar que seria uma surpresa para o senhor Estivinsom.

– Marriet onde está Rania, fale ou eu mando você para o calabouço.

– Estivinsom eu sempre amei você, ela não te amava e ela e apaixonou por Phillip.

– Onde está a Rania?

– Não importa onde ela está eu serei sempre fiel a você e sempre ficarei ao seu lado.

– Estivinsom saca o punhal da bainha.

– Marriet eu vou perguntar pela última vez eu não estou interessado em seus sentimentos, onde está Rania?

– Eles já devem estar bem longe agora, ela e Phillip, eles foram ser felizes e eu os ajudei.

Sem dizer uma palavra Estivinsom crava o punhal em Marriet a matando com seu ódio.

– Estivinsom o que você fez meu filho?

– Dei a ela o fim que ela mereceu, guardas preparem o meu cavalo e quero alguns guardas comigo.

– O que vai fazer?

– Trazer a Rania de volta.

– Estivinsom veja o que você fez com sua prima, não vai fazer mais nenhuma besteira com Rania e Phillip.

– Trarei Rania de volta, quanto a Phillip não posso assegurar nada.

– Ele é seu irmão.

– Ele é um traidor.

Estivinsom completamente transtornado pelo fato de Rania tê–lo abandonado vai atrás de Phillip e Rania com uma única intenção buscar Rania. No castelo o Conde esconde o corpo de Marriet para que os convidados não vejam o que Estivinsom fez, ao retornar ao salão onde se encontram os convidados é questionado sobre a presença dos noivos, ele disfarça e procura distrair os convidados e não consegue esconder o nervosismo por não saber o que Estivinsom fará quando encontrar os dois.

Estivinsom sai do castelo acompanhado de alguns guardas e na estrada estão a galope quando encontram uma comitiva, pergunta se viram dois jovens no sentido contrário a cavalo, e o cocheiro informa que viu apenas uma carroça indo com muita pressa, mas não sabia quantas pessoas estavam dentro, sabendo que os dois não conseguiram ir muito rápido com a carroça Estivinsom aperta o ritmo para encontra–los logo. Mais adiante Phillip segue apressado com a carroça acreditando que o Estivinsom ainda não sabe que ele e Rania fugiram do castelo, quando Rania olha para trás.

– Phillip parece que eles... corra mais, que tem alguém nos seguindo.

Phillip olha para trás.

– Rania se segura vou correr com a carroça.

Phillip toca os cavalos para que eles corram mais, ele percebeu que era o Estivinsom e sabe que ele chegará até eles em pouco tempo, eles começam uma perseguição pela precária estrada, quando está próximo Estivinsom dá um grito para alertar o Phillip e fazê–lo parar, mas o barulho assusta os cavalos que puxam a carroça desgovernada para fora da estrada, Estivinsom e os guardas seguem atrás, quando uma das rodas da carroça bate em uma grande pedra e joga a carroça para o alto, Phillip e Rania são arremessados para longe. Phillip se levanta machucado e corre até Rania, e percebe que o pior aconteceu, Rania está morta e começa a gritar e a chorar, Estivinsom se aproxima.

– Traidor você matou a minha noiva, você matou Rania.

– A Rania estava apaixonada por mim e eu por ela, só queríamos ficar juntos e sermos felizes.

– Levanta traidor eu o duelo até a morte.

Mesmo muito machucado Phillip aceita e inicia uma luta contra Estivinsom sendo observado pelos guardas, Estivinsom dá um golpe fatal em Phillip sem muita dificuldade, mesmo sem muita força Phillip consegue chegar até o corpo de Rania, Estivinsom está disposto a levar o corpo de Rania para o castelo quando se aproxima, Phillip em seu último suspiro consegue golpear Estivinsom com um golpe mortal, e os três corpos ficam caído no chão.

Capitulo 5

A evolução Espiritual

Neste momento uma sombra recai sobre os três corpos, os três espíritos são levados por um túnel escuro e são colocados num plano espiritual intermediário, onde será tratado de seus apegos materiais, um longo período se passa desde que chegaram e eles são levados para um plano inferior conhecido como umbral. Ao chegarem a este local os três ainda atordoados sem entender o que estava acontecendo, e nem o porquê estarem naquele local lodoso se sentindo aprisionados, ainda trocam uma energia muito pesada entre Estivinsom e Phillip, Rania as vezes consegue intervir e separar os dois. Philip e Rania se mantem afastados de Estivinsom, mas o vínculo entre eles os aproximam sempre, os três ficam sabendo através de um dos espíritos inferiores como eles estão, que Marriet também desencarnou quando Estivinsom a assassinou e que ela não os veem de onde ela está.

Em um plano mais elevado Marriet é mantida adormecida, em seu adormecimento ela consegue emanar boas energias em sua volta o que lhe ajudou a ser levada para um plano superior, após um período em adormecimento Marriet desperta e vê ao seu lado aquele que foi o seu pai na matéria.

— Eu queria estar ao seu lado quando despertasse.

— Se estou com o senhor quer dizer que...

— Sim, você desencarnou vítima de um espirito inferior.

– Estou muito feliz em vê–lo, senti muito a sua falta, mas não fale assim de Estivinsom eu o amava.

– Eu sei o quanto você o amava, eu acompanhei tudo, sempre estive perto de você e da sua mãe, mas hoje vocês estão separados em decorrência da maneira como você desencarnou.

– Onde está o Estivinsom, ele desencarnou também?

– Se contenha na curiosidade, você precisa dar um tempo ao tempo para aprender e ter as informações que deseja ter.

– O senhor estará sempre ao meu lado?

– Estarei quando se fizer necessário, eu fico em outro plano, com o tempo você entenderá melhor.

Marriet entendeu que teria de aguardar para ter informações sobre Estivinsom e iniciou junto a um grupo os estudos para o entendimento e para poder iniciar no futuro um trabalho espiritual, ela se desapegou muito rápido do plano material, mas ainda não tem informações de Estivinsom e acredita que Rania e Phillip estão vivendo juntos no plano material e que conseguiram ficar juntos, pois ainda não foi permitido a ela ser revelado os fatos ocorridos.

Na camada mais abaixo onde se encontram os três espíritos desencarnados, Rania e Phillip não conseguem entender os motivos de estarem ali naquelas condições, Estivinsom sempre que vê os dois juntos emana muita energia de raiva para eles, Phillip para defender Rania e também se defender acaba entrando em conflito com Estivinsom, o que fortalece cada vez mais a permanência dos dois no umbral, já que o ódio e o conflito os aproximam naquele local, Rania quer pedir ajuda, mas tem ciência que se sair dali será sem Phillip e decide ficar e sempre que precisa procura amenizar os conflitos entre Estivinsom e Phillip, mesmo sabendo que isso dificultará a sua saída deste local, ela prefere estar ao lado de Phillip. Os espíritos inferiores já começam a usar as energias de raiva dos dois para mantê-los mais tempo aprisionados sugando as energias deles e os escravizando, sem perceberem estão ficando cada vez mais fracos.

Marriet por sua vez vem conseguindo progresso em seus estudos e tarefa a qual tem sido designada, muito atenciosa ela vem conseguindo amenizar situações no plano material, principalmente referente a conflitos de pequenas dimensões, o que já era um grande feito. Os mentores espirituais se reuniram e decidiram que por mérito ela poderia saber sobre o paradeiro de Estivinsom, então ela foi chamada para uma reunião com os mentores espirituais, ao chegar ao local viu que se encontravam apenas os superiores dela e entre eles estava aquele que havia sido seu pai na matéria.

– Marriet sente–se, nós temos muita coisa para conversar com você.

– O que vocês têm para me dizer é tão importante assim?

– Está estranhando esta reunião?

– Sim, as instruções das tarefas que tenho feito sempre me são passadas por outro mentor.

– Quando você despertou e me viu me perguntou sobre um irmão de nome Estivinsom.

– Sim e sempre que vou ao plano material de certa forma acabo procurando por ele.

– É porque acredita que ele ainda estaria no plano material?

– Porque eu nunca o vi entre nós aqui no plano espiritual.

– Mas ele desencarnou no mesmo período em que você desencarnou.

– E onde eu posso encontra-lo?

– Por isso estamos aqui – Disse um dos mentores. – Sabíamos que tem muitas perguntas para fazer.

– Uma das coisas que você precisa saber é que Phillip e Rania desencarnaram junto de você e Estivinsom.

– Se todos desencarnaram juntos, por que não estamos todos juntos?

– Eles estão no umbral em uma esfera bem inferior.

– Por que ficamos separados desta forma?

– Dos quatro, mesmo você sabendo que aos olhos dos que vivem na matéria você estava cometendo um erro ajudando Phillip e Rania, você acabou sendo vítima de um assassinato e vítima de seu grande objetivo que era conquistar o amor de Estivinsom.

– Mas e Phillip e Rania, qual foi o erro deles, eles apenas eram apaixonados um pelo outro.

– O que aconteceu é que o comportamento e a decisão de Phillip e Rania instigou uma energia em Estivinsom que era muito pior que a ganancia que havia aflorado nele que foi o ódio, este ódio o provocou a ponto dele a assassinar e assassinar Phillip, Rania acabou falecendo em decorrência da fuga, mas ela foi a peça principal para instigar o ódio em Estivinsom, se ela não tivesse abandonado ele daquela forma não teria provocado este ódio.

– Ela errou em fugir e não ter resolvido de forma apaziguável?

– Exato se isso tivesse acontecido, os quatro hoje seriam felizes no plano material.

–E Phillip por que está no umbral se também foi vítima de Estivinsom em sua morte?

– Phillip morreu em duelo com Estivinsom que também morreu em confronto com Phillip, um acabou assassinando o outro.

– Eu tenho como vê-los e ajuda-los a sair do umbral?

– Você poderá vê-los, mas não agora, antes nós precisamos saber qual o seu interesse em vê-los.

– Eu tenho um sentimento muito forte por eles e quero ajuda-los a saírem de lá.

– Sabe que essa não é uma tarefa simples, vai ser necessário muito preparo e uma equipe para fazer isso, nunca poderá ir sozinha.

– Quando posso me preparar para começar a ajuda-los?

– Poderá iniciar agora, se quiser desistir e deixar para outro grupo efetuar o resgate nós iremos entender e você tem este livre arbítrio de escolha.

– Mesmo sendo vítima como vocês falaram me sinto responsável por ter apoiado tudo aquilo, pelo sentimento que ainda tenho por Estivinsom eu quero ajuda-los.

– Está certo, assim que iniciar a preparação estaremos acompanhando e assim que estiver em condições será liberada para as missões de resgate, mas será permitido apenas que você converse, se ele não vir, nada poderá ser feito e você terá de obedecer às regras e ordens impostas pelo responsável pelo grupo.

– Eu entendi e tenho a certeza que vou conseguir.

Marriet começa a sua preparação junto de uma equipe que irá efetuar os trabalhos de resgate, o que está abrindo o caminho e dando abertura necessária para poderem fazer este grupo poder efetuar o resgate é a vontade de Rania de sair dali. Phillip e Estivinsom correm o risco de não serem resgatados uma vez que eles estão alimentando e aumentando o ódio entre eles.

Marriet sabe que terá de tocar no interior de Estivinsom para poder resgatá-lo e que Phillip talvez seja mais fácil, muito determinada presta muita atenção em tudo que lhe é ensinado e está se saindo melhor do que o esperado na preparação junto ao grupo, se tornando um dos membros principais. Durante as explicações são passados para eles que no umbral existe muitas armadilhas e mesmo se algum espirito de lá pedir ajuda, terá de ser sentido o que realmente ele deseja, se condiz com o que ele fala para eles não serem atraídos e aprisionados, tornando a missão um fracasso.

No umbral Phillip e Rania começam a querer entender o porquê eles estão lá e não encontram ninguém que explique para eles e já perceberam que não podem confiar em que está a sua volta, o desejo de querer saber ameniza o sofrimento deles, mas não os impede de passar por momentos onde são sugados energeticamente, Estivinsom está se fortalecendo com relação a eles, mas de uma forma muito negativa, pois está aprendendo a sugar a energia dos outros no umbral e também dos que estão na materia quando por eles é lembrado.

No plano mais elevado Marriet é chamada para uma conversa com os mentores, ao chegar ao local, outros membros do grupo de estudo já estão presentes, um dos mentores dá início a conversa.

– Meus irmãos vocês foram chamados para esta conversa por percebemos, enquanto os acompanhamos nos seminários de aprendizado o quanto evoluíram, e é de percepção de todos nós que vocês estão preparados para iniciar os trabalhos de visita e resgate aos irmãos que assim desejam sair do umbral e terem a chance de virem para o plano mais elevado, nesta primeira missão vocês vão apenas nos acompanhar para ver como é naquele local, mas lembre-se, vocês não poderão ter contatos com nenhum dos irmãos que ali estão, deverão permanecer entre os guardiões, eles são os responsáveis por mantê-los integro, vocês irão usar esta vestimenta.

Neste momento ele mostra uma longa capa com capuz, a capa é toda negra por fora, por dentro um tom prateado, a capa é longa o bastante para arrastar no chão e o capuz deixa o rosto totalmente escondido, outro mentor continua com a instrução.

– A capa deve ser mantida fechada o tempo todo e o capuz em nenhum momento poderá ser retirado, caso retirem o capuz poderá ser um risco para a integridade de vocês, esta é a primeira missão e ela servirá como um teste para vocês, nós sabemos que alguns serão reprovados neste teste e estes vão ser encaminhados para outros grupos de trabalho onde poderão ser mais uteis não fazendo mais parte do grupo de resgate, os que forem aprovados continuaram com este grupo em futuras missões de resgate. É possível que vocês vejam no umbral algum irmão com o qual tiveram algum contato na matéria, é importante que os mesmos não os vejam, pois se isso acontecer será prejudicial para ambos, como vocês estão nos acompanhando para aprenderem mais sobre os resgates apenas, não poderão interferir na missão dos irmãos que estarão no comando, alguma dúvida meus irmãos?

– Quando iremos? – Perguntou um dos irmãos.

– Agora mesmo, vistam as capas, os guardiões já estão nos aguardando.

Marriet não se conteve em satisfação por iniciar os trabalhos de resgate, ela sabe que precisa ser forte e determinada, tem o objetivo de prosseguir no grupo e conseguir resgatar os três irmãos com qual viveu na última reencarnação.

Todos estão prontos quando o mentor líder da missão faz o último comunicado antes de iniciar.

– Assim que passarmos pelo portal, fiquemos no isolamento feito pelos guardiões com a espada, nós que iremos mais adiante estaremos cobertos pelos outros guardiões, se alguém quiser desistir este é o momento, pois não será possível voltar no meio da missão.

Como todos concordam em seguir adiante todos se dirigem ao portal que funciona como um tele transporte quase instantâneo para os destinos, ao passarem pelo portal todos estão utilizando as capas com exceção dos guardiões que estão usando armaduras, os que fazem a proteção dos que estão indo pela primeira vez usam uma espada cujo fio é incandescente, os outros guardiões utilizam uma lança com a ponta incandescente também.

Ao chegar ao umbral Marriet e seu grupo fica a distância observando os mentores resgatando alguns irmãos e observam que outros irmãos que estão no umbral pedem ajuda e alguns esticam os braços e são ignorados, os irmãos resgatados são colocados dentro de um círculo formado pelos guardiões e nele também e colocado uma capa só que está é toda negra inclusive por dentro, como não estão acostumados com a luz se fosse colocados neles a mesma capa com interior em prata poderia queimar o períspirito deles.

Marriet percebe a presença de Estivinsom próximo ao grupo, mas ela se mantem neutra energeticamente e a capa ajuda a manter uma barreira energética dos membros mesmo assim ela consegue observá-lo de longe sem expressar nenhum tipo de sentimento para evitar ser reprovada no retorno da missão, ela o vê sugando a energia dos que chegam ao umbral em desespero, ela não vê Phillip, mas consegue ver a Rania e sente que ela poderá ser a porta de aceso para resgatar Phillip e Estivinsom, ela percebe nela uma energia menos densa, Rania fica distante observando o trabalho dos irmãos que estão resgatando e sendo resgatados. Rania por sua vez não quer deixar Phillip lá sozinho mesmo sabendo que uma hora ela será resgatada, Estivinsom sente uma presença familiar como não consegue identificar fica confuso achando que pode ser a energia de Rania, em nenhum momento desconfia de algum mentor ali presente.

O grupo encerra a missão e todos retornam para o portal de acesso, assim que voltam os irmãos resgatados passam por um hospital para limpar os resquícios de energias que ficaram e eles passam a usar vestimenta azul claro como forma de tratamento energético. Ao retornar todos do grupo de resgate passam por uma fluidificação com água.

Os que foram reprovados por não conseguirem conter os sentimentos são designados para outros grupos de trabalho, Marriet por sua vez ficou feliz em saber que permanecerá no grupo de resgate, ela solicita uma reunião com os mentores que coordenam as equipes de resgate e é atendida.

— Você solicitou esta reunião, pode falar irmã.

— Eu queria pedir aos conselheiros e aos mentores que me autorizem a tentar efetuar o resgate de três irmãos que estão no umbral, eu gostaria de dar a eles a oportunidade de serem resgatados.

— Esperávamos que fosse fazer esta solicitação, só que resgatar os irmãos que estão no umbral não depende de nós querermos, depende de quem está naquela condição querer de verdade ser resgatado e ter merecimento para isso, não podemos simplesmente ir até lá e resgatá-los, depende de muitos fatores, dos motivos que os levaram a ficar no umbral e se estão arrependidos ou não.

– Eu tenho ciência disso, quando estive no umbral vi uma das irmãs que me refiro em resgatar e senti dela a vontade de ser resgata, e ela poderá ser o início para resgatar os três.

– E porque acredita que resgatando uma das almas que está ali perdida, poderá trazer os outros dois, quem tem a certeza que ela realmente quer ser resgatada?

– Eu a vi quando estive no umbral e pude sentir que ela quer ser resgatada, só não sabe como, e se ela vir até nós os outros dois podem mudar de opinião e aceitar serem resgatados.

– E de quem você está se referindo?

– Estou me referindo a Rania, sei que de alguma forma ela tem responsabilidade pelo desencarne de nós quatro, mas ela fez e agiu por amor, ela tem o interior muito puro, eu sei que é possível.

– Na verdade já aguardávamos esta sua solicitação, teremos de analisar como deverá ser esta conversa entre vocês, existem riscos que não podem ser descartados, mas irmã porque quer ajudá–los, estamos falando de seu assassino e dos que de certa forma são responsáveis pelo seu desencarne prematuro.

– Não guardo mágoas de Estivinsom por ter me assassinado, Rania e Phillip só queriam e tinham o direito de serem felizes pelo amor que sentiam e acredito que ainda sentem um pelo outro, tenho certeza que e só por isso que Rania ainda está presa lá com o Phillip.

– Está bem, vamos nos reunir e ver a melhor forma disso acontecer, enquanto não autorizarmos você não irá para o umbral sozinho, mas continuará na equipe de resgate.

– Agradeço, ficarei aguardando a resposta dos senhores.

Marriet saiu do local onde ocorreu a reunião e os conselheiros continuaram a discussão sobre o assunto, acharam nobre o gesto e sentimento de Marriet pelos três irmãos que estão no umbral, sabem do risco que ela irá correr principalmente quando chegar o momento de resgatar Estivinsom e sabem que o sentimento que ela tem por ele poderá ajudar a protege-la ou ser sugada por ele, mesmo assim eles decidem por dar a chance a Marriet de tentar e a chamam novamente, para comunicar a decisão.

– Marriet nós analisamos a fundo a sua decisão de ajudar os irmãos que estão precisando de ajuda, você tem ciência dos riscos e que poderá ser aprisionada por eles ou se deixar cair em uma armadilha se deixando ser levada pelo seu sentimento?

– Eu sei dos riscos e pensei em todas as situações, por isso eu quero começar por Rania, sei que se ela aceitar e quiser ser resgatada eu terei condições de conseguir resgatar os outros dois em seguida, sei que ela precisa saber que eu não guardo mágoas pelas consequências que sofri de ajuda-los na fuga.

– Está bem, assim que conseguirmos uma abertura para que você vá conversar com a Rania lhe avisaremos.

– Muito obrigada eu estarei aguardando o comunicado.

Passado um período Marriet é chamada para a ala dos mentores onde é comunicada que será levada até o umbral para poder conversar com a Rania e que será acompanhada por um dos guardiões, se eles ordenarem que ela retorne, deverá fazer isso de imediato por ser de responsabilidade dele zelar pela integridade dela, e se Rania não quiser conversar com ela para que não insista.

Marriet se prepara vestindo a capa e se dirigi para o portal, os guardiões já a aguardam e a acompanham, só que os guardiões são diferentes desta vez, eles já aguardam após o portal e são caveiras usando uma capa preta com o interior vermelho, isso devido a ela ir a um nível mais abaixo que foi da última vez e terá contato com um irmão que ainda não está purificado para resgate.

Ao chegar no umbral Marriet procura a distância por Rania, ela a vê distante sendo trazida por um outro guardião idêntico ao que está acompanhando ela, as duas são conduzidas a uma área neutra e isolada onde os outros membros que estão no umbral não têm acesso e não conseguem ver elas juntas, ao se verem Rania, fica muito feliz e não consegue esconder a satisfação de ver Marriet.

– Como está Rania?

– Marriet, eu estou muito feliz em vê-la e saber que você está bem, o que a traz até aqui?

– Vim para conversar com você e saber como você está neste local, se está satisfeita e o que quer para o futuro?

– Eu quando cheguei aqui demorei a entender que minha vida e de Phillip na verdade está ligado aos fatos que ocorreram e da maneira como agimos no plano material e que deveríamos ter tido outra postura e isso provocou fatos que não deveriam ter acontecidos, como o seu desencarne e o de nós três que aqui estamos.

– E Phillip como ele está, ele aceitou a condição dele aqui?

– No começo ele ficou com muita raiva de Estivinsom, eles ficaram guerreando energeticamente entre eles por muito tempo, agora ele está mais calmo, mas também gostaria de sair deste local.

– Rania eu vim conversar com você para ver se posso ajuda–los em seu desenvolvimento e evolução para poder ser resgatada do umbral.

– O que é necessário para isso?

– Isso dependerá somente de você, mas eu quero que você saiba que eu estou disposta a ajudar dentro do que for possível e isso também não depende apenas de mim.

– Eu sei, vou conversar com o Phillip e mostrar para ele que existe uma chance para sermos resgatados deste lugar, Marriet você não perguntou de Estivinsom.

– Eu sei como ele está e tudo tem o seu momento, agora eu tenho de ir não posso ficar aqui, meu tempo está esgotado.

– Obrigado por não se esquecer de nós.

– Em breve voltaremos a conversar.

Marriet é conduzida pelo guardião até o portal, Rania após a visita de Marriet se sentiu mais leve com uma outra energia, muitos que no umbral estão não conseguiram se aproximar dela e Phillip percebeu isso e foi conversar com ela.

– O que aconteceu? Porque está com a energia diferente?

– Tentei disfarçar.

– A sua energia mudou está menos densa.

– Marriet esteve aqui para conversar comigo.

– Marriet? E como ela está?

– Ela está bem, ela veio acompanhada de alguns guardiões.

– O que ela queria com você?

– Ela está disposta a nos ajudar para sairmos daqui, lógico que isso não depende dela e nem somente de nós querermos, precisamos merecer isso.

– Rania acho que está mesmo na hora de nós pensarmos em tudo o que fizemos na matéria, e limparmos a nosso campo energético de qualquer peso e procurar mesmo a evolução.

– Concordo com você, devemos aproveitar a chance que está nos sendo dada.

– E quanto a Estivinsom?

– Como ela mesma disse tudo tem o seu momento.

– Então vamos cuidar de nos dois e depois veremos o que poderá ser feito.

Phillip e Rania começaram a conversar entre eles sobre os erros que cometeram durante a passagem pelo plano material, mesmo estando em um local onde a energia é muito densa, eles conseguiram manter um nível vibratório melhor do que tinham antes e isso fez com que eles ficassem afastados dos outros membros que ali estavam. Neste mesmo período Marriet esteve reunida com os mentores espirituais e conversaram bastante a respeito do resgate de Rania e Phillip, quando foi informado a ela que apesar dela ter feito o trabalho correto aguçando neles a vontade real de serem resgatados, ainda era preciso aguardar o desfecho deles, não bastava apenas quererem ser resgatados, tem de ter merecimento, Phillip e Rania estão seguindo o caminho certo, mas ainda existe pendencias a serem solucionados e que Marriet está autorizada a dar continuidade ao trabalho, sempre mantendo a postura e acompanhadas pelos guardiões, pois ir sem eles é muito arriscado.

Rania e Phillip sempre que Marriet vem conversar com eles, eles saem mais fortalecidos energeticamente e isso tem ajudado a eles no desapego das energias que os rodeiam. Quando Marriet desce com os mentores para o trabalho de resgate, ela não conversa com Phillip e Rania e os mesmos ficam observando a distância, Estivinsom percebeu que não consegue mais atingi-los como acontecia antigamente e que Phillip não cede mais as provocações provando que Marriet estava certa ao iniciar os trabalhos por Rania e Phillip para atingir Estivinsom.

Em uma das últimas visitas que Marriet fez a Phillip e Rania, um grupo com uma energia muito densa tentou ataca-los e foi um momento muito tenso onde os guardiões tiveram de interferir e retirar Marriet as presas do local para ela não ser aprisionada por estes membros. Depois disso foi determinado que ela não iria mais sozinha apenas com os guardiões para o umbral e que ela iria somente quando o grupo de resgate fosse, isso causou um pouco de angustia por achar que assim ela iria perder todo o trabalho que havia iniciado, foi quando ela foi informada que estava na hora de Rania e Phillip seguirem pelas próprias atitudes deles, que ela não poderia levantá-los sozinha que para eles serem resgatados dependia somente deles.

Rania e Phillip começam a ser perseguidos pelos espíritos mais baixos para tentar sugar as suas energias e acabam sendo de certa forma protegidos pela energia menos densa que adquiriram com o trabalho junto a Marriet, na última investida deste grupo para suga–los, curiosamente quem veio protege-los foi justamente o Estivinsom, que lutou contra o grupo e por ele ter uma energia muito forte negativamente conseguiu afastar o grupo.

– Estivinsom obrigado por proteger a mim e a Rania.

– Eu só ajudei porque eu vi o quanto vocês mudaram em relação aos outros e a mim, eu vi o quanto vocês estão mais puros de energia e desta sujeira todo o lodo quase já não impregnam mais em vocês.

– Isso foi devido a conscientização que tivemos nos últimos tempos, sobre tudo que fizemos de errado, você também pode mudar basta apenas você querer.

– Não sei se quero mudar eu me sinto forte aqui.

– Você pode utilizar esta força para melhorar as coisas para muita gente que precisa de ajuda.

– Não estou interessado em palavras fiadas sem um porquê para mim.

– Estivinsom eu e Rania queremos aproveitar este momento de trégua entre a gente para te pedir algo.

Neste momento um grupo de resgate se prepara para descer ao umbral para mais uma missão de resgate.

– O que você dois querem me pedir? Acho que não tenho nada para oferecer a vocês dois.

– Queremos lhe pedir perdão por não ter conversado com você como teria sido o correto e ter provocado em você toda a ira que está em seu interior, sabemos que é uma pessoa de bom coração e que este não é o verdadeiro Estivinsom que fomos criados juntos.

Estivinsom ficou olhando para eles sem entender como podiam pedir perdão para ele depois de tudo o que fizeram, houve um sentimento de emoção, um forte sentimento brotou em Estivinsom, Phillip e Rania e veio a fala de Estivinsom.

– Eu não tinha nenhum sentimento de amor por Rania, mas me senti humilhado por vocês dois da maneira como me enganaram, eu estava sendo humilhado na frente de todos, foi por isso que dentro de mim surgiu todo aquele ódio, nos últimos tempos aqui mesmo no umbral eu entendi que entre vocês dois existe um amor verdadeiro e sincero, eu não tenho mais raiva ou magoa de vocês, eu os perdoo.

Neste momento Phillip e Rania ficam praticamente limpos das energias pesadas qual estava impregnada neles, Estivinsom teve grande parte dos miasmas limpo quase sua totalidade inclusive se sentindo mais leve, neste momento os espíritos de luz que estão em missão de resgate se aproximam deles e puxam Phillip e Rania os envolvendo em uma capa, Estivinsom se aproxima de um dos mentores do grupo.

– Eu preciso mandar um recado para alguém que está no plano superior.

– Qual seria o recado e para quem? – O mentor percebeu que Estivinsom falava de coração limpo e já sabia qual seria o recado, mas isso teria de partir de Estivinsom.

– Quero que digam para a Marriet para que me perdoe por ter interrompido a encarnação dela, eu não tinha o direito de tirar a vida dela, você poderia dar este recado, por favor?

– Não, eu não darei este recado.

Estivinsom abaixou a cabeça triste pela resposta.

– Você mesmo irá falar com ela.

Estivinsom acabou sendo purificado pela sua atitude e também recebeu a capa sendo resgata junto de Rania e Phillip, ao chegarem ao plano de luz os três foram encaminhados para o tratamento de transição e energização pela mudança de nível que tiveram.

Marriet foi muito elogiada e cumprimentada pelos mentores e superiores espirituais pelo feito de ter conseguido resgatar os três principalmente Estivinsom, ela ficou muito feliz por ter conseguido de alguma forma abrandar o íntimo de Estivinsom e conseguir que fosse resgatado de uma forma pura e sem imposição.

Os quatro começaram a desenvolver um trabalho juntos e em paz, até o momento que foi decidido a reencarnação de Phillip e Rania, Estivinsom começou a se incomodar com a situação e teve de ser adormecido, Marriet reencarnou junto de Phillip e Rania.

Fase III

Capitulo 1

A reconciliação

Pablo e Gatiucha despertam da regressão se sentindo fraco pelo longo período em que eles ficaram no processo de regressão, mentor Mizael que os acompanhou durante todo o processo, pede para que os dois sejam encaminhados para o lar espiritual para que se recuperem energeticamente.

– Meus irmãos vocês dois tiveram um desgaste energético muito grande, mas dentro do que nós prevíamos, agora vocês vão se recolher para se recuperarem e depois nós iremos conversar sobre tudo o que viram.

– Eu gostaria de fazer algumas perguntas.

– Agora não irmão Pablo, primeiro você precisa se recuperar energeticamente, depois teremos tempo necessário para responder as perguntas e sei que elas não serão poucas.

Sem questionar os dois são conduzidos pela equipe medica espiritual para um lar onde ficarão em repouso por um período até que se recuperem energeticamente.

No plano inferior onde se encontram Giulia e Giuliano, a situação deles se agrava cada vez mais, Giuliano está cada vez mais forte com energias negativas e Giulia continua escrava dele deixando ser sugada sua energia, mesmo sabendo que se tornou escrava de Giuliano ela tenta às vezes conversar com ele mostrando um lado oposto ao que ele segue, mas ele está obcecado pela maldade e só pensa em se vingar de Pablo e Gatiucha sem motivos claros, pois nem ele mesmo consegue explicar os motivos de tanto ódio, todas as vezes que o grupo de resgate desce ao nível deles para resgatar os irmãos já merecedores de ascensão, Giulia fica observando a distância esperando um dia poder ser resgatada por eles e ser conduzida para um plano superior.

Giuliano às vezes sai do umbral e vai até o plano material onde se fortalece sugando as energias das pessoas aleatoriamente não percebendo que também está se tornando um escravo dos membros mais fortes e com mais maldades e que só pensam em prejudicar os outros.

Giulia apesar de ser escrava de Giuliano tem um sentimento bom em relação a ele, ela sabe que pode ter chance de ser resgatada e que pode ajudar a Giuliano e sabe que não conseguira isso sozinha e não conseguirá isso com o nível de energia que se encontra hoje, muitas vezes ela foi obrigada a ir ao plano material com a obrigação de prejudicar as pessoas as envolvendo em energias negativas, nas ultimas vezes ela negou de fazer isso e foi castigada sendo mantida acorrentada e queimada como castigo, mesmo sofrendo prefere continuar se recusando a prejudicar as pessoas da matéria, e essa atitude será fundamental para ela no futuro, mesmo estando num plano tão baixo os guardiões observam o comportamento dela e de Giuliano e sempre que os guardiões retornam da missão de resgate passa aos mentores espirituais as informações sobre o comportamento deles.

Pablo e Gatiucha já recuperados do processo de regressão que passaram, são chamados por Mizael para conversar com os dois cheios de dúvidas vão logo que são convocados.

– Como estão meus irmãos se sentem melhor?

– Estamos melhor sim – Respondeu Gatiucha – Mas estamos confusos com alguns assuntos que não conseguimos entender.

– É natural que ficasse, aliás, já esperávamos que vocês voltassem confusos e cheios de perguntas, eu os chamei aqui justamente para responder as perguntas de vocês e orientá-los no que for preciso.

– Tudo aquilo que assistimos, nós passamos em nossa penúltima encarnação?

– Sim minha irmã, devido ao que passaram quando desencarnaram da penúltima vez, ao passarem para o processo de encarnar na última vez foi apagado da lembrança todo o passado, tanto de vocês como dos outros dois irmãos.

– Isso é comum?

– Apenas em algumas situações e vocês se enquadram nesta situação.

– Pelo que entendi Giuliano tinha raiva de mim, devido eu ter tirado Gatiucha dele em outra vida. – Disse Pablo.

– Quando ele foi resgatado e mesmo um pouco antes, ele havia aceitado e entendido que o que fizeram foi por amor, perdoou vocês por terem traído ele quando decidiram por fugir e não conversar com ele, o que acarretou em tudo aquilo.

– E por que reencarnou como meu irmão e tentou nos prejudicar?

– Após o resgate você quatro ficaram muito tempo trabalhando juntos, os quatro em harmonia, quando vocês manifestaram que queriam reencarnar para poder viver de forma carnal o amor de vocês que foi interrompido, Giuliano acabou por manifestar um ciúmes, que até aquele momento nunca mais havia se manifestado, mesmo Giulia e ele sendo muito ligados por um amor já de vidas muito anteriores, o amor de vocês é mais forte e Giuliano não queria permitir, tentou impedir que fossem preparados para a reencarnação, tivemos que adormecê-lo para que vocês tivessem paz e ele não regredisse energeticamente e perdesse toda a luz que havia adquirido.

– E Giulia, por que não interviu?

– Gatiucha, Giulia tentou de tudo, até mesmo se propôs a reencarnar e viverem juntos na matéria, mas ele ficou irredutível, não era por amor que passou a ter este comportamento, foi por vingança, ele queria apenas impedir que ficassem juntos novamente.

– Mas irmão Mizael o que aconteceu no final? Giuliano reencarnou e tentou nos prejudicar de várias formas.

– Meu irmão o espirito de Giuliano aceitou resgate e cumpriu muito bem todas as tarefas e obrigações a ele designado, como falei vocês quatro trabalharam muito bem juntos, como vocês nunca se afastaram nunca despertou nele este ciúmes por vingança, ele na realidade achou injusto vocês ficarem juntos novamente e ele não ter o direito de atrapalhar a união de vocês, então decidimos que Giulia também encarnaria para cuidar de Giuliano quando este fosse maior, todo este processo foi feito com ele adormecido, quando ele despertou Gatiucha estava reencarnando, ele falou que queria reencarnar mas queria ter o amor de Gatiucha, acreditamos que ele reencarnando como irmão não iria interferir e aceitaria o amor de Gatiucha, mas infelizmente não foi o que aconteceu, ele reencarnou com muito ódio durante a gestação sugando toda a energia possível da geradora.

– Por isso a minha mãe quase desencarnou durante a gestação do Giuliano?

– Foi sim, inclusive foi muito difícil conseguir manter a sua mãe no plano material ela ficou muito debilitada que chegou a mudar uma parte da história, por isso o reencontro de vocês teve de ser adiado.

– Mas por que ele sugava a energia dentro do ventre? Qual era o objetivo dele?

– Na realidade ele tentou fragilizar ela para que ela desencarnasse no parto, acreditando que assim Gatiucha iria dar atenção apenas para ele, mas aquela irmã que foi a genitora de vocês dois sempre foi um espirito muito forte e estava muito bem amparada por todos nós para poder suportar todo aquele desgaste espiritual.

– Mas e a Giulia ela também tentou nos separar.

– Como os dois são muito ligados espiritualmente, ela acabou por se deixar ser dominada pelo Giuliano, mesmo ela tendo reencarnado um período antes para ser mais adulta e responsável que o Giuliano, isso acabou prejudicando o desenvolvimento dos dois provocando uma regressão de energia e vibração, a ponto que tudo o que Giuliano pensava em fazer para prejudica–los ela o ajudava, ela na verdade nunca teve interesse pelo Pablo, mas sabia que provocando a vocês dois ela estaria alimentando o ego do Giuliano, tudo isso somente na forma espiritual porque materialmente ela sabia que o que estava fazendo estava errado, mas ela não conseguia ter controle da situação.

— E agora como está a situação deles?

— Pablo assim que ocorreu o desencarne de vocês a consciência de Giulia entendeu os erro que cometeu, mas de certa forma ela era responsável por não permitir que Giuliano tivesse o comportamento que teve e isso pesou contra ela, mesmo ela se arrependendo do que fez, ela poderia até ser resgatada de alguma forma, mas dois fatores a prendem no umbral, o primeiro é que ela não quer sair de lá sem o Giuliano, ela não quer abandonar ele naquelas condições, o segundo, ela somente aceita ser resgatada como prova que vocês dois a perdoaram.

— Além disso, existe também uma dívida espiritual nossa com ela pelo resgate anterior? – Indagou Pablo.

— O fato de ela ter resgatado vocês, não cria uma dívida espiritual porque vocês foram resgatados pela mudança que tiveram e pelo merecimento, mesmo ela tendo ajudado isso faz parte da missão dos grupos de resgate, mas ela fica esperando de vocês uma resposta com relação a terem perdoado ela e o resgate poderia ser uma resposta.

— Mas nós não temos magoa dela, ela fez sim muita coisa tentando prejudicar nos dois, mas eu o Pablo ficamos juntos o tempo todo.

— Mas se ela tivesse cumprido com a missão dela junto de Giuliano a vida de vocês quatro teria sido muito diferente nesta última encarnação.

— Irmão Mizael da nossa parte nós perdoamos a Giulia se for preciso que façamos algo para ajudá-la e for permitido iremos fazer, faremos sem remorso e faremos com amor.

— Eu sei disso Gatiucha e precisava ouvir isso de vocês, durante todo este período em que estavam trabalhando no plano espiritual ao mesmo tempo estavam sendo preparados para iniciarem os trabalhos de resgate, só não enviamos vocês em missões anteriores porque Giulia também precisava passar um período no umbral para refletir sobre seus atos e ter certeza de querer e merecer ser resgatada.

— E quanto a Giuliano?

— Este irmão terá de ser tocado em seu âmago, o resgate dele será mais complicado, pois ele criou uma revolta no interior dele muito maior que dá vez anterior, ele terá de ser uma segunda etapa, a princípio terá de ser feito o resgate da Giulia, o irmão Giuliano também dependerá dele querer, quando foi enviado para o umbral seria para pensar em suas ações e se arrepender do que fez, ao contrário disso ele ficou com muita revolta interior e passou inclusive a prejudicar alguns irmãos na matéria, chegando a ser acorrentado e aprisionado algumas vezes pelos irmãos de luz para ser afastado dos irmãos encarnados.

— E como poderemos tocar no âmago dele a ponto de querer ser resgatado?

— Isso somente o tempo irá nos mostrar, além disso, não podemos esquecer que da última vez ele foi resgatado e até fez um bonito trabalho, mas no final não aceitou as condições de vocês ficarem juntos, além do mais existe o livre arbítrio que ele tem de escolher.

— Então existe o risco de ele não ser resgatado? — Questionou Gatiucha.

— Infelizmente sim, e isso não depende tanto de nós, somente dele.

Gatiucha ficou pensativa pois queria ajudar a Giuliano, gostaria que ele tivesse a uma nova oportunidade, sabe que não pode interferir nas decisões supremas e mesmo assim quer encontrar uma solução para ele.

— Meus irmãos vocês serão preparados para acessar através do portal o estágio onde Giulia se encontra, é imprescindível que nenhum sentimento atrapalhe este trabalho de resgate, pois lá tem muitas armadilhas, não podem se deixar levar pela emoção e por eles ser aprisionado, pois isso prejudicaria todo um trabalho iniciado.

— Estamos cientes disso irmão Mizael, quando eu e Gatiucha faremos a diligência até a Giulia?

– Em instantes, mas precisam saber que não poderão trazer a Giulia de imediato, ela primeiro precisa se desvincular de Giuliano para ser resgatada e depois veremos o que poderá ser feito por ele.

– Não teremos nenhum contato com a Giulia? – Indagou Gatiucha.

– Sim terão a oportunidade de conversar com ela sobre os sentimentos de vocês em relação a ela e mostrar que o resgate dela poderá acontecer quando ela aceitar vir sem o Giuliano, a partir daí ela tem o livre arbítrio para decidir o que quer fazer e deverá ser respeitado.

Pablo e Gatiucha são levados para uma ala onde serão preparados para atravessar o portal, os guardiões passam as instruções para todo o grupo e entregam a cada uma as capas que devem utilizar, essa diligencia é formada por um grande grupo de resgate.

Como Giulia está menos impregnada com as energias negativas, Pablo e Gatiucha terão a oportunidade de conversar com ela em um plano isolado, essa permissão somente foi concedida porque Giulia tem um interior puro e está presa ali por não querer abandonar o Giuliano.

Ao chegarem a este plano neutro, um grupo de guardiões ficou de guarda fazendo a proteção dos dois, enquanto Giulia foi trazida por dois guardiões, mesmo usando a capa com capuz onde esconde o rosto, Giulia reconhece Pablo e Gatiucha e ela se emociona ao vê–los.

– Como está Giulia, nós viemos aqui para conversar com você – Disse Gatiucha

– Eu estou lutando para me manter menos agredida, aqui a convivência é muito difícil.

– Nós sabemos como funciona as coisas por aqui, mas queremos saber como está você e o Giuliano?

– Ele está muito revoltado, na realidade ele não aceita que vocês dois fiquem sempre unidos, deve ser reflexo outros tempos, mas isso ele terá de entender e aceitar inclusive eu estou disposta a romper este vinculo que tenho com ele para poder seguir minha evolução, eu não posso ficar presa a ele se ele só pensa em regredir.

– E você não gostaria mais de ajudá-lo a sair desta situação?

– Pablo eu até posso ajuda-lo e acredito que eu deva fazer isso, mas independente disso vou querer romper o vínculo com ele.

– E o que a prende a ele ainda? – Questionou Pablo.

– A culpa por não ter feito o correto ao lado dele, por isso independente do que eu decidi, vou ainda tentar ajuda-lo, mas para isso eu preciso me fortalecer eu sei que errei durante a nossa última passagem, quando eu cheguei aqui não entendia o porquê, mas comecei a refletir e percebi os meus erros e quero aproveitar a presença de vocês para pedir perdão por não ter controlado o Giuliano como eu deveria ter feito, sei que isso acabou provocando a interrupção do que seria a vida juntos de vocês dois, eu me deixei levar pela emoção e pelas vontades de Giuliano mesmo sendo de forma inconsciente eu não podia ter deixado isso acontecer.

Pablo e Gatiucha juntos emanam um facho de luz em direção a Giulia em cor prata.

– Giulia, nó a perdoamos de suas atitudes nunca tivemos mágoa do que ocorreu, pode ficar em paz em relação a isso, não julgamos ninguém, apenas vivemos as nossas escolhas, eu e o Pablo seguiremos sempre lado a lado, se precisar de nossa ajuda tenha certeza que o que for dentro do permitido iremos fazer.

Giulia se emociona bastante ao ouvir as palavras de Gatiucha e ao mesmo instante Giulia se desprende de parte das energias negativas que a mantem no umbral e seu campo energético fica menos denso.

– Obrigada meus amigos por me conceder o perdão, isso é muito importante para mim, esse assunto me prendia bastante aqui por não saber o que vocês sentiam com relação a esse assunto, agora já me sinto mais forte até mesmo para ajudar o Giuliano.

– Ficamos felizes em ouvir isso, sabemos o quanto isso é importante para você e para ajudar em sua evolução, mas agora nós precisamos ir, teremos outras oportunidades para conversar em breve.

– Até breve meus amigos.

O grupo retorna pelo portal com alguns irmãos resgatados, Pablo e Gatiucha voltam satisfeitos com a conversa que tiveram com a Giulia e com certeza que irão conseguir resgatar Giuliano com o tempo, Giulia será de uma ajuda muito importante para eles nessa missão.

Giulia por sua vez se sente aliviada, parece ter tirado um peso enorme de cima dela, ouvir o perdão de Pablo e Gatiucha para ela era de suma importância, ao retornar Giulia percebeu que estava um nível acima de Giuliano, ele estranhou ela não estar no mesmo nível que ele e ele não conseguir ir até o mesmo nível que ela está, ele por muitas vezes sugava as energias dela para se fortalecer, mas percebeu que não iria mais conseguir sugar as energias dela, ele ficou curioso com o que havia acontecido e ficou observando Giulia, por um período isso fez bem a ele como ele ficava observando a Giulia fez com que ele se desligasse um pouco das intenções de prejudicar as pessoas, Giuliano pede para um dos guardiões que mantem separados os níveis do umbral que queria conversar com a Giulia, mas é informado que terá de aguardar para quando ela puder falar com ele devido os níveis serem diferentes o acesso não é permitido e nem sempre é permitido a comunicação, justamente por questão energética, para evitar de serem sugados e aprisionados por seres inferiores.

Mas a curiosidade de Giuliano em querer entender o que aconteceu com Giulia foi tanta que procurou saber com os membros que comandam e os designam em tarefas, o que poderia ter acontecido com a Giulia, foi quando um deles o informou que ao receber o perdão que tanto ela buscava de Pablo e Gatiucha instantaneamente ela havia se livrado da energia mais densa que a prendia naquele nível e com isso ela estava próxima inclusive de ser levada para um nível mais superiores e que o resgate seria uma passagem muito próximo para ela e se isso acontecer, dificilmente ele irá vê-la novamente e não tem mais acesso para mantê-la como sua escrava energética.

— Então o que estou ganhando aqui, somente sugando as energias e atrapalhando a vida dos outros se não tenho evolução alguma?

— Você não está aqui para ganhar evolução ou força, você está aqui porque algo lhe prende aqui e isso você tem de descobrir dentro de você sozinho enquanto não descobrir e aceitar os motivos não será consentido a permissão nem mesmo para conversar com a Giulia.

– Mas por que eu não poderei nem mesmo conversar com ela?

– Porque os níveis são muito diferentes e temos regras que tem de ser respeitada e seguida.

Giuliano ficou pensativo, querendo entender tudo isso que está acontecendo com ele e Giulia, ele tinha ciência que onde ele está era alguns níveis abaixo do nível da luz, mas nunca imaginou que estava tão abaixo.

Giulia foi informada que Giuliano a procurou e foi recomendada não conversar com ele por um período, pois na curiosidade apenas ele não iria aprender nada e o objetivo naquele instante era de leva-la ao mesmo nível dele, à distância ela o observa e vê sinais de melhoras no comportamento dele, já não aceita fazer algumas tarefas designadas, ele é castigado por isso e aceita o castigo por não prejudicar mais os outros, Giulia enxerga isso de uma forma boa, pois sabe que se o Giuliano está fazendo isso é porque tem intenção de se redimir.

No plano mais elevado Pablo e Gatiucha recebem notícias sobre Giulia e Giuliano eles ficam muito contentes em saber que ambos estão tendo progresso em se desprenderem das maldades e energias que os prendem lá, Gatiucha questiona o irmão Mizael.

– Meu irmão, se Giulia precisava de nosso perdão para se desprender do campo energético para ser resgatada, qual o motivo de ela ainda ser mantida lá de alguma forma próximo a Giuliano?

– Vocês manifestaram que querem ajudar a evolução dos dois irmãos que lá estão, Giulia estava mais pura de energia o que a prendia lá era a falta de receber o perdão de vocês, mas para acordar o Giuliano e mostrar para ele que está errado, mantivemos Giulia ainda no umbral, mesmo que em nível diferente assim isso poderá fazer com que ele reflita sobre o que o prende lá e se ele quiser se desligar deste campo energético que o prende naquele nível, será a única chance que terão para ajuda-lo, pois como ele estava com a energia muito densa seria impossível de se aproximarem dele, até mesmo para tentar qualquer tipo de diálogo. E pelas informações que recebemos é justamente o que está acontecendo, parece que ele está despertando para uma realidade que ele não via.

— Acha que será necessário irmos até a Giulia a conversarmos com ela?

— Não minha irmã, ela está consciente dos motivos que a mantem lá, como ela mesma disse, ela quer ajuda-lo, quanto a romper o vínculo isso será uma outra etapa, não podemos esquecer que existe carmas a serem resgatados.

— E se o Giuliano mesmo se livrando das energias densas não aceitar mudar de nível?

— Traremos a Giulia se assim ela quiser e Giuliano ficará o tempo que ele achar que deve ficar, nós não podemos obrigar ninguém a aceitar a mudar de nível, existe muitos exemplos de irmãos que atingiram uma evolução mas preferem ficar naquele local efetuando seus trabalhos.

Gatiucha aceitou as informações, não era isso o que ela esperava ouvir, ela queria mesmo era poder resgatar o Giuliano, Pablo procura confortá-la.

— Gatiucha eu sei o quanto para você é importante resgatar o Giuliano e traze–lo até nós, não podemos apressar as etapas necessárias para o aprendizado e evolução dele, ele precisa acordar sozinho e mesmo que ele acorde também precisa querer vir para cá, a Giulia ainda está lá e isso é sinal que ainda temos chance de conseguir o objetivo que é de trazer os dois.

— E se ele se revoltar e regredir?

— Não vamos pensar assim, se ela está lá existe sim a oportunidade dele se redimir vendo a evolução dela, e fomos informados que ele está mudando, as notícias que estamos recebendo são promissoras, vamos aguardar um pouco mais e ver como ele vai reagir.

— E se ele não melhorar?

— A escolha será dele, ele e todos nós temos o livre arbítrio, não podemos interferir no que ele decidir para ele, vamos manter a nossa fé e nossos orações que com certeza irá no ajudar e a eles também.

— O livre arbítrio é dele, você tem razão.

Pablo e Gatiucha seguem com os trabalhos no plano espiritual, já Giulia enfrenta o assédio de Giuliano ele não consegue entender o porquê de repente ela melhorou o seu nível vibratório mesmo estando no umbral, ele tenta as vezes atrair ela até ele como sempre fez para sugar sua energia e percebe que isso não é mais possível, o mais interessante para ele é que ela não cede mais as suas investidas para atraí-la. Giulia consegue se manter a distância de Giuliano, ela sabe que ele tem muitas armadilhas para atrair os menos conscientes de suas intenções. O tempo vai passando e Giuliano fica observando que todos que estão no mesmo nível de Giulia já passaram em algum momento pelo mesmo nível que ele está e alguns vieram de níveis inferior ao dele, isso tem feito ele refletir sobre o seu comportamento e atitude. O mais importante é que o objetivo de fazê-lo pensar foi atingido e isso já é uma grande evolução, Giuliano se afastou do grupo que andava e está mais solitário, percebeu que não era forte como imaginava e sim que era usado e busca entender o porquê ele está ali e como ele está sozinho consegue refletir sem ser interferido pelos outros membros que ali estão, ele começa perceber e reconhece os erros que cometeu no plano material e reconheceu que não tinha o direito de tentar intervir nas vidas de Pablo e Gatiucha, que não poderia ter induzido a Giulia a fazer as maldades que fez e a levou a ir para o umbral junto com ele e que ela não era merecedora de estar ali. Tudo isso acontece em um período longo, conforme o Giuliano foi reconhecendo os erros cometidos menos densa foi ficando a sua energia a ponto de ser elevado para o mesmo nível de Giulia que se encontra, mesmo ele sendo elevado de nível não quer dizer que possa ser resgatado para os estágios de luz, pois ele prejudicou muita gente enquanto esteve no nível mais baixo, mesmo assim ele está consciente de seus erros Giulia por sua vez se sentiu satisfeita com a evolução que Giuliano adquiriu, e após a permissão o procurou para conversar.

– Como está se sentindo Giuliano?

– Bem melhor, mais leve, eu antes achava que me sentia forte e sempre que eu praticava uma maldade contra alguém, acreditada que era o certo mesmo quando era acorrentado e trazido de volta.

– Você se sentia mais fraco?

— Me sentia sim, mas quando me livrava das correntes de fogo, eu sugava as energias dos outros que por perto estavam inclusive em muitas vezes eu sugava as suas energias, eu não acreditava que assim eu estaria prejudicando você e nem os outros. Quero aproveitar a oportunidade de estarmos conversando para lhe pedir perdão pelos inúmeros erros que cometi e a induzi a cometer na matéria o que a fez ficar neste lugar.

— Não precisa me pedir perdão Giuliano eu me mantive nas condições que estava porque eu queria ficar ao seu lado, mesmo consciente que você estava fazendo tudo errado, eu quis ficar ali me submetendo a tudo aquilo, porque eu tinha um forte sentimento por você, eu tinha ciência que tudo aquilo estava errado e do que fiz para merecer estar ali, eu achei que deveríamos passar pela penitencia juntos, se assim podemos chamar, pois se erramos juntos tínhamos de pagar tudo da forma igual só nunca imaginei que iria aflorar em você tanto ódio, tanta energia que poderia ser usada de forma boa até para nos fortalecer e você fez simplesmente o contrário.

— Eu me sentia com muita raiva do Pablo e da Gatiucha, não conseguia me conformar que eles iriam ficar juntos até depois do desencarne.

— Mas eles estão juntos, nunca se abandonaram, nem mesmo quando tiveram sua passagem por aqui, eles estão sempre juntos, trabalhando, evoluindo, aprendendo e ensinando.

— O que eu sentia quando cheguei aqui era mais forte do que eu, me dominou, não tive controle no começo, depois eu passei a gostar da energia em que eu estava e me sentia forte com aquilo tudo.

— Na realidade uma falsa força que precisava vampirizar os outros para se sentir forte aqui.

— É verdade eu acreditava que iria ter força e que tinha força para dominar a todos, na realidade estava em condições muito baixa sem a menor condição de fazer nada a não ser, ser o escravo dos mais fortes.

— E deve aproveitar este aprendizado para fazer algo que realmente seja correto.

— E como fazer isso aqui?

– Mesmo estando aqui nós podemos aprender não somente com os nossos erros, mas se interessando por algo real e começar a ajudar quem precisa da sua energia, isso você vai entender depois.

– Obrigado pela conversa eu precisava saber que realmente ainda está comigo.

– Quanto a isso nós iremos conversar em outra oportunidade.

No plano mais elevado Pablo e Gatiucha recebem a notícia que Giuliano está se redimindo e evoluindo, já subiu um nível e já está junto de Giulia, os dois comemoram muito por de alguma forma conseguirem o seu objetivo que era de fazê-lo se redimir e evoluir.

– Irmão Mizael logo poderemos resgatá-los e trazê-los até nós?

– Não minha irmã, esta foi uma etapa vencida, isso não quer dizer que eles podem sair de onde estão.

– Como assim irmão Mizael, eu não entendi?!

– Quando a Giulia optou por acompanhar Giuliano até que pudesse ser resgatado, ela foi obrigada pelos espíritos mais inferiores a fazer coisas que energeticamente prejudicou muitas pessoas da matéria, agora o fato dele redimir não isenta ela do que fez pois todos nós somos responsáveis pelos nossos atos e atitudes, o desejo dela de se desvincular de Giuliano irá provocar nele um sentimento de perda e isso justamente o que ele não quer e poderá até tentar alterar o seu campo energético para que ela possa trazê-lo logo para cá. Quanto a Giuliano a situação é muito mais complicada, ele alterou o seu nível energético de um instante para o outro e prejudicou muita gente, contrário de Giulia que foi por vontade própria, mesmo ele conseguindo se elevar um nível não quer dizer que está puro de sentimento e que não tem ódio entre eles.

– Então o que irá acontecer com o Giuliano? – Questionou Pablo

– Giuliano passará por um período de transição, mesmo em níveis mais inferiores podemos ajudar as pessoas, aliás dependendo do tipo de energia que atormenta um irmão encarnado, somente os irmãos de níveis inferiores tem a energia compatível para poder ajudar. E somente após este período de transição e conquistar uma evolução é que o Giuliano poderá escolher entre ficar onde está ou subir até nós.

– Então quer dizer que ele poderá ficar lá eternamente?

– Meu irmão o fato de estarmos aqui não significa que somos superiores, todos temos força energética igual, depende apenas da intenção e da doação em que é empregada nossas energias para ajudar os que necessitam de nossa orientação e ajuda. Assim como a água purifica e cura ela pode matar se usada de forma errada, assim como o fogo destrói e mata, se bem dosado ele pode curar.

– Então precisamos um do outro para ajudar a todos.

– Exatamente Pablo, dependendo do socorro que tivermos de fazer a algum irmão encarnado, precisamos das forças energéticas dos irmãos que vivem nos níveis mais baixos, que são chamados de Exu, dependendo do caso que eles vão ajudar precisam das nossas energias para ajudar a levantar o irmão, não fisicamente, mas emocionalmente.

– E quanto a Giulia?

– Gatiucha a Giulia terá de ficar um período com o Giuliano, e dependendo de como ela evoluir poderá escolher, isso deverá acontecer em breve a energia dela é mais branda e pura e o fato de não querer mais vínculos com o Giuliano dependerá somente deles, eles precisam se acertar neste ponto. Por enquanto não terá missões a cumprir, ela precisa definir melhor o que ela quer para ela.

– Isso quer dizer que ela poderá trabalhar de lá e não tem a necessidade de seguir em missão para ajudar os irmãos encarnados.

– De início ela ajudará os que chegam no nível que está com orientações, ela já tem evolução para isso, depois poderá escolher em fazer trabalhos juntos com os irmãos encarnados, assim como vocês também poderão com o tempo escolher a forma de trabalhar com os irmãos encarnados, para poder passar seus conhecimentos e aprendizado em auxílio aos que necessitam, isso será um passo mais adiante de onde estão hoje. Agora meus irmãos vocês dois terão uma surpresa, diríamos uma gratificação pelos trabalhos que efetuaram e evoluíram os dois irmãos.

– Surpresa? Que tipo de surpresa?

– Calma Gatiucha, vamos até a ala onde reunimos com os mestres e mentores, eles irão entregar a vocês.

O irmão Mizael conduz o Pablo e a Gatiucha até a ala onde já se encontram os mentores do grupo em que fazem parte, um deles dá início a reunião.

– Meus irmãos pelo empenho que tiveram para o resgate de Giulia e Giuliano, o que fizeram foi muito nobre de parte de vocês, mesmo tendo sido prejudicado pelo Giuliano em duas passagens de encarnação, não guardaram mágoas ou ódio dele e não preferiram ficar distante do assunto, assumiram a responsabilidade de ajudar e foram até a evolução deles, hoje eles estão em condições de poderem melhorar pelos próprios atos não dependendo mais da ajuda de ninguém para atingir mais evolução, os níveis que irão atingir dependerá somente dos atos e atitudes deles e também do livre arbítrio que a eles é concedido, assim como concedido a todos ser seja encarnado ou desencarnado, lhes é concedido uma evolução de grau espiritual e são presenteados com mais estrelas em seu campo áurico.

Pablo e Gatiucha recebem as honrarias dos mentores, este ato ocorre sempre por mérito dos irmãos espirituais que procuram estar auxiliando e colaborando para a evolução de outros irmãos sem se preocuparem com o reconhecimento dos outros, isso também ocorre quando estes irmãos ajudados por irmãos encarnados em comunicação com o plano espiritual pedem auxilio e recebe ajuda de algum irmão do plano espiritual através da fé, da prece ou pedidos de qualquer forma desde que solicitado a ajuda de luz.

Capitulo 2

O resgate do carma

Giuliano e Giulia estão prestando serviços aos irmãos encarnados em assuntos que retratem a evolução e a ajuda positiva os cobrindo e protegendo das maleficências e combatendo as maldades que os cercam, isso vai dando a eles oportunidades evolutivas, em algumas oportunidades trabalham juntos, mas isso é muito casual.

Pablo e Gatiucha ao contrário de Giulia e Giuliano preferem sempre trabalharem juntos optando por trabalharem com os irmãos encarnados sendo um casal espiritual, trabalhando sempre em parceria um com o outro, Pablo solicita uma reunião junto aos mentores espirituais.

– Meus irmãos a mim e a Gatiucha, foi concedido a opção de poder estar entre os irmãos encarnados ajudando e auxiliando em que for preciso e ou necessário, nós tivemos duas oportunidades enquanto na matéria de vivermos nosso grande amor, por duas vezes fomos interrompidos, temos este sentimento de amor vivo dentro de nós dois, esta chama da paixão se mantem acessa dentro de nós, por este motivo quero pedir aos mestres que fosse permitido que eu e Gatiucha efetuemos nossos trabalhos sempre em conjunto com casais que representem o amor, que sejam unidos não apenas na matéria, mas que sejam também um casal espiritual, sabemos que todo irmão encarnado precisa de nossa ajuda, este pedido é para que a chama deste amor nunca se apague e possamos de alguma forma ajudar os irmãos que se amam de forma sincera e verdadeira.

– Pablo este conselho entende o seu pedido e pedimos ao irmão que aguarde uma resposta nossa, iremos nos reunir e tratar este assunto como carinho e respeito e lhe retornaremos em breve com as conclusões.

Pablo saiu da reunião satisfeito por ter a certeza que sua solicitação será atendida.

– Pablo você conversou sobre os mestres espirituais sobre o que temos vontade?

– Sim Gatiucha eles pediram para aguardarmos uma nova reunião entre eles e irão nos comunicar a decisão.

– Você acha que é possível?

– Acredito sim, pois este é o nosso desejo profundo, estarmos unidos de certa forma com os nossos irmãos encarnados, sabemos que existe vínculos entre nós e os que auxiliamos na matéria, seja um vínculo de amizade ou história parecida que acaba nos aproximando.

Durante este período Giulia e Giuliano conquistaram através de seus atos o direito de subirem para os planos mais elevados, quando chegaram ao plano de luz, procuraram por Pablo e Gatiucha.

– Que bom que estão aqui conosco, ficamos felizes por estarem aqui – Disse Gatiucha.

– Gatiucha e Pablo, eu quero falar com vocês, sei de meus erros em planos materiais e também em planos espirituais, prejudiquei muita gente inclusive a vocês dois, fui muito egoísta em meus sentimentos e acabei perdendo até quem me amava de verdade e não a culpo por isso, sei que o erro foi totalmente meu, o livre arbítrio que me foi concedido usei de forma errada, não podia ter feito o que eu fiz e impedi-los de serem feliz, por isso estou aqui para lhe comunicar que pedi uma chance por ter este sentimento de perda e para que esta chance me ajude na minha evolução.

– E que chance é essa Giuliano? – Indagou Pablo.

– Logo nós teremos esta resposta eu ainda aguardo uma resposta dos mentores espirituais sobre o assunto.

Todos ficaram surpresos com o pedido de Giuliano e ao mesmo tempo curiosos em saber que forma será essa chance.

Pablo e Gatiucha são chamados até o conselho dos mentores espirituais para ouvirem deles a decisão que tem para lhes passar referente ao pedido do Pablo.

– Meus irmãos, o irmão Pablo trouxe a nós um pedido, um pedido de amor do mais nobre e verdadeiro sentimento, este sentimento que é capaz de permanecer vivo mesmo em planos espirituais. O seu pedido foi conversado entre nós, analisamos e conversamos em outras esferas para que não fossemos injustos em nossa decisão e após longas conversas chegamos a uma decisão, os irmãos poderão estar entre os irmãos encarnados sendo um casal espiritual para fazerem os seus trabalhos, aqui no plano espiritual como vocês nunca se separam um do outro poderão viver sobre o mesmo teto onde abrigarão um grupo de irmãos para ensiná-los como se fossem uma família, assim poderão estar sempre unidos e mostrando aos irmãos que aqui vem para aprender o quanto é importante o amor e a união entre eles.

Pablo e Gatiucha não escondem a felicidade que sentiram ao receber a decisão e Gatiucha faz mais um pedido.

– Eu posso fazer mais um pedido a este conselho?

– Claro minha irmã, tenha a palavra.

– Eu e Pablo estamos muitos felizes com a decisão que nos foi concedida, mas tem algo que gostaríamos muito que fosse permitido a nós dois.

– E o que seria esta permissão?

– Gostaríamos de preservar e divulgar nossa última raiz, através dela poderemos fazer a ajuda que os irmãos encarnados precisam chegar mais rápido e de forma mais crédula e assim fazer as nossas energias de ajuda espelhar por vários horizontes, podendo assim chegar até aos mais incrédulos através de alguma pessoa próxima.

– Vocês querem estar entre os irmãos representando a linhagem cigana?

– Sim se for possível este é o nosso desejo, pois foi o período encarnado que vivemos de forma mais viva o nosso amor e gostaríamos de poder ajudar as pessoas através desta linhagem.

– Não vemos empecilho para isso, mas esta permissão não depende apenas de nós, levaremos esta solicitação adiante e lhe informaremos posteriormente, mas não vejo dificuldade em ser aceito – Informou um dos mentores.

– Pablo e Gatiucha vou solicitar que permaneçam entre nós, pois temos uma notícia a ser comunicada e gostaríamos que estivessem presentes, irmão Mizael pode permitir a entrada dos outros irmãos.

Giulia e Giuliano entram no local onde está sendo realizada a reunião, Pablo e Gatiucha ficam surpresos em vê–los e ansiosos para saber o que Giuliano solicitou.

– Meus irmãos estamos aqui reunidos para comunicar ao irmão Giuliano a sua solicitação, queremos adiantar que foi de nosso agrado o vosso pedido e por isso não tivemos dificuldade em conseguir o que solicitou, irmão Mizael tenha a palavra.

– Meus irmãos, o irmão Giuliano quer corrigir os erros do passado e como nas ultimas oportunidades que esteve encarnado ele foi ambicioso em separar por duas vezes o verdadeiro amor, nos solicitou uma nova chance na matéria para corrigir isso, sua solicitação foi atendida meu irmão, lhes foi concedido a permissão para reencarnar, será uma missão curta onde sua missão será conquistar o amor e unir duas pessoas que se amam e são impedidas de estarem juntas, terá de conquistar os que estão a sua volta, se cumprir, ao desencarnar retornará até nós, e aqui estaremos lhe aguardando.

– Obrigado pela oportunidade, quando devo começar a me preparar para reencarnar?

– Agora mesmo, será conduzido para a preparação para o reencarne.

Todos que ali estão ficaram surpresos com a solicitação de Giuliano, nunca imaginaram que esta seria a sua chance e oportunidade de mudar, sempre teve muita mudança de temperamento e estavam apreensivos com ele, mesmo com a evolução que teve.

Giuliano foi conduzido até uma ala onde os irmãos são preparados para serem reencarnados, Giulia, Pablo e Gatiucha se emocionaram com o Giuliano, e ficaram felizes por ele estar querendo corrigir seus erros, após Giuliano ser levado todos se retiram do local e voltam as suas tarefas habituais.

Passado um período o irmão Mizael se reuniu com Pablo e Gatiucha.

– Trago boas notícias para vocês, o pedido de poder seguir na linhagem cigana foi aceito, vocês serão transferidos para lá agora, vamos.

Pablo e Gatiucha não escondem a alegria e a emoção de mais uma conquista.

– Irmão Mizael você tem notícia do Giuliano?

– Sim ele já está no ventre de sua progenitora, ele terá de enfrentar o racismo e o preconceito social e econômico, pois a diferença de classe entre a progenitora e o progenitor é enorme e terá como missão fazer com que os pais de seu progenitor aceite tanto a ele quanto a sua progenitora.

– Poderemos ajuda-lo?

– Poderemos protege-lo minha irmã, impedir que façam a ele maldades desde que sem merecimento, pois o casal também sofreu influência dele enquanto ele estava no umbral, e foi ele que escolheu este casal, sabemos que a missão dele não será fácil e estamos aqui para orientá-lo, a conquista da sua missão é unicamente dele.

– Está certo, no que nós pudermos orientá-lo a conquista estaremos à disposição.

– Curiosamente Giulia irá acompanha-lo bastante, será sua mentora, e quando desencarnar novamente ele pediu para que também viessem para a linhagem cigana, na verdade estão querendo selar a paz e a amizade com vocês.

– Achei bonito da parte deles com certeza estaremos aqui para recebe-los bem – Afirmou Pablo

– Meus irmãos, como irão se apresentar aos irmãos encarnados vocês devem adotar o visual cigano e se quiserem podem também se for da vontade de vocês adotarem novos nomes.

– Já pensamos nisso irmão Mizael, nós queremos ser referenciados por Phelippe e Markarita.

– A partir de agora então vocês serão chamados apenas por estes nomes.

Phelippe e Markarita chegam a falange cigana já utilizando as vestimentas tradicionais ciganas e seus objetos que utilizarão para ajudar a orientar e a se comunicar com os irmãos encarnados, tanto através de reuniões espirituais quanto através de médiuns de comunicação onde será realizado a comunicação por fala ou por tarô e runas.

Giuliano enfim reencarnou e agora adota o nome de Juan Carlos, uma criança muito pobre filha de uma mãe negra que mora em um casebre, e um pai filho de empresários muito rico na Europa Central, sua missão será conquistar o amor das duas famílias para que elas o aceitem e concordem com a união de seus pais, seu período encarnado será curto ele desencarnará ainda criança e por isso a sua missão será mais difícil. Os pais do rapaz não aceitam o namoro e não reconhecem o Juan Carlos como membro de sua família, mesmo porque a menina ficou grávida ainda solteira do filho deles e ele tem dúvidas da paternidade desta criança, os pais de sua mãe são de família muito humilde e acabaram escondendo a moça e a gravidez por vergonha, nessa época é humilhante ser mãe solteira, a sociedade é impiedosa nestes casos.

Juan Carlos nasceu um menino lindo e alegre, uma criança que traz dentro de si uma luz diferente, seu pai Joshua e sua mãe Mariah, se encontravam escondidos de seus pais, ninguém queria qualquer tipo de aproximação pelo lado oposto da família, quando Juan está prestes a completar o seu primeiro ano de vida, o pai de Joshua adoeceu e os médicos deram poucas esperanças de vida para ele, então Joshua tomou uma decisão, mesmo sabendo que seu pai não aceitava o seu filho com Mariah, mas sabia que ele gostava de criança.

— Mariah, o meu pai está muito doente e os médicos disseram que seu estado é muito crítico e que não acreditam em sua recuperação.

— Sinto muito Joshua, o que pretende fazer agora?

— Eu pensei em levar o Juan Carlos para ele ver, não é justo ele morrer sem conhecer o próprio neto.

— Poderá ser pior, você sabe que ele não aceita o nosso filho, tanto que para você poder vê–lo, tem que vir escondido.

— Eu sei, pensei em algo para ele conhecer o Juan Carlos sem saber que é o nosso filho.

— O que está pensando?

— Meu pai não conhece você, ele não aceitou o nosso relacionamento e nunca quis saber quem era a mãe do neto, dele nem mesmo a minha mãe lhe conhece.

— Sim, mas o que está pensando em fazer? Você ainda não me disse.

— Vou levar você e o Juan Carlos até a casa de meus pais, de início não vou dizer quem são, direi que é uma moça que me pediu emprego.

— Está querendo que eu fique de empregada na casa de seus pais, eles que me odeiam e odeia o nosso filho sem sequer conhece-lo.

— Achei que assim vocês poderiam se aproximar e eles poderiam te conhecer melhor.

— Desculpa Joshua, mas o que você está me pedindo é humilhante demais, eu não ligo para trabalhar como empregada, mas passar por uma mentira, isso você abusou na intenção e além do mais eu não tenho a menor intenção de conhecer o seu pai, se quiser levar o Juan Carlos para ele conhecer até aceito, desde que eu fique no portão da casa deles esperando você sair com ele de lá de dentro.

— Está certo eu errei mesmo em lhe pedir isso, mas fico feliz em ter permitido que eu leve o Juan para o meu pai conhece-lo.

— Mesmo porque ele está nas ultimas e eu não acho correto ele não conhecer o próprio neto, mesmo sendo ele quem nunca quis conhecer.

Joshua e Mariah vão juntos até a porta da mansão dos pais de Joshua, levam o Juan Carlos e ao chegar no portão Mariah se recusa a entrar.

— Eu não vou entrar, vou ficar aqui no portão aguardando pode levar o Juan, mas não demore vou ficar angustiada.

— Entre e espere no jardim.

— Não vou entrar onde eu não sou bem-vinda.

Mariah entrega o Juan para Joshua que entra carregando seu filho, o que os olhos deles não podem ver é que Joshua entrou acompanhado dos mentores espirituais, protegendo energeticamente a ambos. Ao entrar na casa com Juan no colo, os empregados ficaram olhando sem entender o que viam, quem era a criança que ele trazia no colo? Quando entrou no quarto de seu pai ali somente estava a enfermeira e seu pai que estava dormindo.

– Que criança linda como ele se chama? – Perguntou a enfermeira.

– Juan Carlos, ele é meu filho, o meu pai ainda não o conhece, achei que ele deveria conhecer antes de morrer.

– Fez bem em trazê-lo, coloque ele na cama ao lado do seu pai.

Joshua colocou o bebê ao lado do pai na cama e ficou olhando o Juan mexendo com o seu pai que estava dormindo.

– Senhor Joshua, este menino tem uma luz diferente, ele tem um destino bonito a frente e poderá mudar a vida de todos.

– Obrigado enfermeira, mas por quê está dizendo isso? Não sei qual será a reação do meu pai quando ele ver o menino.

– Ele poderá lhe surpreender, eu vejo no semblante dele que ele tem uma proteção divina muito grande e está aqui para fazer a diferença.

A mãe de Joshua entra no quarto e quando viu uma criança ao lado do marido foi logo perguntando;

– Quem é essa criança negra? Não me diga que você teve coragem de trazer este bastardo para dentro da minha casa.

– Ele é o seu neto e meu pai tem o direito de conhece-lo antes da sua morte.

– Tire já este bastardo de dentro da minha casa já!

O pai de Joshua acabou por acordar com a discussão entre os dois e ao abrir os olhos viu logo Juan Carlos com um lindo sorriso no rosto e olhando admirado para ele e mexendo com ele, enquanto Joshua e Stefanni discutiam, não perceberam que Eduard estava brincando com o Juan na cama.

– Quanto tempo eu acordava e não via um sorriso tão bonito assim.

Joshua e Stefanni ficaram olhando Eduard brincando com Juan na cama, nem parecia aquele paciente em estado terminal, a enfermeira ficou só observando.

– Pai esse é o Juan, seu neto.

Eduard quis mudar a expressão e não conseguiu devido ter se encantado por Juan, entorno dos dois um grupo de mentores entre eles Phelippe e Markarita mantem um campo de luz.

— Por que trouxe este menino para esta casa sem a minha permissão?

— Achei que estava na hora de conhece-lo.

— Fez muito mal, é melhor levar esta criança daqui.

Joshua um pouco frustrado com as palavras de seu pai pegou Juan em seus braços e foi se retirando do quarto quando ouviu de sua mãe.

— Nunca mais traga este bastardo para dentro dessa casa!

A enfermeira acompanhou Joshua e ao chegar no corredor.

— Joshua traga essa criança mais vezes.

— Você ouviu eles falando?

— Mas o coração de seu pai está falando outra coisa, seu pai ficou apaixonado pelo menino, a tempo eu não o vejo assim.

— Vou pensar no que está falando.

Joshua segue com Juan para fora da casa e vê Mariah o aguardando do lado de fora do portão, um dos motoristas da casa reconheceu Mariah, mas preferiu não a chamar, além de não entender o que ela fazia ali na casa de seu patrão com um bebê no colo e o filho do patrão, sabia que, o casal de patrão era racistas e não gostava de negros. Anne, a enfermeira, da janela do quarto viu que o motorista estava olhando para ela e desconfiou que os dois se conhecessem.

— Pronto Mariah, aqui está o nosso filho.

— Espero que não tenham judiado dele. E como foi lá dentro?

— Ficaram encantados com o Juan e meu pai até brincou com ele, até saberem quem ele é na verdade, aí pediram para sair com o Juan.

— Não quero mais o Juan com os seus pais, tenho medo que eles possam judiar dele.

— Para ser sincero acho até que o meu pai gostou do neto.

— Você me disse que ele pediu para tirar o Juan da casa.

— É mais ficou brincando com o Juan, até a expressão dele parece ter melhorado.

Mariah levou o Juan para sua casa onde seus pais estavam aflitos por não saberem onde ela estava com o Juan.

– Onde você e o Juan estavam até agora? Estávamos preocupados.

– O pai de Joshua está muito doente.

– Você ainda está se encontrando com este rapaz escondida de nós?

– Ele é o pai de Juan, ele tem o direito de ver o filho e eu gosto dele.

– Direito! Ele tem obrigação de reparar o mal que fez a você, ele te engravidou e nunca assumiu você só porque você é negra, para a família dele você e seu filho não existem, eles só olham para gente de nossa cor para ser empregados deles, a família nunca quis saber nem de você e nem de seu filho.

– Eu sei de tudo isso, mas Joshua tem visitado o menino e ele faz o que pode para dar amor e atenção ao filho

– Para poder criar o Juan sozinha, você dá duro trabalhando de empregada e fazendo limpeza na casa dos outros e tem de mentir que não tem filho porque se souberem, ninguém te dá trabalho por ser mãe solteira e fala que este moço te dá atenção.

– Ele tem me ajudado com dinheiro para poder comprar as coisas para o Juan.

– Era só o que me faltava a minha filha aceitando dinheiro de homem.

– Ele é pai de Juan, quer ajudar nas despesas do menino, não é para mim que ele está dando o dinheiro é para o filho dele.

– Está bem e o que tem a ver a visita demorada de Joshua com a doença do pai dele.

– Levamos o Juan para o pai dele conhecer.

– Como é que é?!

– Mãe o pai dele está nas ultimas, Joshua pediu que o pai conhecesse o Juan antes de morrer.

– Aquela família não merece conhecer o Juan, não esqueço que mandou o motorista aqui com dinheiro para você tirar ele enquanto ele ainda estava no seu ventre e nem sequer eles sabem quem você é.

– Eu concordei em levar o Juan para o Sr. Eduard conhecer, mas já pedi para Joshua não o levar mais.

– Está bem, da próxima vez que quiser encontrar o pai do seu filho, fala para ele que ele pode vir aqui em casa, seu pai não vai mais pegar o facão para ele.

– Está bem eu vou falar com ele.

– Vá se lavar para me ajudar com a janta.

No plano espiritual os mentores retornam satisfeitos com o desenrolar do encontro, sabem que o mais importante ocorreu com o Eduard, sentir o sangue do seu neto ao seu lado e ter despertado dentro dele um sentimento que nunca tinha sentido, Stefanni sempre quis ser a mais durona, só que no fundo dentro de seu coração bateu um arrependimento por não ter pego o menino no colo.

– Phelippe e Markarita acho que a missão de nosso irmão será um pouco mais fácil do que imaginamos, o difícil será os pais de Joshua aceitar a união.

– Irmão Mizael estaremos acompanhando o Juan para que ele tenha sucesso em sua missão, nós devemos esta ajuda a ele.

– É muito nobre de vocês tomarem a frente como mentores espirituais de Juan, este irmão realmente precisa conquistar esta missão para livrar todas as magoas anteriores.

Eduard curiosamente começou a apresentar melhoras em seu quadro clinico após a visita de Juan, Anne, percebeu que a visita do neto mexeu com o Eduard, que começou a ter um estimulo para lutar pela vida, o doutor Carl veio visita-lo como faz a cada dois dias.

– O senhor está mais animado hoje senhor Eduard.

– Realmente hoje acordei me sentindo melhor.

– Acho que foi a visita que recebeu estes dias – Disse Anne.

– Este assunto está morto e enterrado senhorita Anne! O meu marido não iria melhorar apenas porque recebeu uma visita de um bastardo qualquer – Respondeu Stefanni.

– Desculpe senhora, é que o senhor Eduard apresentou melhoras significativas após o menino sair do quarto.

– Melhorei porque o Doutor Carl é um bom médico.

– Vamos aguardar um pouco mais e pedirei novos exames para poder avaliar melhor o quadro.

O doutor Carl saiu do quarto após se despedir e discretamente fez um sinal chamando Anne que o acompanhou fora do quarto.

– Por que você falou que o Eduard melhorou após uma visita, me explica melhor isso?

– Há dois dias atrás o filho dele o Joshua, trouxe uma criança mulata e colocou na cama do pai, quando a Senhora Stefanni entrou e viu ficou muito brava, neste momento e senhor Eduard acordou e ficou brincando com o menino até que Joshua falou que era o neto dele, aí ele pediu para levar o menino embora.

– E por que você acha que a visita deste menino fez bem a ele, eu sei desta história e eles não gostam nem de tocar no assunto deste neto, eles o rejeitam e não querem nem saber quem é a mãe deste neto.

– Porque eu vi um brilho nos olhos dele quando viu a criança, e como ele se animou, tenho certeza que o coração de avô falou mais alto, ele nega, mas o menino mexeu com ele isso eu tenho certeza.

– Eu te aconselho a não ficar falando nessa casa sobre essa criança, para eles ela não existe, não acredito que a visita fez o Eduard melhorar, vamos aguardar para ver como evolui o quadro dele.

– Está bem qualquer novidade eu lhe aviso.

O doutor Carl se retirou e Anne continua com a convicção que se o Juan Carlos estivesse mais próximo o quadro de Eduard melhoraria bastante, ela sentiu que Eduard ficou emocionado e contente em ver o menino em seu quarto, Anne tem uma espiritualidade apurada e sabe que ali existe uma troca de energia diferente e que esta energia pode sim ajudar a Eduard melhorar.

Já de volta ao quarto de Eduard, Stefanni é firme com Anne.

– Anne você tem cuidado muito bem de meu marido não posso me queixar, mas se você voltar a tocar naquele assunto, eu serei obrigada a substituí–la está claro?

– Sim senhora, isso não vai voltar a acontecer.

No plano espiritual os mentores estão observando os fatos acontecendo e sabem que Anne poderá ajudar na aproximação de

Juan com a família, preferem aguardar os fatos acontecerem antes de interferir na aproximação, mesmo porque a missão pertence ao espirito de Juan em conquistar a todos, mesmo Phelippe e Markarita sendo os seus mentores e protetores não podem interferir nos fatos para que a missão seja cumprida.

Com o passar dos dias Eduard vinha apresentando uma considerável melhora em seu quadro clinico, de repente ele começou a piorar e a recusar a se alimentar, todos da família já estava se conformando com a situação pois estavam apenas aguardando a morte de Eduard devido seu quadro clinico, Anne aproveitou uma manhã em que estava sozinha na casa com Eduard e começou uma conversa proibida.

— Senhor Eduard a dias o senhor não está se alimentando, o senhor estava tão bem, parece triste nos últimos dias.

— É verdade eu me sinto triste nos últimos dias.

— E qual o motivo de tanta tristeza?

— No leito de morte com eu me encontro a gente começa a pensar na vida que teve, em atitudes e comportamentos e a pensar se tudo o que fizemos estava correto.

— Se refere ao filho de Joshua?

— Também, quando a gente tem poder nas mãos, não medimos consequências para o que exigimos das pessoas para que tudo saia como queremos e muitas vezes passamos por cima da razão como um trator esmagando o correto sem ver quem vai sendo esmagado.

— O senhor acha que errou em não querer conhecer o seu neto?

— Também, não vou negar que a presença daquele menino me fez sentir bem só que agora é tarde para conviver com ele, é meu neto, mas o fato de ser filho de uma negra irá trazer problemas para os meus negócios, os empresários da região não aceitariam esta convivência.

— E por que o senhor não luta para conviver mais com o seu neto indo contra os empresários e lutando pelo direito de ser avô?

— Estou muito doente eu não tenho mais tempo.

— Eu acredito que com o estimulo das visitas do seu neto o senhor voltará a melhorar.

– De que está falando?

– Vou encontrar uma solução para isso e depois vou conversar com o senhor.

– Está bem, mas é melhor não comentar com ninguém esta conversa, nem todos irão concordar.

– Será mais prudente realmente.

Anne ficou pensativa se iria fazer o que achava correto, ela acreditava que com a presença do Juan Carlos ao lado de Eduard seria muito positivo para a sua recuperação e que o incentivaria a lutar novamente pela vida, como fazer isso sem o consentimento da família, e sem que Stefanni soubesse, já que ela jamais autorizaria este reencontro. No dia seguinte Anne encontra Joshua sozinho no corredor da casa.

– Joshua eu preciso ter uma conversa em particular com você e ninguém poderá saber desta conversa.

– Algo como o meu pai?

– Quando conversarmos, você irá entender. Me encontre no bazar do senhor Agostini após as 20 horas, hoje à noite é minha folga.

– Está bem, te encontro lá.

Joshua ficou sem entender mas sabia que Anne era uma excelente profissional e que não teria uma conversa se o assunto não fosse sério. Após ver o pai, saiu para ver o Juan e Mariah, havia combinado de leva-los para dar uma volta no parque e Joshua aproveitou para ficar junto de Mariah, no parque enquanto passeiam e dão amendoim para as aves, um casal amigo da família cruza ao acaso com eles.

– Olá Joshua como vai o seu pai? Vejo que está passeando com a empregada e o filho dela.

– Mariah não é a empregada da casa e Juan é o meu filho.

– Então o seu pai deve estar morrendo de desgosto e não pela doença.

Joshua foi em direção ao casal para ser ríspido com ele, mas foi contido por Mariah que já estava com o Juan no colo, enquanto o casal se retira.

– Eles não podem falar assim!

– Você sabe o que todos pensam sobre nós negros, não adianta arrumar confusão, está na hora de irmos embora.

– Eu levo vocês.

– Melhor não, minha mãe não sabe que você estaria aqui, na verdade ela também não aceita nós dois juntos.

– Eu sei e pelo nosso filho estou disposto a enfrentar a sua mãe para que ela aceite que a gente se gosta.

– E seus pais você já enfrentou?

– O meu pai está muito doente, não quero ser o responsável por provocar uma piora nele e leva-lo a morte.

– Então, enquanto isso, não cobre nada da minha família.

Mariah foi embora com Juan nos braços e Joshua ficou pesando em que ela disse e no que aconteceu no parque, sobre o preconceito das pessoas e começou a pensar em assumir Mariah como esposa e registrar o Juan como seu filho, ele foi para casa com a intenção de conversar com sua mãe sobre Juan e Mariah, mas como teria uma conversa com Anne mais a noite, preferiu aguardar para saber o que ela tem para dizer a ele. Ao chegar em casa o doutor Carl está conversando com Stefanni sobre o estado de seu pai.

– Eduard este entrando em uma tristeza profunda e isso faz com que ele não se alimente direito, o que mais está agravando o seu quadro é a debilitação por não estar se alimentando.

– O que podemos fazer doutor Carl?

– Procurar animá-lo ajudaria bastante, procurar descobrir o que provocou esta tristeza nele e tentar reverter a situação, eu conversei com ele, mas ele não falou nada para mim, estou indo, qualquer coisa é só me chamar.

Após o doutor Carl sair Stefanni volta ao quarto de Eduard onde Joshua já estava.

– O que o doutor disse?

– Disse que por causa da visita daquele bastardo o seu pai está piorando caiu em uma tristeza profunda por desgosto e não está mais se alimentando e isso está levando ele a morte.

– Mamãe o papai gostou da visita do Juan, ele até ficou animado quando viu o menino.

– Viu e não sabia quem era.

Stefanni sai do quarto deixando Joshua pensativo, Anne ouviu a conversa e se manteve calada, sabia que o assunto está proibido dentro daquela casa.

No plano espiritual Phelippe e Markarita estão retornando de trabalhos que faziam na matéria, o irmão Mizael os chamou e os deixaram cientes dos assuntos que envolvem o Juan.

– Pelo visto precisamos ajudar nossos irmãos abrandando os corações dos adultos, já que Joshua e Mariah não está tão complicado assim ajudar – Comentou Markarita.

– Não minha irmã, nós devemos apenas proteger o Juan das maldades que poderá ter de enfrentar perante os adultos que o cercam, nós não podemos obrigar a Stefanni, Eduard e os pais de Mariah a simplesmente aceitarem a Juan e a Joshua, eles terão de se unir, esta é a missão de Juan. Agora me contém as novidades o que tem achado dos trabalhos que tem feito com os irmãos da matéria.

– Estamos muito contentes, Markarita e eu estamos conseguindo orientar muitas pessoas que tivemos oportunidades de conversar e através deles nossas mensagens está abrangendo outros grupos de pessoas.

– Isso é muito bom, eu tenho acompanhado o trabalho de vocês dois e estamos contentes com os resultados obtidos, vocês têm feito um excelente trabalho, a irmã com as leituras das cartas, mesmo os que não acreditam estão recebendo orientações através de um ente querido e recebendo com fé.

– Por isso irmão Mizael que eu e o Phelippe escolhemos trabalhar com a linha cigana, tínhamos a certeza que teríamos mais oportunidades de passar nossa mensagem para mais pessoas.

– Isso é ótimo. Bom meus irmãos, está chegando o momento de vocês acompanharem o Joshua, lembrem–se, somente abrir a mente dele para o entendimento.

– Está certo irmão Mizael estamos indo e posteriormente iremos até Mariah e Juan.

– Que a luz divina os acompanhe.

No plano material Anne aguarda Joshua no local combinado e pede para que a sabedoria divina dê a ela as palavras corretas para que Joshua tenha entendimento do assunto que ela tem para passar à ele.

Joshua chega um pouco depois das 20 horas, os dois se cumprimentam e se dirigem a uma praça em frente ao armazém e se sentam em um dos bancos, eles iniciam a conversa assistidos por Markarita e Phelippe.

— O que você tem para me dizer deve ser bem grave para não querer me falar dentro de casa?!

— O assunto não é tão grave assim, mas é muito sério e diz a respeito de seu filho.

— Juan? O que tem o Juan?

— Este menino pode ajudar o seu pai a se curar.

— Anne poderia ser mais clara, o Juan é um bebe eu não estou entendendo nada.

— Você se lembra como o seu pai melhorou quando você levou o Juan para ele conhecer?

— Sim eu lembro, segundo a minha mãe ele está piorando agora pelo desgosto de tê-lo conhecido.

— O Juan é um menino diferente dos outros, ele tem uma luz e uma energia boa, ele é o único neto de seu pai.

— Mas ele o rejeita.

— A melhora do seu pai quando ele viu o Juan foi porque eles são do mesmo sangue, o seu pai está muito triste com a vida e arrependido de muita coisa que fez, eu tenho conversado com ele.

— E o que está pensando em fazer?

— Traga o menino mais uma vez para o seu pai ver.

— Isso é loucura e mesmo que eu queira trazer, dependo do consentimento de Mariah, ela ficou muito apreensiva no dia que levei o Juan, não acredito que ela vai permitir e também tem a minha mãe.

— Fale com a Mariah, no domingo pela manhã a sua mãe vai à missa, seria o dia ideal para trazer o Juan, será uma visita rápida.

— Preciso pensar melhor sobre a sua ideia, amanhã à tarde vou a casa de Mariah e falarei com ela, não garanto que trarei o menino.

— Traga ele somente mais esta vez, depois deixe o tempo se encarregar do restante.

— Vou pensar, não vou garantir nada.

O dois se despedem, Anne segue seu caminho e Joshua retorna para a sua casa. Na casa de Mariah, Markarita e Phelippe dão uma passada para ver o Juan que está no berço e percebe a presença deles irradiando de luz o ambiente e aos membros da casa, Juan começa a mexer com eles querendo brincar, Mariah e seus pais Alfred e Marli, ficam observando Juan que aos olhos deles brinca sozinho.

– O Juan está bem animado a esta hora, parece até que ele está brincando com alguém.

– Meu velho as crianças são assim mesmo, brincam sozinhos e são felizes, Mariah minha filha eu estive pensando no Eduard hoje, tem notícias dele.

– Parece que ele está bem ruim, tem piorado nos últimos meses, depois que fui lá ele até havia tido uma pequena melhora, mas agora parece que piorou mesmo, por que a senhora está preocupada com aquela gente?

– Não é preocupação, só que eles não saem da minha cabeça ultimamente.

– Na verdade a sua mãe ficou cismada quando levou o Juan para aquele povo conhecer, ela achou que eles iriam fazer algo de errado com o nosso neto.

– Para ser bem sincera eu também fiquei com medo, ia trabalhar com o coração apertado por uns dias.

– E ultimamente eu tenho tido algumas sensações estranhas quando eu penso em Joshua, eu sei que vocês dois tem se encontrado escondido, eu até vi vocês dois, outro dia na praça.

– Ele tem medo que vocês achem ruim com ele se ele vir aqui, por isso eu tenho encontrado com ele escondida na praça.

– Eu já te falei que ele pode vir aqui, que o seu pai não vai mais se importar com a presença dele, mas voltando ao assunto quando eu penso no Joshua sinto que o pai dele ainda poderá melhorar e que não depende dos médicos.

– E como falar isso para eles, eles são muito arrogantes não aceitam nada que os outros falam e como a senhora acha que o senhor Eduard poderia melhorar sem ser pelos médicos?

– Não sei, mas algo dentro de mim diz que existe outro caminho para a cura dele, eu não sei o que é.

As duas encerram a conversa observando Juan brincando sozinho no berço e acabam indo dormir, os mentores ficaram mais um período energizando o lar e as mentes dos moradores para que possam receber o entendimento e aceitem os fatos. Os mentores espirituais sabem que a missão de Juan está chegando a um ponto crítico onde ele ainda não pode tomar decisão e seus progenitores devem tomar a decisão correta, se mudarem o rumo com decisões que possam prejudicar a missão de Juan irá prejudicar a evolução de seu espirito e ninguém poderá interferir nas decisões tomadas, apenas criar uma energia boa em volta deles para que suas mentes aceitem fatos que ajudará a todos sem serem interferidos em suas decisões.

No dia seguinte Anne chegou para o trabalho e encontrou o doutor Carl já na casa conversando com a família.

– Eduard não pode passar por nenhum tipo de aborrecimento, o ideal é que os assuntos da empresa não sejam trazidos mais para ele, e nem outro tipo de assunto que possa trazer a ele algum tipo de aborrecimento, ele vem piorando a cada dia e os remédios não estão mais fazendo efeito.

– Bom dia doutor Carl o que aconteceu com o senhor Eduard?

– Ele passou mal a noite, não tem se alimentado, eu mudei a medicação, está tudo prescrito ao lado dos remédios, se ele não reagir será por pouco tempo, hoje ficará outra enfermeira com você para o caso de ser necessário.

– Vou até o quarto vê–lo.

Joshua foi até o quarto do pai e aproveitou que estava somente ele e Anne além de seu pai que estava dormindo para tocar novamente no assunto da conversa que tiveram no dia anterior.

– Você ouviu o doutor Carl, ele não pode passar por nenhum tipo de aborrecimento.

– Eu sei em que está pensando, confie em mim, a presença de Juan vai fazer bem ao seu pai, ele vai reagir ao ver o neto de novo.

– Acho que a sua intenção foi boa, mas não será possível.

Stefanni entra no quarto e os dois param a conversa e disfarçam.

– Anne eu pedi para a cozinheira fazer uma canja para o Eduard na hora no almoço, por favor tente fazer com que ele coma.

– Sim senhora.

– Joshua vamos até a fábrica, está na hora de você assumir o lugar do seu pai, não sabemos se ele voltará a assumir a empresa.

Anne sabe que Eduard está definhando por não ter mais motivação para continuar vivendo e que a presença do neto poderá trazer a ele este incentivo e trazê-lo de volta a vida.

Os mentores espirituais acompanham sem poder interferir, então Anne tem uma ideia arriscada, mas que vale a pena tentar a para provar que está certa até para ela mesma, Anne tem a disposição dela um motorista para qualquer eventualidade que precise devido o estado de saúde de Eduard, ela aproveita que Eduard está dormindo e tem outra enfermeira ajudando ela e está apenas ela e os empregados e se dirige até a cozinha.

– Senhorita Anne deseja alguma coisa?

– Sim peça para o Jorge me procurar estou aguardando na sala.

– Aconteceu algo com o Senhor Eduard?

– Não, é outro assunto que preciso falar com ele.

– Anne vai até a sala e fica no aguardo do motorista que entra na sala meio desconfiado, pois Anne nunca pediu favor a ele e os patrões não permitiam que os empregados entrassem na casa.

– A senhorita pediu para me chamar?

– Pedi sim Jorge, quando o Joshua trouxe um menino para visitar o pai a uns meses atrás, eu percebi da janela do quarto que você estava olhando para ela, você conhece a moça?

– Conheço sim senhorita, ele mora próximo a minha casa.

– Me leve até a casa dela agora.

– Mas senhorita...

– Sem perguntas, e antes que eu me esqueça, isso terá de ser um segredo nosso, ninguém poderá ficar sabendo.

– Sim senhorita.

Jorge leva Anne até a casa de Mariah, que estranha quando vê um motorista chegando com uma enfermeira.

– Mariah sou Anne, eu preciso conversar com você em particular, é urgente.

– Quem é você, eu não a conheço.

– Eu sou a enfermeira que está cuidando de Eduard, posso entrar a minha conversa será rápida, por favor.

– Está bem entre.

Anne entra na casa de Mariah e vê Juan brincando na sala com um carrinho, e a Senhora Marli está na cadeira sentada observando o neto brincar.

– Mamãe está é Anne a enfermeira que está cuidando do senhor Eduard.

– O que ele mandou a doutora fazer aqui em nossa casa?

– Não sou doutora, sou enfermeira, e nem o senhor Eduard e nem Joshua sabem que estou aqui, vim para falar com você Mariah, sobre o seu filho.

– Sobre o Juan?

– Quando Joshua levou o filho de vocês para o senhor Eduard conhecer, ele ficou tão encantado e animado com o menino que teve até uma considerável melhora e estava se recuperando.

– Joshua me falou que ele está piorando.

– Exatamente, ele perdeu o sentido de continuar a viver, ele não sente vontade de sorrir, de conversar e mal se alimenta, hoje mesmo ele está adormecido e se continuar assim não sei se ele volta, você me entende?

– E onde entra o Juan nessa história? – Perguntou Marli

– Eu tenho conversado como senhor Eduard, ele está arrependido de muita coisa na vida dele, inclusive com relação a Juan, eu vim implorar para que você Mariah venha comigo e traga o Juan para o senhor Eduard ver mais uma vez.

– Você tem certeza do que está me pedindo? Aquela família não quer ver nem a mim e nem o meu filho, mesmo nunca terem me conhecido, eu sei o quanto eles já me ofenderam.

– Eu sei de tudo isso, agora não tem ninguém naquela casa, o dia inteiro irá ficar apenas eu e os empregados, eles não vão falar que você esteve lá, prometo que será breve e o motorista a trará de volta.

– Que diferença fará ele ver o Juan ou não?

– O amor de avô é diferente de amor paterno, seus pais podem confirmar isso, eu tenho a convicção que o amor, o instinto de ser da família vai fazer o senhor Eduard melhorar, ninguém precisa saber que foi até lá, você vai entrar comigo e poderá ver como serão bem tratados, se o senhor Eduard fizer alguma menção reprovando a presença de Juan, você volta no mesmo instante e nunca mais eu pedirei para retornar aquele lar e nem levar o Juan.

– Por que está fazendo isso?

– Porque no meu interior tenho a certeza que o senhor Eduard gostou de Juan e entrou em depressão profunda por não poder mais ver o neto, se a senhora Stefanni desconfiar que estou aqui ela irá me mandar embora no mesmo instante e mesmo assim estou aqui porque tenho a certeza que é o correto.

– Vá minha filha a moça está se arriscando vindo até aqui para lhe implorar isso, não custa.

– Está bem eu vou me trocar, não demoro.

Mariah entrou no quarto e saiu trocada, elas entram no carro e vão para a casa do senhor Eduard, no caminho Anne brinca com o Juan, o motorista ao chegar na casa entra com o carro direto na garagem para evitar que algum vizinho veja quem está dentro do carro, Anne conduz Mariah e Juan pela entrada de serviço, assim ninguém da rua verá Mariah dentro da casa, os empregados ficaram sem entender o que aquela moça e uma criança estavam fazendo dentro daquela casa, mas se mantiveram discretos, ao entrar no quarto Anne coloca Juan ao lado de Eduard na cama, Juan começa a acariciar o avô que desperta e abri um lindo sorriso ao ver Juan.

– Oi amiguinho, você voltou para me ver?

Juan começou a brincar com Eduard e é nítido a mudança do ânimo, ele até se senta na cama para brincar com o neto e solta algumas gargalhadas, quando Anne olha para Mariah, vê nela uma expressão de emoção associado com satisfação como se aprovando o encontro do filho com o avô. Juan despertou em Eduard um sentimento desconhecido dele e que poderá realmente mudar o seu quadro clinico, Philippe e Markarita ficam observando o encontro satisfeitos, sabem que Juan está conquistando seus objetivos em missão, o que será muito bom para todos.

– Você é a mãe deste lindo menino?

– Sou sim, prazer sou Mariah.

– Me perdoa se em momentos de ignorância eu acabei por ofendê-la mesmo sem a sua presença para saber o que eu falei, eu quero que me perdoe.

– Não precisa se desculpar eu e o seu filho não deveríamos ter antecipado as coisas como antecipamos agora nós pagamos o preço por isso.

– Mas ainda há tempo para consertar isso. Gostaria que ficasse e almoçasse comigo.

Anne interfere na conversa dos dois.

– Senhor Eduard, sei que está contente com a visita de Juan, mas sabemos que a senhora Stefanni não aprova esta visita e ela pode vir para almoçar em casa, é melhor o Jorge levar a Mariah e o Juan, o senhor terá outras oportunidades para ver o Juan, não é mesmo Mariah.

– Claro, quando for possível eu trarei o Juan para visita–lo.

– Tenho a sua palavra disso?

– Tem sim.

– Senhor Eduard, sei que o que vou pedir é errado, seria bom se a senhora Stefanni não soubesse o que aconteceu aqui hoje, caso contrário ele vai me mandar embora.

– Se me prometer que verei meu neto mais vezes eu não conto.

– Ele vai vir sim senhor – Afirmou Mariah.

– Mariah eu fiquei muito contente em poder ver o Juan novamente, eu quero novamente lhe pedir perdão pelas ofensas que fiz a você e sua família, eu sei que estava errado e não tinha o direito de agir como agimos.

– Está perdoado senhor Eduard fique em paz, a visita de Juan estará em segredo.

Mariah sai com o Juan, Jorge a leva de carro, Anne chama os empregados inclusive a enfermeira nova e avisa que tudo o que aconteceu ali tem de ser mantido em segredo para o bem-estar de Eduard, ao retornar ao quarto de Eduard o encontra sentado na cama como não fazia a muito tempo.

– O senhor esta bem?

– Estou ótimo, obrigado Anne por mandar trazer o meu neto, apesar de ninguém ter me dito nada, eu sei que foi ideia sua, ninguém nessa casa teria uma ideia dessa, a presença do Juan realmente me fez muito bem, estou me sentindo mais motivado, com vontade de sair logo deste leito, este menino simplesmente me encantou.

– Eu tinha percebido isso na outra vez em que ele esteve aqui, o senhor tinha melhorado, mas a tristeza foi tomando conta do senhor novamente e o senhor voltou a piorar.

A copeira entra no quarto com uma bandeja trazendo a canja para Eduard.

– Pode pôr na mesa, eu vou me levantar para comer, não vou mais comer deitado nessa cama.

Eduard estava almoçando na mesa de seu quarto quando Stefanni e Joshua chegam e tem uma grata surpresa ao vê-lo sentado na mesa.

– Que bom Eduard que está sentado na mesa, vejo que melhorou de repente, você nos deu um susto grande esta noite, a visita do doutor Carl foi excelente pelo visto.

– Realmente a visita foi ótima eu estou me sentindo bem melhor e com novo ânimo para a vida, tem remédio que não imaginamos o efeito que faz – Disse Eduard, mas somente ele e Anne entenderam.

Anne aproveitou a presença de Stefanni e Joshua no quarto e desceu para almoçar, ela deixou os três ali conversando.

Na casa de Mariah, Marli quer saber os detalhes do encontro entre avô e neto, quando Mariah relata tudo em detalhes sem esconder nada sua mãe fica surpresa com a reação e melhora de Eduard inclusive como fato dele ter pedido perdão para Mariah por tudo que fez no passado a sua família.

No plano espiritual os mentores ficam felizes com mais esta conquista de Juan, foi através de seu amor que está conquistando aos poucos os membros da família e isso poderá trazer a união das famílias.

Como Markarita e Phelippe tem outras missões para fazer no plano material, algumas vezes eles se afastam de Juan e deixam Giulia cuidando de Juan, por coincidência um dos irmãos da matéria que trabalham com eles é uma senhora muito espiritualizada que mora próximo a Mariah, mas como nessa missão de Juan eles não podem interferir nos fatos apenas protege–los, acabam por não mandarem recados para Mariah para que não haja interferência na missão do Juan na matéria, mas comentam com a mãe espiritual do terreiro que ali próximo tem uma pessoa com uma missão muito difícil e que eles estão sempre que possível ajudando este irmão, a tia de Mariah frequenta este terreiro, mas nunca percebeu que falavam de Mariah.

Alguns dias se passaram e com a melhora de Eduard, Stefanni tem ficado mais em casa, o que tem impossibilitado de trazer o Juan para visitar o avô, mas isso não abalou Eduard que vem melhorando muito, parece até que a saudade do neto o está incentivando a melhorar logo para poder visitar Juan novamente, Joshua e Anne estão na copa quando ele resolve perguntar a ela.

– Anne você a algum tempo atrás me disse que a visita de Juan faria bem ao meu pai, o que você acha que pode ter provocado a melhora tão repentina dele já que o Juan não veio vê–lo?

– Joshua já está na hora de você saber, mas por favor sua mãe não pode saber, no dia em que seu pai piorou e vocês dois foram para a fábrica eu fui buscar o Juan e a Mariah e as trouxe para seu pai poder ver novamente o Juan, daquele dia em diante o seu pai vem apresentado uma melhora significativa e como a sua mãe tem ficado bastante ao lado dele agora, não estamos mais conseguindo trazer o Juan para vê–lo, mas do jeito que o seu pai está eu acredito que mais alguns dias ele já poderá sair do quarto, o doutor Carl ficou muito impressionado com a melhora do quadro clinico que seu pai apresentou.

– Mariah não me comentou nada.

– Nós pedimos segredo a ela para evitar que sua mãe ficasse sabendo, ela não aceita o Juan.

– Eu já tentei conversar com ela, mas infelizmente ela não me dá espaço para falar de Juan, eu ainda me encontro com a Mariah e Juan escondido dela.

– Vai ser difícil ela aceitar, o seu pai até pediu perdão a Mariah pelas ofensas que falou e pelo seu comportamento diante da situação toda.

– Meu pai sempre teve o coração mais mole que a minha mãe.

– Concordo com você, mas este menino veio para encantar esta família, ele é diferente, alegre, brincalhão, parece ter um sorriso que encanta.

– É verdade, só quando ele fica cansado que ele fica quietinho, Mariah até estranha.

– Ela é uma boa moça, sua mãe poderia conhecer ela melhor e porque a Mariah estranha quando o Juan fica cansado, ela não sabe que as crianças brincam até esgotar?

– É que tem dia que ele já acorda cansado e fica deitado o dia inteiro.

– Já o levaram ao médico para ver isso?

– Já, mas o médico falou para não se preocupar.

Algumas semanas se passaram e Eduard mostrou uma recuperação fantástica, a ponto de já levantar da cama, se animar para voltar a trabalhar e voltar a visitar Juan, já que com a presença de Stefanni seu neto não pode mais voltar a visita-lo. Devido a melhora de Eduard os trabalhos de Anne já não são mais necessários na casa e foi dispensada, mas saiu com o sentimento de gratidão muito grande por ter conseguido unir Eduard e Juan.

Eduard voltou a trabalhar na empresa onde sempre foi muito rígido e severo com os funcionários que sempre tiveram mais medo do que respeito pelo patrão, mas ele demonstrou que mudou sua personalidade de forma perceptível pelos empregados, todos notaram a sua diferença de agir e cumprimentar os funcionários algo que jamais ele tinha feito antes, até mesmo a Stefanni estranhou o comportamento do marido, ela sempre orgulhou da maneira como Eduard tratava os empregados e achava que esta mudança de comportamento será temporária, ela não acreditava na mudança do marido.

Eduard quase todos os dias sai do serviço no meio do expediente para visitar o Juan, os pais de Mariah acabarão por aceitar as visitas de Eduard após ele ter tido uma longa conversa com eles e ter pedido perdão pelas ofensas que havia feito, Eduard se preparava para mais uma saída para visitar o neto quando foi questionado pela Stefanni.

– Vai sair novamente? As suas saídas estão ficando cada vez mais frequentes.

– Sim eu estou de saída querida, estou indo ver um fornecedor e depois retornarei para a fábrica você quer vir junto? – Respondeu Eduard disfarçando o motivo da saída.

– Não obrigada, eu não gosto de lidar com assuntos da empresa na verdade eu me sinto muito perdida.

– Enquanto estive doente você e Joshua administraram muito bem a empresa, talvez até melhor do que eu, não precisei corrigir nada.

– Joshua é muito inteligente, praticamente ele administrou tudo sozinho.

– Isso não é verdade, eu sei que você o apoiou bastante, e isso foi muito importante para que ele se sentisse seguro para poder administrar a fábrica como fez.

– Obrigada, você elogiando o meu trabalho na empresa, pelo visto o leito de morte lhe fez muito bem, você nunca elogiou ninguém por mais que as pessoas se esforçassem para fazer as coisas da forma como lhe agradasse, você nunca foi sentimentalista, nunca reconheceu nada que eu fazia ou será que isso tem algum outro motivo.

– Quando eu estava de cama pensei muito em minhas atitudes e comportamento, acreditava que ser rígido e ser autoritário era o melhor caminho para ser respeitado, mas eu enxerguei que isso tudo era um grande erro, vi que um gesto simples uma palavra carinhosa pode trazer uma alegria e uma satisfação de estar ali naquele momento e naquele local que merece mais respeito do que a autoridade imposta.

– Eu só espero que com essa generosidade toda, os funcionários não comecem a pensar que podem mandar na empresa no seu lugar.

– Não se preocupe, eu tenho a certeza que essa mudança somente trará benefícios para a nossa empresa.

– Você vai demorar para voltar?

– Volto em duas horas, você vai me aguardar?

– Não, eu vou ver o Joshua e depois irei para casa.

– Está bem então nos vemos a noite.

Eduard se despede da esposa e saiu, Stefanni ficou desconfiada do marido, sabe que ele não está traindo ela, mas percebeu que tinha alguma mentira dele com relação a visitar um fornecedor pois ele nunca havia feito isso antes e eles tem funcionários que fazem isso, sabe da fidelidade do motorista com o marido e que jamais o entregaria, se quiser descobrir terá que elaborar uma estratégia para seguir Eduard, Stefanni saiu da sala de Eduard e foi até a sala de Joshua.

– Posso entrar?

– Claro mamãe, a senhora veio ver o papai?

– Vim, mas parece que ultimamente ele está se dedicando bastante as visitas aos fornecedores e clientes.

– Papai tem trabalhado bastante mesmo, mas isso tem sido muito bom para ele, percebeu como ele anda mais alegre e motivado.

– Isso é o que me assusta, esta mudança dele de forma tão grande, Joshua você e seu pai estão me escondendo alguma coisa?

– Por que esta pergunta agora, a senhora sabe que o papai sempre a respeitou.

– Eu não acho que ele está me faltando com o respeito, mas eu percebi que ele estava mentindo para mim e não gostei disso.

– Não tem do que desconfiar, o papai está se dedicando bastante ao trabalho.

– Está bem, bom eu vou embora, assim não atrapalho o seu trabalho.

– A senhora nunca atrapalha.

– Você e seu pai estão muito carinhosos, eu estou estranhando isso.

– A senhora não está gostando?

– Não é questão de gostar, mas de desconfiar. Fique com Deus meu filho, até a noite.

Stefanni saiu da fábrica convicta que algo está acontecendo e ela não está sabendo. Saiu desconfiada do marido e do filho. Eduard por sua vez foi visitar o Juan, ele está brincando com o menino na sala da casa com a senhora Marli e o senhor Alfred.

– Senhor Eduard o senhor vem sempre aqui brincar com o nosso neto, a sua esposa não sabe dessas visitas não é mesmo?

– Senhor Alfred, ela tem um gênio um tanto difícil, eu estou procurando amolecer o coração dela com a intenção de conversar com ela a respeito de Juan, Mariah e Joshua, acho que os dois se gostam e tem um filho juntos e que eles devem se casar.

— Realmente o senhor mudou muito, quando Mariah ficou grávida se o senhor pensasse assim tudo teria sido diferente.

— É realmente, a dois anos atrás minha mente era muito diferente e o único responsável por essa mudança é esse anjinho, o nosso neto. As duas visitas que ele me fez quando eu estava muito doente mudou muito o meu modo de ver a vida.

— E o senhor acha que está correto o senhor e o Joshua visitarem o Juan escondidos como e estivessem fazendo alguma coisa errada?

— Não, eu não acho certo, infelizmente ela não aceita o Juan e eu não consigo ficar longe dele.

— Não estou me incomodando com as suas visitas, é que eu gosto das coisas corretas, esta situação me incomoda bastante, ninguém aqui precisa viver escondido muito menos o Juan.

— Eu sei, entendo o que o senhor está falando, realmente preciso achar uma solução para isso.

Eduard ficou pensativo após a conversa com o Alfred, pós brincar mais um pouco com o neto se despediu e saiu pensando em como resolver essa questão, Alfred continuou brincando com o Juan, Phelippe e Markarita ficam observando o avô e o neto brincando satisfeito com as palavras de Alfred, pois mostrou uma realidade a Eduard que não havia pensado até o momento, os dois ficam observando eles por alguns minutos, ao retornarem ao plano espiritual se encontraram com Mizael.

— Como estão as coisas para o nosso irmão Juan?

— Está indo melhor do que imaginávamos, as conciliações estão ocorrendo antes do previsto, somente uma irmã que insiste em não aceitar — Respondeu Markarita.

— Nós sabíamos que essa seria a parte mais difícil da missão de Juan, existe um motivo ainda não revelado a vocês sobre ela, mas já que conseguiram evoluir bastante e sabemos que não iram interferir nas encarnações.

— Não entendi?

— Phelippe e Markarita, as encarnações em sua praticamente totalidade das vezes, ocorre com pessoas ligadas a nós por um vínculo ou dívida no passado, nosso irmão e a irmã em questão criaram um vínculo forte de ódio entre eles e houve uma oportunidade de se reduzir isso, que acabou criando mais ódio da parte dela com relação a ele, e apesar de tudo, vocês dois não percebem este vinculo porque ela os libertou dos laços espirituais para defender a vocês dois e principalmente você Markarita.

– Defender a mim?

– Sim a evolução de vocês dois só foi possível porque conquistaram, o perdão de nosso irmão que está em missão entre os encarnados neste momento, pois se houvesse pendencias como ainda havia teriam reencarnado, como aquela irmã ainda não perdoou o nosso irmão, ele terá de conquistar o amor e o perdão dela para poder prosseguir com a sua evolução.

– Mas você disse que ela fez isso para me defender.

– Ela sabia que se reencarnasse, ele iria acabar reencarnando também, e no período em que esteve no plano espiritual, ela evitou procura-la porque o seu vínculo não era com ela, mas com o nosso irmão hoje Juan.

– Eu realmente não identifiquei nenhum vínculo meu com ela, talvez por isso eu não a reconheci, quem é a irmã?

– Por duas vezes ela foi a sua progenitora, o ódio dela com relação a Juan vem de vidas passadas, para ela, ele a assassinou duas vezes, este é o motivo de tanta rejeição.

– E eu não percebi o vínculo com ela devido a ela ter pedido um afastamento energético entre nós duas para poder me proteger?

– Isso é raro de acontecer, como você somente nasceu naquela família para poder conhecer o Phelippe, não existia vinculo que a mantivessem juntos.

– Foi um gesto nobre da parte dela.

– Mas isso não pode interferir no trabalho que estão executando, e nem passar a defender mais um do que o outro, pois esse assunto cabe somente aos dois resolverem, e o tempo está passando e não há muito tempo a mais para eles resolverem as pendencias.

– E será que na doença eles conseguiram se unir?

– Só depende deles isso, não depende de nós, ela sabe que você está bem e teve a sua evolução, resolver essa questão não será apenas evolutivo para ela, também será bom para ele.

– Então só nos resta acompanhar.

– Exatamente meu irmão, somente acompanhar.

Juan já está andando sozinho e falando algumas palavras, o que encanta ainda mais os outros, Joshua e seu pai estão brincando com ele em uma praça, mimando bastante o menino, não há como negar que os dois estão bem apegados a Juan, estranhamente o Juan se cansou muito rápido, por coincidência a Anne passava pela praça, e foi cumprimentar ao senhor Eduard e viu o Juan com muita fadiga.

– Senhor Eduard como está o senhor?

– Olá Anne, eu estou ótimo estou até brincando com o Juan.

– Ele me parece um tanto cansado, ele brincou muito?

– Não, mas as vezes ele se cansa mesmo brincando pouco, sempre fica cansado desse jeito – Respondeu Joshua.

– Eu aconselho vocês a levarem o Juan a um médico, ele não deveria se cansar assim somente por causa de uma brincadeira.

– Está achando que ele não é saudável?

– Só estou dizendo que não é normal, procure o doutro Carl, ele também cuida de crianças e além do mais é um excelente médico, estou atrasada para o meu trabalho fiquei muito feliz em vê–lo assim forte e saudável, até mais.

– Até, vou seguir o seu conselho com relação a Juan, e muito obrigado, Joshua e Mariah me comentaram que que foi sua a ideia de levar o Juan para que eu o visse de novo.

– Não precisa me agradecer eu só fiz o que eu achava certo.

Anne foi embora e deixou Eduard preocupado com relação a saúde do neto, Joshua não deu muita importância, pois achava normal o cansaço do filho.

Eduard e Joshua deixaram o Juan na casa de Mariah e foram para a empresa onde para surpresa dos dois, Stefanni está aguardando-os na sala de Eduard.

– Olá querida, que bela surpresa.

– Surpresa estou eu em ver que nem você e nem o Joshua estavam aqui, não acha que está na hora de vocês dois me contarem o motivo de tantas saídas durante o dia?

– Você tem razão, realmente está na hora de nós dois termos uma conversa, Joshua deixe–nos a sós, pois como sabe a conversa será difícil e longa.

Joshua deixa a sala, neste momento Phelippe e Markarita se aproximam, sem poder interferir a única coisa que podem fazer é energizar o ambiente e os dois para que haja entendimento entre eles durante a conversa, e não podem ajudar a Stefanni a aceitar o neto.

– Você disse que a conversa será difícil por que?

– Quando eu estava doente sem nenhuma perspectiva de melhora e até mesmo desenganado pelo doutor Carl, está lembrada que eu tive dois picos de melhora?

– Sim eu me lembro, inclusive na última vez que você piorou o doutor Carl não acreditou que iria sobreviver.

– Nas duas vezes o que me motivou a lutar novamente pela vida e conseguir melhorar e sair da cama foi um só motivo.

– Não vem me falar daquela criança, eu não quero ouvir falar nada referente a aquele bastardinho.

– Stefanni ele é o nosso neto.

– Meu ele não é nada! Quem me garante que aquela vadia não engravidou de outro homem e disse que é o nosso neto só para se dar bem na vida!

– Mariah é uma boa moça, ela e nosso filho se gostam.

– Ela não é da nossa sociedade, eu não vou aceitar nem ela e nem aquele negrinho!

Joshua que estava do lado de fora da sala ouvindo tudo que seus pais discutiam, não se aguentou quando sua mãe ofendeu Juan e entra na sala.

– Aquele que a senhora chama de negrinho é seu neto e meu filho e ele tem nome, a senhora respeita ele pois eu não vou admitir mais as suas ofensas com o meu filho!

– O que é isso, não respeita mais a sua mãe?

– Se quiser ser respeitada, comece a respeitar as pessoas.

– Aquele bastardo não é nada meu!

– É sim, ele é o seu neto!!!

– Não sou obrigada a ficar ouvindo essas ofensas.

– A única pessoa que está ofendendo alguém aqui e a senhora mamãe.

– Creio que esta conversa já terminou.

– Não, ela não terminou, pois temos muito o que conversar.

– Está me enfrentando?! E você Eduard não vai me defender?

– Joshua está coberto de razão, precisamos terminar esta conversa, mas não com os ânimos exaltados desta forma, meu filho eu pedi para ficar aguardando do lado de fora.

– Eu não vou permitir que ninguém mais ofenda o meu filho.

– Você está certo quanto a isso, mas acho que esta conversa precisa terminar, todos estamos exaltados agora.

– Para mim está conversa nem precisava ter começado – Stefanni pega a sua bolsa e sai irritada do escritório.

– Desculpe se eu acabei atrapalhando a conversa entre vocês dois eu não consegui me conter quando ela começou a ofender o Juan.

– Para ser sincero... eu gostei quando você entrou e defendeu o Juan Carlos, ela ofendendo ele estava me incomodando bastante, mas estava tentando levar a conversa de forma mais tranquila possível e agora ela já sabe que a opinião dela é unicamente dela e que ninguém irá apoiá-la na forma de pensar.

– O clima em casa vai ficar pesado agora.

– Uma hora teríamos que iniciar esta conversa, vamos voltar ao trabalho, porque a noite hoje será longa e teremos a continuação desta conversa. Quando sair peça para a secretaria marcar uma consulta com o doutor Carl, eu vou levar o Juan para ele examinar aquele cansaço.

– Está bem papai.

Joshua sai do escritório e conversa com a secretaria, neste mesmo instante os mentores espirituais preferem acompanhar Stefanni, pois ela está irredutível em aceitar o Juan e preferem energizá-la para que se acalme e também ter a mente aberta para o entendimento, a aceitação dependerá somente dela mesmo.

Stefanni chega a sua casa muito irritada e destratando os empregados, descontado neles a sua ira após o Joshua ter defendido o Juan, com isso ela acaba criando em sua volta uma energia densa que dificulta receber as energias de luz que a ela é direcionada,

Phelippe e Markarita sabem que não podem fazer mais nada por hora e retornam ao plano espiritual, lá eles reencontram os mentores que conversa com eles sobre a missão deles.

– Nós estávamos acompanhando tudo daqui e vimos o quanto aquela irmã está irredutível.

– Ela será a grande dificuldade de nosso irmão de resgatar suas pendências e evoluir, estamos receosos que se isso continuar como está, se ele não ficar revoltado e regredir o que já evoluiu, se não, seria a oportunidade de prorrogar o tempo dele encarnado.

– Não haverá tempo para isso a missão dele é curta e não será prorrogada, conseguindo ou não o objetivo.

– O preconceito dela impede que enxergue que ele é seu sangue, que poderia estar aproveitando para conhece-lo melhor, ela nem se quer dá uma chance – Comentou Phelippe.

– Meu irmão não é somente o preconceito que a impede de aceita-lo, o que viveram em outras vidas está refletindo nesta encarnação, quando estamos encarnados e muitas vezes rejeitamos pessoas que nem mesmo a conhecemos, pode ter certeza que atrás desta rejeição tem uma história em vidas passadas que não foi resolvido, em compensação o irmão Eduard que também rejeitou o menino, deixou se amar e receber o carinho de uma criança, por isso ele está se sentindo melhor.

– Temos a impressão que ela não cederá e que o resgate não irá acontecer – Comenta Markarita.

– Calma irmã, as vezes as coisas acontecem e mudamos de forma inesperada, vamos apenas continuar acompanhando e energizando os irmãos e deixar que a sabedoria divina rege a vida deles.

Os mentores continuam reunidos, Phelippe e Markarita se recolhem e ficam andando por um lindo e extenso jardim onde aproveitam para refazerem as energias desgastadas devidos os trabalhos que tem feitos juntos aos irmãos encarnados.

– Phelippe, você tem vontade de reencarnar?

– Ainda não, eu acredito que temos muito para ajudar as pessoas daqui e muito para aprender também.

– As vezes eu fico pensando se não teria sido melhor para o Juan se também estivéssemos lá com ele.

– Eu sei que você quer que ele evolua, mas tem que ser algo somente dele, não podemos interferir, creio que se estivéssemos lá com ele Stefanni iria ser mais rude tentando lhe proteger dele, como tentou das outras vezes.

– Será que ele conseguirá o perdão dela?

– Ela está um tanto irredutível, não podemos interferir, mas podemos mostrar a ela um lado da vida que ela ainda não viu nos últimos tempos.

– Do que está falando?

– Do sentimento de ser avó, ela ainda não permitiu ter este sentimento.

Giulia se aproxima deles para conversar.

– Nosso irmão Juan está se saindo muito bem, apesar de perceber que existe alguma rejeição com relação a ele, ele não está ficando com mágoa e nem cria energias pesadas em volta dele, mas a missão mais difícil ele ainda não venceu, o que posso dizer é que não está dependendo mais somente dele esta mudança e sim dela também, Stefanni não dá abertura para receber o Juan.

– Verdade minha irmã, quando o Giuliano pediu para reencarnar ele já sabia desta dificuldade e sabia quem seria o seu maior obstáculo e não podemos interferir, ele terá que provar esta situação sem a nossa interferência – Respondeu Mizael.

– Não podemos interferir nos sentimentos, mas podemos provocar situações para que eles fiquem sozinhos.

– Isso não seria arriscado? – Perguntou Phelippe.

– Ela é durona e arrogante, mas não teria coragem de prejudicar uma criança – Respondeu Giulia. – Pensando nisso eu vim pedir uma permissão para provocar uma situação sem interferir nos sentimentos entre eles.

– O que está pensando em fazer minha irmã?

Giulia passa para o mentor Mizael, Phelippe e Markarita o que havia idealizado, como ela não irá interferir em que eles sentem apenas provocar uma situação, foi autorizada a fazer, Phelippe e Markarita estarão juntos para ajudar a proteger a Juan, só terão de aguardar o momento mais propicio para dar sequência ao que planejaram.

– No plano material Mariah e Joshua levam Juan para a consulta com o doutor Carl, que se surpreende quando vê Joshua acompanhando Mariah na consulta.

– Eu achava que a consulta seria para o Eduard?

– Não doutor, a consulta é para o meu filho, quem recomendou que o trouxéssemos até o senhor foi a Anne, a enfermeira que cuidou de meu pai.

– Seus pais sabem dessa consulta?

– Meu pai sim.

– Está bem e o que tem essa criança?

Mariah relata ao doutor Carl as faltas de ar e os cansaços que Juan sente, ele examina o menino e solicita alguns exames e não esconde a preocupação no semblante.

– O que o senhor acha que ele tem?

– Mãe, é melhor ver os resultados dos exames para ter certeza, providencie o quanto antes e me traga os resultados, não quero afirmar nada sem ver os exames.

– Os três saem do consultório, Mariah e Joshua percebem a expressão de preocupação do médico e ficaram angustiados.

– Joshua como vamos fazer para Juan fazer esses exames rápido, fiquei preocupada com a expressão que o médico ficou depois de ter examinado o Juan.

– Vou conversar com o meu pai eu também não gostei da expressão do doutor Carl.

O motorista deixa Mariah e Juan em sua casa, Mariah entra com o rosto muito triste, Alfred percebe que algo está errado.

– O médico fez a consulta no Juan?

– Fez sim papai.

– Então por que você está com essa carinha tão triste?

– O doutor examinou o Juan e pediu alguns exames, ele prefere ver o resultado dos exames antes de falar o que o Juan tem.

– Isso não quer dizer que o menino está doente. – Afirma Marli

– Mas a expressão do médico quando examinou o Juan foi muito preocupante, ele não falou nada, mas deu para perceber que o assunto é sério.

– E quando vão fazer os exames?

— Joshua vai falar com o pai dele para conseguir os exames de forma mais rápida.

— Não fique assim minha filha, os médicos as vezes nos assustam sem necessidade. – Disse Alfred.

— Tomara papai, tomara.

Mariah fica olhando Juan brincando na sala querendo saber logo o que o filho tem.

Joshua foi para a fábrica, chegando foi direto a sala de seu pai e nem percebeu que a sua mãe estava sentada no sofá no canto da sala.

— Pai eu acabei de chegar da consulta com o doutor Carl e ele me deixou com a sensação que o Juan está doente e é sério, ele pediu alguns exames e pediu para que fosse rápido com os resultados.

— Quer dizer que ainda está dando atenção para aquela criança?!– Disse Stefanni.

— Oi mamãe eu não tinha visto a senhora aqui.

— Este assunto não me interessa eu prefiro me retirar – Stefanni não se incomoda com o sentimento do filho e se retira do escritório.

— Joshua sente–se, o que o doutor Carl falou sobre o Juan?

— Papai ele não falou nada, ele examinou o Juan e ficou com uma expressão muito preocupada, depois pediu alguns exames urgente.

— Está preocupado à toa, pelo doutor Carl eu já teria morrido se esqueceu, e eu estou aqui forte e saudável, mesmo assim peça para a secretária agendar os exames no hospital e vou pagar os exames, você vai ver como não tem motivo para tanto alarde.

— E quanto a mamãe?

— Esquece a sua mãe, ela é cabeça dura, um dia ela vai acordar para a vida.

Joshua sai do escritório do seu pai e pede para a secretária marcar os exames de Juan com urgência, apesar do doutor Carl não ter falado de suas desconfianças sobre o quadro de Juan ele sabia que era algo sério, pois conhecia o doutor Carl a muitos anos.

Uma semana depois da consulta foram fazer os exames em Juan, a angustia de ter os resultados ainda iria demorar mais uns dias, os resultados ficariam prontos somente após 10 dias, passado este período Joshua pegou os resultados dos exames e foi direto ao consultório do doutor Carl, ele não estava pois teve uma emergência de última hora para atender.

– Joshua se você quiser eu deixo os resultados dos exames em cima da mesa do doutor Carl, assim que ele chegar eu aviso ele que os resultados dos exames já chegaram e ele dá uma olhada, quando ele vai atender a essas emergências costuma demorar um pouco – Disse a secretária do doutor Carl.

– Está bem eu vou deixar os resultados, mas por favor peça para ele me avisar assim que ele ver os resultados.

– Claro fique despreocupado.

Joshua saiu do consultório apreensivo, pois desconfia que algo de sério está naqueles resultados.

Quando o doutor Carl chegou no consultório, sua secretária lhe informou sobre os resultados dos exames que Joshua havia deixado sobre a mesa e comentou da aflição do rapaz, o doutor Carl olhos ou exames e era nítido em seu semblante que não gostou do que viu, pensou um pouco e tomou uma decisão, solicitou a sua secretária que desmarcasse todos os agendamentos do dia e saiu apressado, foi direto a fábrica para conversar com Joshua e Eduard, como eles não estavam foi direto para a mansão da família acreditando que os encontrariam lá, ao entrar encontra com Stefanni, esse é o momento que Giulia aguardava para interferir com autorização do plano espiritual junto dela, estão Markarita e Phelippe energizando o local.

– Doutor Carl a que devo a sua visita?

– Eu vim para falar com o Joshua, fui até a fábrica e nem ele e nem o Eduard estavam, acreditei que os encontrariam aqui.

– Com certeza eles foram visitar aquele bastardinho, eles vivem enfiado naquele bairro imundo.

– A senhora está se referindo ao seu neto?

– Doutor Carl, eu sempre o respeitei e quero que faça o mesmo, eu com um neto negro filho de uma mulher sem classe e sem a menor condição de frequentar a classe que frequentamos, aquilo foi só uma diversão do Joshua, nem tenho certeza que o filho é dele, e agora ele e o pai estão se deixando levar por aquela família que só devem estar interessadas em nosso dinheiro.

— Stefanni somos amigos a muitos anos, eu sei que nunca aceitou o filho de Joshua, mas como amigo e não como médico eu posso lhe dizer para deixar esse orgulho de lado, o Juan não tem culpa de ter nascido negro e nem pobre, você é a avó dele e sequer permitiu a união de seu filho com a mãe do menino, você consegue ser feliz impedindo a felicidade de Joshua? Permita a união dos dois e deixem ele serem felizes ao lado do filho enquanto ainda é tempo, deixem eles amarem e conviver com aquela criança todos os dias, dia após dia, curta e ame o seu neto, deixe ele amar você como avó, somente assim terão boas lembranças destes momentos que vai passar rápido e depois não tem volta.

— Eu não sabia que o doutor gostava de dar conselhos as pessoas, a sua família sempre foi muito tradicional, será que em meu lugar iria ter atitudes diferentes da minha?

— Com certeza iria agir da mesma forma, ao ver os resultados dos exames de Juan me fez pensar em o quanto a vida pode ser curta e injusta com as pessoas, e que descriminar hoje poderá ter um peso grande amanhã, podemos nos arrepender de não ter amando e dado oportunidade a um inocente de nos amar.

— E o que deu nos exames deste menino, para ter mudado tanto de opinião?

— A vida dele será muito curta e amar um neto é de graça.

— Curta quanto doutor?

— Não tem como precisar um tempo, mas será muito curta, aproveite para amar o seu neto, você tem pouco tempo para isso. Se coloque no lugar do seu filho ou da mãe de Juan, eles ainda não sabem da notícia.

— Você está querendo me dizer que o menino tem pouco tempo de vida?

— É isso mesmo, se não quer amar o Juan pela cor dele, ame–o para saber confortar o seu filho no momento de maior dor que ele poderá sentir, você é mãe e sabe bem do que eu estou falando.

— Carl você não acha que eu vou dar essa notícia para o Eduard e para o Joshua?

– Não, eu mesmo darei, aliás deveria dar essa notícia para o Joshua e para a Mariah primeiro, nem sei porque eu acabei lhe dando essa notícia antes, talvez tenha sido oportuno estarmos a sós e termos conversado a respeito do menino.

– Se acha que as suas palavras me comoveram, foi um engano.

– Eu não falei para te comover, apenas para pensar, eu vou indo e voltarei mais a noite para conversar com o Joshua e Eduard.

O doutor Carl saiu da mansão acreditando que conseguiu colocar uma semente no coração de Stefanni, sabe que a qualquer momento ela cederá, Phelippe e Markarita junto de Giulia continuam energizando o ambiente com bons fluidos, pois ali em poucas horas será um momento muito difícil para todos.

Joshua e Eduard estão na casa de Mariah brincando com Juan que aparenta estar bem brincando e alegrando a todos em volta, Mariah está apreensiva para saber o resultado dos exames de Juan e fica impaciente quando Eduard e Joshua decidem irem embora.

– Posso ir com vocês até o consultório do doutor Carl, eu estou muito angustiada para saber o resultado dos exames.

– Claro pode vir conosco, antes vamos passar na mansão para saber se o Doutor deixou algum recado para nós.

– E se a dona Stefanni estiver lá?

– Ela não irá te destratar, não na minha frente – Disse Joshua.

Ao chegarem a mansão eles insistem para que Mariah entre.

– Sua mãe me odeia e não gosta do nosso filho, eu prefiro não entrar, eu vou aguardar aqui fora.

– Mariah, está na hora de Stefanni ceder aos caprichos dela e além do mais não tem como não se apaixonar pelo nosso neto, vamos eu dou a minha palavra que a Stefanni não irã lhe ofender e nem a destratar.

– Está bem, mas se ela falar ou fizer algo eu saio no mesmo instante.

Da janela do quarto Stefanni que passou a tarde pensando na conversa que teve com o Carl, vê que todos descem do carro e entram na casa e vê Juan nos braços da Mariah, por um instante ficou sentimental se imaginando estar no lugar de Mariah, refletiu e decidiu descer em paz para falar com Joshua e Mariah. Quando Stefanni desce as escadas um clima de tensão pairou no ar até Stefanni se aproximar de Juan, todos ficaram se olhando sem entender o que estava acontecendo.

— O Juan lembra seus traços nesta idade Joshua, mas tem bastante traços da mãe.

— Stefanni está tudo bem? — Perguntou Eduard.

— Está sim, estive refletindo sobre muitas coisas que aconteceram e cheguei à conclusão que devemos viver de futuro e não de passado e este futuro inclui vocês três.

— Em nós três? O que a senhora está querendo dizer com isso? — Perguntou Mariah.

— Está mais que na hora de vocês oficializarem a união e Joshua assumir de vez as responsabilidades dele.

Os comentários de Stefanni pegou a todos de surpresa a ponto de esquecerem momentaneamente de conversarem sobre o doutor Carl para saber os resultados dos exames de Juan.

— A senhora está falando de me casar com Mariah?

— Não vou negar que relutei muito para que isso não acontecesse, mas existe uma criança envolvida nessa história de vocês dois e não tem como deixar essa criança fora das famílias, está na hora de vocês morarem debaixo do mesmo teto, das famílias viverem unidas e em paz e ter a convivência de Juan com a família completa.

Joshua e Mariah não escondem a alegria com que escutam as palavras de Stefanni, pois sabiam que eles nunca iriam conseguir oficializar a união entre eles sem o consentimento de Stefanni, Eduard se emocionou com as palavras da esposa, desde que Joshua comunicou que Mariah estava grávida, Eduard e Stefanni nunca mais haviam trocados um gesto de carinho entre eles e após ouvir as palavras da esposa ele deu um forte abraço nela.

— Não sei o que aconteceu para que você mudasse de opinião, mas quero que saiba que eu estou muito feliz por ter mudado.

— Às vezes uma pequena coisa nos faz pensar muito longe e muito além de nossos dias, vi que não estava certo o que eu estava fazendo, mesmo porque eu me coloquei na posição de Mariah e vi o quanto eu tenho a perder estando longe de todos, principalmente de Juan?

– E o que a fez mudar assim tão de repente de ideia.

– O doutor Carl esteve aqui hoje à tarde procurando você e o Joshua para falar sobre os exames de Juan, ele me mostrou uma realidade fora da minha imaginação e isso me fez refletir.

– E o que ele falou dos exames de Juan?

– Ele não me falou dos exames do Juan, mas falou que os resultados não são muito bons.

– Temos que ir ao consultório dele agora.

– Não, peça para o motorista ir busca-lo, é melhor ele dar a notícia aqui em casa onde eles se sentirão mais amparados.

– Está bem vou pedir para o motorista ir busca-lo, é melhor preparar os dois para alguma notícia ruim.

– É melhor estarmos preparados para ampará-los.

Eduard fica preocupado como comentário da esposa, ele pediu para o motorista ir buscar o doutor Carl com urgência, pois havia ficado mais apreensivo para saber o resultado dos exames.

– A sua conversa com o doutor Carl fez com que você mudasse de opinião de forma muito expressiva, você não quer me adiantar o assunto?

– Melhor ele mesmo dizer, mesmo porque ele não me falou o que o Juan tem, mas ele disse que o resultado é muito grave e sério, aí eu me coloquei no lugar de Mariah, por isso eu mudei de opinião e me fez pensar em muita coisa e em meus comportamentos.

O motorista retorna logo do consultório, o doutor Carl entra na sala e se surpreende com a presença de Stefanni na sala.

– Confesso que eu nunca imaginaria encontra-la aqui junto de todos.

– Depois falamos sobre isso, primeiro vamos tratar do que é mais importante, que é a notícia sobre a saúde de Juan.

– Obrigado por ter vindo doutor Carl, estamos ansiosos para saber o resultado dos exames – Disse Joshua.

– Os exames de Juan, não deram os resultados que gostaríamos, infelizmente ele tem uma deficiência cardíaca aguda, está com uma proporção um tanto evoluída para a idade dele, por esse motivo ele sente tanto cansaço excessivo quando brinca e tem falta de ar com frequência.

– O tratamento é complicado doutor? – Perguntou Mariah com um ar de preocupação.

– Para um adulto o tratamento é muito complicado e longo, no caso de uma criança o tratamento será para ajudá-lo com o mal-estar e irá disfarçar os sintomas, infelizmente não temos como tratar o Juan, a medicina hoje ainda não tem estudos e nem recursos para poder curar o Juan.

– Ele terá de viver a base de medicamento pelo resto da vida então? Questionou Joshua.

– Sim terá, mas a pior parte vem agora.

– O que pode ser pior doutor? – Perguntou Eduard.

– Casos como o de Juan, o coração para de funcionar de forma precoce.

– O senhor pode ser mais claro por favor. – Disse Mariah com lagrimas escorrendo pelo rosto.

– Não tenho como afirmar o tempo, mas o Juan com certeza não terá uma vida longa e infelizmente não temos como prolongar a vida dele.

Todos são tomados pela emoção e o choro é visto no rosto de todos na sala, Phelippe e Markarita energizam a todos e sabem que se trata de um momento difícil para todos e a revelação mexeu com o emocional, Stefanni sofre tanto quanto Joshua, Mariah e Eduard com a notícia, todos juntos abraçam o pequeno Juan, sem saber por quanto tempo ainda estarão juntos.

Stefanni pega Juan em seus braços e pela primeira vez ele a chama de vovó, isso a emociona ainda mais, de repente Juan surpreende a todos, nos braços de Stefanni. Um pedido sincero do menino.

– Vovó, me perdoa...

– A vovó não precisa te perdoar de nada, eu é que preciso lhe pedir perdão, mas isso vamos corrigir com o tempo.

Com o pedido de perdão entre eles e a aproximação entre os dois por amor sincero, todo aquele ódio e rancor que estava no interior deles a algumas reencarnações foi dissipado como era esperado pelo plano espiritual, assim a missão a qual o Juan tinha ao reencarnar que era o de conseguir o perdão sincero de Stefanni, havia sido atingido, e Juan já poderá desencarnar com muita luz e paz interior deixando a mesma paz a todos que o rodeavam no plano material.

Capitulo 3

A paz volta a reinar

A pedido da própria Stefanni, Joshua e Mariah marcaram o casamento e fizeram uma cerimônia simples somente para oficializar a união dos dois, após o casamento eles foram morar na mansão dos pais de Joshua, os pais de Mariah com ajuda de Eduard se mudaram da casa onde moravam e hoje moram em uma casa simples próximo a mansão, assim todos estariam próximos a Juan no período em que estaria aos cuidados do médico, após quatro meses de casados, Mariah surpreendeu a todos com o anúncio de uma nova gravidez, noticia essa que foi recebida por todos com muito amor e alegria, Juan já estava prestes a completar três anos, mesmo muito doente e debilitado ele ficou feliz com a chegada de um bebe novo na família, Mariah teve uma gestação tranquila e deu à luz a um menino que o chamou de Cezar.

Juan agora com quatro anos, mesmo sendo uma pequena criança mostra muita maturidade e ajuda a olhar o irmão recém-nascido, sempre brinca com ele, quando Cezar completou um ano de vida, Juan fez a sua passagem para o plano espiritual, ele havia deixado um substituto para a sua ausência, Cezar iria crescer um menino alegre que irá trazer muita luz e paz para aquela família.

Juan é recebido no plano espiritual já em nível de muita luz, ao contrário das encarnações anteriores quando o seu espirito ia direto para o umbral e precisava ser resgatado.

O seu tempo de adormecimento foi curto, pois vinha com muito entendimento e total desapego ao plano material, ao despertar ao seu lado estavam, Phelippe, Markarita e Giulia, logo reconheceu os irmãos que estavam ao seu lado e muita alegria ali foi irradiado por todos.

Mizael convocou a todos para uma reunião com os quatro amigos e os mentores espirituais, Juan ainda se apresenta como uma criança mais crescida de quando desencarnou, durante a reunião todos foram parabenizados por terem conseguido ajudar a Juan a atingir a sua missão sem interferir em nenhum momento em decisões que seriam tomadas pelos irmãos da matéria, souberam manter a proteção espiritual e os bons fluidos nos ambientes que frequentavam, Giulia foi parabenizada por ter tido a ideia de deixar o doutor Carl e Stefanni sozinhos para que eles conversassem sobre os resultados dos exames para que Stefanni apenas refletisse, a Juan por ter conseguido o perdão de coração de um espirito que dele tinha muita mágoa e rancor pelas encarnações anteriores, a ele foi permitido escolher como gostaria de se apresentar ao plano material em suas futuras missões já que está sendo permitido a ele pode efetuar trabalhos de luz junto aos irmãos da matéria em suas missões evolutivas de trabalho espiritual.

Ele escolheu ser também um cigano com aparência em torno de vinte e cinco anos, como homenagem a uma das encarnações que teve e será chamado de Ramirez, pois gostaria de acompanhar o grupo de amigos que fez ao longo das encarnações que passaram, e Giulia que também solicitou vir na linhagem cigana irá adotar o nome de Natasha, assim passaram a ser chamados tanto no plano espiritual como no plano material.

A partir daí todos seguiram na linhagem cigana, desenvolvendo o trabalho espiritual escolhendo para executarem seus trabalhos na matéria junto aos irmãos encarnados pessoas que de alguma forma tem algum vínculo com o passado, assim conquistando mais evolução no plano espiritual, Phelippe e Markarita sempre escolhem casal com afetividade e vinculo espiritual para efetuarem seus trabalhos junto ao plano material, como a eles nunca foi possível uma união material assim encontram nos casais uma forma de compensar essa frustação, uma de suas missões é de expandir a sua cultura, conhecimentos e auxiliar as pessoas que procuram neles o amparo e as orientações para o dia–a–dia, Ramirez e Natasha nem sempre estarão juntos de Phelippe e Markarita e nem sempre estarão em irmãos encarnados próximos, mas estarão sempre unidos no plano espiritual, seus trabalhos serão em conjunto sempre que assim se fizer necessário.

Phelippe e Markarita até demoraram para se manifestar ao casal ao qual irão trabalhar no plano material em algumas situações, isso devido a questões carmáticas que gerará demora no encontro e união do casal, mesmo assim estarão trabalhando em união auxiliando a ambos, mesmo antes de se conhecerem no plano material.

Phelippe e Markarita sempre estarão presentes naqueles que acreditam que eles podem auxiliar e tem fé em seus trabalhos, eles estarão sempre próximos dos que eles consideram queridos no plano material, trazendo a eles a ajuda espiritual quando assim se fizer possível.

Quem tiver oportunidade de conhecer este casal cigano, irá com certeza sentir muita afinidade e carinho, eles estarão sempre dispostos a auxiliar as pessoas. Markarita estará sempre esbanjando a sua simpatia, em todos os lugares onde através de um médium ela estiver presente, sempre atrairá pessoas para o local para conhece-la, o que também ajudará na evolução dos médiuns.

Phelippe e Markarita atravessaram fronteiras de países do plano material, executando seus trabalhos espirituais através dos médiuns, suas mensagens e ajuda, suas raízes pela evolução reencarnaram em países como México, Estados Unidos, Espanha, Itália, Japão, Brasil, Portugal e muitas outras nações.

Enquanto estão no plano espiritual ambos seguem as orientações dos mentores superiores, Mizael acompanha a evolução deles, a partir do momento que solicitaram fazerem parte da falange dos ciganos outros mentores passaram a orientá-los e conversar com eles sobre as missões que a eles é designada a exercerem com os irmãos encarnados. Com o passar do tempo mesmo sendo espíritos com muita evolução e luz, algo não mudou entre eles o mais sincero e verdadeiro sentimento, que dá a eles mais força e união, o que os ajuda muito na proteção de um pelo outro, o sentimento do mais puro e verdadeiro amor.

Markarita sempre muito respeitada por Phelippe e em muitas situações, enquanto Markarita está desenvolvendo algum trabalho através de algum médium, Phelippe sempre se mantém ao lado, até como uma forma de proteção.

Um longo tempo vem se passando e todos estão trabalhando muito, no plano material diríamos que está se passando algumas décadas e o trabalho dos quatro envolvidos nessa história, está tendo grande desenvolvimento na forma a se aproximarem mais as necessidades dos irmãos materiais, evoluindo sempre com muita luz e prosperidade, trazendo isso sempre aos médiuns que permite a eles executarem os seus trabalhos, como uma forma de agradecimento e compensação.

Ramirez e Natasha até tentaram ficar com pessoas próximas, pois existe uma afinidade pequena entre os dois, mas como o sentimento deles não é forte o suficiente para mantê-los próximos mesmo que seja através dos médiuns que trabalham no plano material, o que não permite a eles uma aproximação de elo mais forte entre eles.

Muitas vezes em casas de caridade é comum ter implicância dos pais de santos ou mentores das casas por alguns médiuns, isso muitas vezes se dá devido um incomodo pelas entidades que aquele determinado médium trabalha, não por inveja da entidade, mas por ciúmes entre as entidades, isso ocorre muito com os médiuns de Phelippe e Markarita, principalmente com médiuns que trabalham com a Markarita devido a ela ser muito simpática e brincalhona acaba atraindo muitos olhares, e até o Phelippe por mais evoluído que seja também acaba sentindo ciúmes, até por reflexo das vidas materiais que tiveram.

No plano espiritual o mentor Mizael, sempre acompanha os trabalhos dos quatros e suas evoluções tanto ele como os outros mentores veem com muito orgulho a evolução que todos estão conquistando.

Ramirez e Natasha como esperado seguem o caminho evolutivo no plano espiritual também executando trabalhos espirituais ou tarefas no plano material como eles costumam falar, mas ao contrário de Phelippe e Markarita eles não trabalham com casais do plano material com vinculo espiritual, em algumas oportunidades raras os quatro podem até estarem em médium que se conhecem fazendo trabalhos na matéria, mas nunca por um longo período de tempo, como o Phelippe mesmo estando no plano espiritual tem um amor muito grande por Markarita ele ainda sente ciúmes dela com o Ramirez, por este motivo nem sempre estão efetuando os trabalhos em conjunto, Phelippe apesar de toda a sua evolução tem este sentimento e não consegue controlar, isso devido ao amor que um sente pelo outro, que atravessa esferas que não imaginamos, se um dia eles terão a oportunidade de viverem este amor no plano material que por duas vezes lhe foi tirado, ainda é um segredo, mas com certeza quando esta oportunidade chegar, eles poderão e irão aproveitar cada instante como único.

Podemos ver nessa história real que por mais que pareça impossível, por mais que tudo pareça conspirar contra e nos mais difíceis momentos que estejamos passando, sempre que tivermos uma pessoa ao nosso lado, seja ela uma amiga, ou um amor verdadeiro e permitimos viver e dar oportunidades em nossas vidas, iremos sempre estar no caminho da luz, quando existe um sentimento verdadeiro de amor entre os dois, nada irá abalar ou conseguir separar os dois, pois o sentimento puro e sincero tem força que podemos dizer que são intransponíveis.

Após a divulgação dessa história muitos apegos do passado serão liberados, muitas oportunidades serão abertas, muitas energias serão trocadas e muitas mudanças importantes tanto para Phelippe e Markarita como para os seus médiuns irão acontecer.

FIM

Agradecimentos

Escrever essa obra me foi muito gratificante e de um ensinamento muito profundo, passar a história de Phelippe e Markarita onde nos mostra que tudo teria sido diferente se tivesse ocorrido simplesmente uma única conversa, nos mostra a importância do diálogo entre as pessoas, quero agradecer em especial ao espirito do cigano Phelippe que me concedeu o prazer de poder psicografar essa história, e agradecer aos que me apoiaram e também me ajudaram a escrever esse livro que são ao espirito da Cigana Markarita e das pessoa materiais que me cercam a minha esposa Sylvimari Ap. França Gozzo, aos meus filhos Izaniel, Priscila, Gislaine e Alyne, aos genros e nora, Audrey, George, Douglas e Jose Carlos, as minhas netas que sempre serão fontes inspiradoras, Giovanna e Gabriela, e não posso deixar de agradecer a quem esteve sentado ao meu lado enquanto escrevi cada linha desse livro a minha cadela Meg, que nunca saiu do meu lado enquanto eu escrevia.

Agradeço também aos mentores espirituais que me acompanharam e incentivaram para que eu escrevesse essa e outras obras qual já foi iniciado a sua escrita.

Um Agradecimento especial a minha esposa Sylvimari a qual eu convidei para fazer o prefácio desse livro, a minha filha Gislaine que convidei para fazer a correção ortográfica do livro e ao meu genro George de Moura que fez a capa do livro.

Sempre que fazemos algo com amor, sem esperar o amor em troca...a vida nos retribui com o mesmo amor.

Rogerio Antonio Gozzo